文春文庫

限界点

上

ジェフリー・ディーヴァー
土屋晃訳

文藝春秋

目次

限界点

主な登場人物

コルティ……………………連邦機関〈戦略警護部〉の警護官
ヘンリー・ラヴィング…………凄腕の〈調べ屋〉　拷問と暗殺のプロ
ライアン・ケスラー……………刑事　コルティの警護対象者
ジョアン・ケスラー……………ライアンの妻
アマンダ・ケスラー……………ライアンの娘
マーリー…………………………ジョアンの妹
ビル・カーター…………………退職刑事　ライアンの友人
〝フレディ〟・フレデリクス……FBI捜査官
アーロン・エリス………………コルティの上司
クレア・ドゥボイス……………コルティの部下
ライル・アフマド………………警護官
ジェイソン・ウェスターフィールド……連邦検事
クリス・ティーズリー…………連邦検事補　ウェスターフィールドの部下
クラレンス・ブラウン…………牧師　金融詐欺の容疑者　本名アリ・パムーク
エリック・グレアム……………盗難に遭った国防総省職員
エイブ・ファロウ………………コルティの師　警護官

二〇〇四年六月

遊び方のルール

私の隣りに座る若い女性を殺そうとしていた男は、この湿った朝、タバコと綿畑の田園風景のなかを走る私たちから四分の三マイル後方にいた。

ルームミラーに車影が映っている。流れに乗って楽なペースで車を操る男の様子はというと、最近舗装しなおしたばかりの、中央分離帯があるこのハイウェイを行く多くのドライバーたちとくらべ、どことといって違いはない。

「ファロウ係官？」アリッサが口を開いた。それから、私がもう一週間も頼みつづけてきた言い方で、「エイブ？」

「はい」

「まだいる？」彼女は私の視線を追っていた。

「ええ。われわれの尾行もね」私は安心させるために補足した。殺人犯の後ろには、車を二、三台おいて私の部下がついていた。しかも、組織から駆り出されているのは彼ひとりではない。

「そう」とアリッサはつぶやいた。三十代半ばのこの女性は、陸軍の大口請負業者について内部告発をおこなった。業者はやましいことはないという姿勢をくずさず、捜査を歓迎すると表明した。ところが、一週間まえにアリッサの命が狙われ、軍の先任指揮官としてフォートブラッグにいたことのある私が、国防総省からの要請で護衛にあたることになったのである。いまの私は組織を率い、表に出ることはめったにない身だが、屋外での活動は正直うれしかった。平素はアレクサンドリアにあるオフィスの机で十時間をすごす毎日だった。それがこのひと月は日に十二時間から十四時間近く、高度な組織犯罪にかかわる情報提供者五名について、証人保護プログラムに回して整形手術を受けさせるまでの警護をめぐり、その調整に忙殺されていた。

たとえ一週間かそこらでも、現場にもどるのは楽しみだった。

私は短縮ダイアルボタンを押し、腹心の部下を呼び出した。

「エイブだ」私はハンズフリーのセットに話しかけた。「やつはいまどこだ?」

「半マイルでしょうか。ゆっくり移動しています」

正体不明の消し屋(ヒッター)は、特徴がないヒュンダイのグレイのセダンに乗っていた。

私は車体に〈カロライナ鶏肉加工会社〉と描かれた十八フィートのトラックを追っていた。荷を積んでいないこのトラックを運転するのは、われわれの輸送課の者だった。その前方に、私が運転しているのと瓜ふたつの車が走っている。

「あと二マイルで入れ換える」と私は言った。

了解する四つの声が、暗号化された四つの通信機器から届いた。

私は接続を切った。

私はアリッサを見ることなく言った。「うまくいきますよ」

「さあ……」ささやき声だった。「どうかしら」アリッサは押し黙ると、自分を殺そうとする男がすぐ背後にいるといわんばかりにサイドミラーを覗いた。

「事はすべて計画どおりに進んでいますから」

罪のない人々が、私のような人間の同席や保護を求める状況におちいったときには、たいがい恐怖とともに狼狽の反応を見せる。死との折り合いはつけがたい。

しかし人を守り、人を生かすのは、他と変わらないビジネスなのだ。部下やオフィスの人間にはよくこの話をするが、しつこく説教臭いものだから、彼らもいいかげんうんざりしていることだろう。それでも口を酸っぱくして言いつづけるのは、忘れてはならないことだからだ。外科医が肉体の精確な切り方を、パイロットが鋼鉄の塊の安全な飛ばし方を学ぶように、已れが習得した厳格な手続きを用いるビジネス。そうした技術は年季によって磨かれ、ものになっていく。

ビジネス……

もちろん、いま私たちの後方にいて、隣りの女性を殺そうとたくらむ消し屋が、自分の仕事をビジネスとみなしていることも真実だ。これには確信があった。消し屋は私と変わらず真剣で、私と同じように苦心して手続きを学び、ＩＱは高く世知に長け、私より優位に立っている。なぜならむこうのルールは、憲法とその下に制定された法律という制約から解き放たれている。とはいえ、私は正しい側にいる利点があると信じている。この仕事をしてきた歳月において、私は警護対象者を死なせたことがない。アリッサを死なせるつもりもなかった。

ビジネス……それは外科医のごとく、パイロットのごとく冷静であることを意味する。

アリッサはむろん冷静ではなかった。乱れた息遣いで袖を気にしながら、枝をひろげるモクレンの木とか、花がはじけた広大な綿畑と境を接してヒッコリーやクリの林がはじまるあたりを眺めていた。不安そうに回しているダイアモンドの細いブレスレットは、このまえの誕生日に自分で買ったものだった。アリッサはその宝石から目を移し、手のひらの汗ばみを気にして両手を濃紺のスカートの上に置いた。私の警護の下で、アリッサはもっぱら暗い色目の服を着ている。それは擬装ではあるけれども、プロの殺し屋に狙われているせいではない。思春期から悩んできた体重が理由だった。本人の口からも体重の悩みはずいぶん聞かされた。警護対象者のなかには、そのことを知った。食事をともにするようになり、私は彼女の葛藤を間近に見て仲間などいらない、欲しくないという人間がいる。一方でアリッサのように、われわれから友人になろうとしなくてはいけない相手もいる。私はそういう役割が不得手だが、努力してそこそこには付きあえる。

標識を通過した。一マイル半先が出口だった。

ビジネスに求められるのはシンプルで抜け目のない計画である。この職種で受け身は禁物であり、私自身は〝予防〟という言葉が嫌いだが（その反対語は〝対抗〟か）、構想を描くことはわれわれの行動には欠かせない。現時点でアリッサを、証言録取をおこなう訴追者のもとへ無事送り届けるには、消し屋を泳がせておくことが必要だった。部下に何時間も尾行させた結果、こちらは消し屋の所在を把握していつでも拘束できる態勢にある。だがそうしたところで、消し屋を雇った側は別の人間に仕事を肩代わりさせるだけなのだ。私としては消し屋をなるべく一日走りまわらせておきたかった。その間にアリッサを連邦検察局まで運び、証言録取によって有益な情報が検事に渡れば、彼女にこれ以上身の危険はおよばない。証言がなされた段階で、目撃者を始末しようという消し屋の動機は消える。

私が練った計画とは、部下の支援を得て〈カロライナ鶏肉〉のトラックを追い越し、その前に出るというものだった。消し屋は見失うまいとスピードを上げるが、近づくまえにトラックと私の車は同時にハイウェイを出る。道路のカーブとこちらの選んだランプの構造から、消し屋が目にするのは私が運転していない囮（おとり）の車ということになる。アリッサと私は複雑なルートを通って検事の待つローリーのホテルへ向かい、囮は三時間をかけてシャーロットの裁判所まで行く。消し屋が偽りの標的に気づくころには時すでに遅し。彼は首謀者――雇い主――に連絡を入れ、殺しは十中八、九、中止になる。そこで消し屋を逮捕し、首謀者までたどっていけばいい。

約一マイル先がランプだった。ルームミラーを見ると、グレイのセダンは同じ位置を保っていた。鶏肉のトラックはほぼ三十フィート前方。

アリッサはというと、いまはゴールドとアメジストのネックレスをもてあそんでいる。母親から贈られた十七歳の誕生日プレゼントで、家族には分不相応に高価なものだったけれど、卒業パーティに招待されなかったことへの無言の慰めになったという。人は命を救おうとしてくれる相手にたいし、かなり心を開くところがある。

私の電話が鳴った。「ああ?」私は部下に訊ねた。

「対象が若干動きました。トラックの二百ヤード後方です」

「ぼちぼちだ」私は言った。「行くぞ」

私はすばやく鶏肉トラックを追い越し、囮のすぐ後ろにつけた。運転するのはわが組織の男で、助手席にはアリッサに似たＦＢＩ捜査官が同乗していた。私の代役選びというのがなかなか面白かった。私は頭が丸く、耳が自分の好みより一インチ余計に飛び出している。髪はこわい紅毛で背は高くない。そこでオフィスでは一、二時間かけて即席のそっくりさんコンテストをおこない、いちばんエルフっぽい警官が選ばれた。

「状況は？」と私は受話器に向かって訊いた。

「車線を変えて加速中です」

私を見失いたくないのだ。

「待て……待てよ」と聞こえてきた。

部下にはいずれ、不要なつなぎの言葉に気をつけるよう諭すことにする。会話を暗号化した電話でも、送信したという事実は探知されるのだ。教訓は早く身につけるにこしたことはない。

「まもなく出口だ……オーケイ。行くぞ」

時速六十マイルを出しながら、私は出口のレーンにはいり、木々が鬱蒼と繁るカーブを曲がった。鶏肉トラックはこちらのバンパーにぴったりついている。

部下から報告が来た。「おみごと。対象はそちらを見もしません。囮を視界に入れて、スピードを限界まで落としてます」

私はランプが一八号線に合流する赤信号で停まり、それから右折した。鶏肉トラックは左折した。

「対象はそのままルートを進んでいます」と部下の声がした。「うまくいってる模様」落ち着いた口調だった。作戦行動から離れた私の立場からしても、この部下はよくやってくれている。

めったに笑わず冗談のひとつも口にしないし、本人のことはあまり知らないのだが、ここ数年は近くで仕事をすることも多い関係にある。彼のそんな部分——陰気な性格——を変えたいと思うのはその職務のためではない。非常に優秀な人間だけに、こちらとしてはただ、もっと仕事に楽しみを見出してほしいと思うからなのだ。人々の安全を守るという努力には、満足感や喜びすらあっていい。なかんずく、われわれが頻繁におこなっている家族の護衛の場合には。

ひきつづき情報を入れるように言うと、私は接続を切った。

「それで」とアリッサが言った。「私たちは安全？」

「安全だ」私はそう答え、制限速度四十五マイルのゾーンで速度を五十まで上げた。十五分後、私たちは証言録取をおこなうため検事と落ち合う予定になっている、ローリー郊外へ至る道を走っていた。

どんより曇った空の下に、おそらくは何十年と変わっていない風景があった。平屋の農家、丸太小屋、トレーラー、それに末期的な状態にありながら、もし世話が行き届いていて運がよければ動きそうな自動車。聞いたことのないブランドのガソリンスタンド。けだるそうに口でノミを取ろうとする犬。子どもの動きを見守る、はちきれそうなジーンズをはいた女たち。細面でビール腹の男たちが、ポーチに所在なく腰をおろしている。きっと私たちの車に——このあたりでは珍しい白いシャツにタイ、ダークスーツ姿の男と、ビジネスウーマン風の髪形をした女が乗っていることもふくめて——興味津々なのだろう。

やがて人が住む一帯を過ぎると、道はさらに畑を二分するようにつづいた。ポップコーンさながらに実がはじけた綿畑を見ると、この土地は百五十年まえも、何ひとつ変わらぬ収穫に覆われていたのだという思いが湧いてくる。南部に来れば、南北戦争と、その戦いに巻きこまれた人々のことが頭から離れなくなる。

私は鳴った電話に応答した。

部下の声は切迫していた。「エイブ」

私は肩を緊張させて訊いた。「むこうがハイウェイを降りたのか？」さほど気にはならなかった。私たちが出口を出たのは三十分以上まえのことだった。いまや殺し屋とは四十マイルも距離が開いている。

「いえ、まだ囮を追跡してます。ただ様子がおかしいんです。携帯で連絡を入れた対象は電話を切ると、なぜか顔を拭いはじめて。二台置いた後ろまで車を近づけました。どうも泣いてるようなんです」

その理由に思いをめぐらすうち、私の呼吸は荒くなっていた。やがて不穏だがもっともらしいシナリオがひとつ浮かんできた。われわれが囮を使うと疑って、殺し屋のほうでも囮を使っていたとしたら？　こちらの囮の車を運転するエルフ男と同じ伝で、自分と似た男に尾行をさせていたのではないか。部下が目撃したのは、運転する男と本当の犯人のあいだでおこなわれていた連絡の場面で、犯人は運転手の妻か子を人質にとっているのかもしれない。

だが同時にそれは、本物の消し屋がどこか別の場所にいるということを示唆していた。

白い閃光とともに、左手にある寂れきったガソリンスタンドの敷地から、フォードのピックアップトラックがハイウェイに乗り出してきた。フロント部分をプッシュバーでガードしたトラックは運転席側からぶつかってきて、私たちの車を、丈のある草むらから沢までものの見事に吹っ飛ばした。アリッサが悲鳴をあげ、私は痛みに呻(うめ)きながら部下の呼びかけてくる声を耳にしたが、程なく作動したエアバッグに携帯とハンズフリーのセットが飛ばされた。

私たちの車は五フィートの斜面を霧が立ちこめる浅い小川の底まで落ち、そこであっさり止まった。

なんと、相手は隙のない攻撃を計画していた。私がシートベルトをはずして銃に手をやる間もなく、運転手側の窓に木槌を叩きつけて粉々にし、その一撃で私の動きを制したのだ。私のグロックはベルトからむしり取られ、むこうのポケットにはいった。どうやら肩を脱臼(だっきゅう)したらしく、出血はひどくなかった。私は割れたガラスを口から吐き出すとアリッサを見た。アリッサもまた茫然としていたが、怪我はたいしたことがなさそうだった。襲撃者の手に握られているのは木槌だけで銃はなく、これならアリッサにも藪に転がりこんで逃げおおせるチャンスがある。大きくはないが、それなりのチャンスが。ただし、行動はすぐにも起こさなくてはならない。「アリッサ、逃げろ！　左だ。早く！」

アリッサはドアを押しあけて外に出た。

私は道路を振りかえった。目にはいるのは、釣餌のカエル捕りによさそうな小川近くの路肩に駐まる、道すがら何台も見かけたような白のトラックだけだった。それが道路からの視界を完全にさえぎっている。こちらが自前のトラックを逃走に利用したのと同じことだと思うとぞっとした。

消し屋が私の側のドアロックを解除しようと手を差し入れてきた。私は痛みに目を細めながら、相手の男の鈍い動作に感謝していた。その分だけアリッサは距離を稼ぐことができるのだ。

部下たちはGPSを通じて私たちの正確な位置を把握して、十五分ないし二十分で警察がここに到着する。うまくいくかもしれない。たのむと念じながら、私はアリッサが逃げているはずの浅い川床に目をやった。

　が、彼女は走っていなかった。

　頬に涙を伝わせ、車の脇でうつむきかげんに、ふくよかな胸の前で手をつかねて立っていた。彼女の傷は思った以上にひどいのか。

　ドアが開き、消し屋は私を地面に引きずりだすと、馴れたやり方でナイロンの拘束具を私の手にはめた。放された私はコオロギの鳴き声が喧(かまびす)しい、酸っぱい臭いのする泥に突っ伏した。拘束具？　あらためて見るとアリッサは車にもたれかかり、私には視線を向けられずにいた。

「おねがい」彼女は襲撃者に話しかけていた。「母は？」

　そう、アリッサは放心しているわけでも、大怪我を負っているわけでもない。私は彼女が逃げなかった理由を悟った。逃げる理由がなかったのだ。

　標的は彼女ではない。

　私だった。

　恐ろしい真実の全体像が明らかになった。私の前に立ちはだかる男は何週間かまえにアリッサに近づくと、母親に危害をくわえると脅し、政府の御用業者にまつわる汚職をでっちあげさせた。私の知己が司令官を務める陸軍基地が関係していたことから、犯人はアリッサの護衛役が私になると踏んだ。この一週間、アリッサは警護の手順について、その詳細を男に伝えていた。男は消し屋ではなく、私から情報を引き出すために雇われた、いわゆる調べ屋(リフター)だった。狙いは当然、私が担当していた例の組織犯罪である。私は裁判で証言した五名の新たな身元を知っていた。証人保護プログラムが彼らを匿う場所も知っている。

アリッサが涙ながらに息を喘がせて言った。「だって言ったじゃない……」

だが調べ屋はそれを無視して、時計を見ながら電話をかけていた。おそらく相手は私の部下が尾行している、五十マイル離れた囮の車に乗った男だろう。連絡は通じなかった。囮は私たちの車の事故が携帯電話を通して伝わってから、間をおかずに停止させられているはずだった。

つまり調べ屋は、思ったほどの時間がないことに気づいている。私はどこまで拷問に耐えられるかと考えた。

「おねがい」アリッサがまたささやいた。「母を。言ったじゃない、あなたの言うとおりにすればって……ねえ、無事なの？」

調べ屋はアリッサに目をくれると、思いなおしたようにベルトから拳銃を抜き、彼女の顔に銃弾を二発放った。

絶望に刺されて、私は顔を歪めた。

男は内ポケットからぼろぼろのマニラ封筒を出して開くと、地面に向けて中身を振り出した。私にはその正体がわからなかった。彼は私の靴と靴下を脱がせた。

そして柔らかい声で訊ねてきた。「あんたは必要な情報を知ってるな？」

私はうなずいた。

「話してくれるか？」

十五分持ちこたえることができれば、生きているうちに地元の警察がここまで来るチャンスが出てくる。私は首を横に振った。

私の反応が良くも悪くもないとばかりに、男は無表情で仕事にかかった。

二十分頑張れ。私は自分に言い聞かせた。

三十秒後、私は最初の叫びをあげた。二度めはその直後、それから吐く息すべてが悲鳴になった。

十三分、と私は念じた。十二……

しかし断言はできないが、私が「やめろ、やめてくれ」と音(ね)を上げたのは六、七分後ではなかったか。男は手を止めた。私は相手の知りたがっていることをそのまま口にした。

男は情報を書きとめて立ちあがった。左手にトラックのキーが見えた。右手には銃がある。

男は私の額の中央にオートマティックの狙いを定め、私はこれで苦痛がやむという、ほとんど安堵(あんど)に近い、忌まわしい安堵といった気分を味わっていた。

男はくつろいだ姿勢で、発砲にそなえてわずかに目を細め、私はと――

二〇一〇年九月

土曜日

このゲームの目的は相手の城を攻略して占領するか、
相手の一族を退治して……

――ボードゲーム〈フューダル〉の解説書より

1

「まずいことになったぞ、コルティ」

「つづけろ」私は細長いマイクロフォンに向かって言った。私はデスクでハンズフリーの状態だった。読んでいた古い手書きのノートを置いた。

「警護対象者と家族はフェアファクスにいる。調べ屋にゴーサインが出て、そいつはどうやら時間の制約を受けているらしい」

「どれくらい？」

「二日」

「雇い主はわかるか？」

「それがわからない」

土曜の早い時間だった。この稼業では、空き時間も週の労働時間もまちまちだ。私の場合は二日まえにはじまったばかりで、昨日の夕方に小さな仕事をひとつ終えた。きょうは書類仕事を片づけようと楽しみにしていたのだが、わが組織はつねに待機する態勢にある。

「つづけるんだ、フレディ」むこうの声音には含みがあった。散発的とはいえ十年もいっしょに働いていれば、この職業では機微に通じるところもある。

ためらいなど知らないＦＢＩ捜査官がためらっていた。ようやく、「わかった、コルティ、だから……」

「なんだ？」

「調べ屋はヘンリー・ラヴィング……ああ、わかってる。しかし確認ずみだ」

やがて心臓の鼓動と耳の血流ばかりが聞こえるなかで、私は思わず、無意味と知りつつ答えていた。「やつは死んでる。ロードアイランドで」

「死んだ。死亡の報告はあがってる」

私は窓外に九月の微風に揺れる木々を眺めると、デスクを見渡した。すっきりしたデザインだが、小さくて安い造りの代物だった。置かれているのはとりあえず私の気を惹こうという書類数枚と、その朝、私のオフィスから数ブロックしか離れていないタウンハウスに配達された〈ＦｅｄＥｘ〉の小包。これは〈ｅＢａｙ〉で買ったもので、届くのを心待ちにしていた品である。きょうのランチの時間にあけてみるつもりだった。私は包みを脇にどけた。

「先を」

「プロヴィデンスの件か？　あの建物には他人がいた」とフレディは足りないパズルのピースを埋めたが、私はこの捜査官の報告からすぐさま状況を推測できた。二年まえ、私の仕掛けた罠を逃れたヘンリー・ラヴィングが潜伏していた倉庫は火事で焼け落ちた。その内部で見つかった死体は、科学捜査の人間の調べによってＤＮＡの明らかな一致を見た。ひどく焼けた死体でも、例のデオキシリボ核酸というのは、しぶとく一千万ものサンプルを後に遺す。隠すことも破壊することも不可能なので、細工する意味がない。

だができることもある。事後、ＤＮＡ研究所の技師に嘘を強要し、死体が自分であると証言させる。

ラヴィングは私の罠を見透かしたような輩だった。私の警護対象者を追うにあたって予備の計画を練り、逃亡の必要が生じたときの備えに、ホームレスか家出人を拉致して倉庫に匿っておいたのだろう。技師を脅すというのは賢い思いつきで、人に厭がることをさせるのがヘンリー・ラヴィングの類まれな技量と思えば、そう突飛な話でもなかった。

つまり、多くの人間が焼死したものと胸をなでおろした――私なら快哉を叫ぶところだ――その男が、実は生きてぴんぴんしていたというわけだ。

戸口に影が射した。その正体はアーロン・エリス、わが組織の長であり、私が直接報告をする相手である。髪はブロンドでやたらに肩幅が広い。その薄い唇が開いた。私が電話中であることを知らなかったのだ。「聞いたか？　ロードアイランドは――やはりラヴィングじゃなかった」

「いまフレディと話してる」ハンズフリーのセットを指で差した。

「十時に私のオフィスで？」

「わかった」

エリスはライトブルーの靴下と不釣り合いな、タッセル付きの茶色いローファーを履いた足で小器用に立ちまわって姿を消した。

私はここから十マイル離れたオフィスにいるＦＢＩ捜査官に言った。「アーロンだ」

「わかってる」とフレディは答えた。「あんたのボスには、こっちのボスから報告が行った。あんたにはおれがこうして報告してる。ま、仲良くやろう。いつでも連絡をくれ」

「待て」と私は言った。「フェアファクスの対象者だが。お守りの捜査官は派遣したのか？」

「いいや。出来たての現場だ」

「いまから誰かをやってくれ」

「ラヴィングはまだ近くにいやしない」

「とにかくやれ」

「でも――」

「とにかくやるんだ」

「望みとあらば、それはもう」

フレディは私にそれ以上言わせず電話を切った。

〝ヘンリー・ラヴィング……〟

私はしばらく座ったまま、ふたたび窓外に視線を転じた。アレクサンドリア旧市街に位置する、看板のないわが組織の本部の建物はやたら醜悪で、一九七〇年代の見苦しさがある。私は芝生の一画、古美術品店、〈スターバックス〉、そして緑地帯に育った茂みを見た。フリーメイソン寺院に向かってつづく茂みは、ダン・ブラウンの作中に登場する人物がｅメールではなく、植栽でメッセージを伝えているかのようにふぞろいだった。

私は机上の〈ＦｅｄＥｘ〉の箱と書類に目をもどした。

ステープラーで留めた書類の束は、メリーランド州シルヴァー・スプリングに近い隠れ家の賃貸契約書だった。偽の身分を装って家賃値下げの交渉をしなければならない。

一枚は昨日、ヴァージニア州ラングレーのオフィスにいる陰気くさいスーツ姿の陰気くさい二名の男のもとへ、無事送り届けた警護対象者の引渡し指示書だった。私はその指示書に署名して済み(アウト)の箱に入れた。

最後はフレディから電話が来たときに眺めていたもので、自分でそのつもりもなく持ってきた。ゆうべ、タウンハウスでボードゲームを見つけたのだが、まえから解説書を再読したいと思っていて箱をあけたところ、この紙片がはいっていた。休日のパーティに招くゲストの名前、買っておくべき食料品、装飾品などを書き出したリストだった。黄ばんだ紙を何気なくポケットに入れておいたのを、けさになって気づいた。もう何年もまえのパーティである。いまとなってはもう思いだしたくもないことだった。

私はそこに記された手書きの文字を見つめると、長方形の褪(あ)せた紙を機密書類廃棄箱(バーンボックス)に嚙ませ、紙吹雪にした。

〈FedEx〉の箱をデスクの後ろにある、網膜認証などとは縁のない無骨なダイアル錠の金庫に入れた。そして普段も、週末出勤の際もオフィスで着るワイシャツに、暗色のスーツのジャケットを羽織った。オフィスを出るとボスの部屋がある左手へ向かい、防弾のミラーガラスを入れた窓から射してくる薄い陽光が縞模様を織りなす、灰色の長たらしい絨毯(じゅうたん)に沿って歩いた。もはやメリーランドの不動産価格のことも、小包のことも、過去の不要な記憶も頭になく、私は再登場したヘンリー・ラヴィングだけに思いを凝らしていた。この男は六年まえ、わが師であり親友だったエイブ・ファロウを、ノースカロライナの綿畑近くの溝で拷問をくわえたすえに殺害した。私はつながったままの電話でその叫びを聞いていた。

悲鳴は七分間つづき、やがて慈悲深い銃撃が、慈悲など微塵もなく、プロフェッショナルらしい効率性だけを目的におこなわれたのだった。

2

私が座るくたびれたディレクターズチェアの隣りの男は、明らかに私のことを知っていた。部屋にはいるなり、むこうから親しげにうなずきかけてきた。が、私には連邦検事という以上の認識はなかった。年齢は四十の私と同じころで弛み気味の短軀、頭は整髪が必要だった。アーロン・エリスが私の視線に気づいた。「連邦検察局のジェイソン・ウェスターフィールドを憶えているだろう」

私はごまかさずに答えようとした。黙って首を振った。

「フレディから報告を受けてます」

「フレデリクス捜査官から？」とウェスターフィールドが訊ねてきた。

「そうです。フェアファクスに警護対象者がいて、この数日で情報を集めようという調べ屋がいるとか」

ウェスターフィールドの声は甲高(かんだか)く、いらつくほど陽気だった。「そうなんだ。われわれもそう聞いてる。現時点では、調べ屋にゴーサインが出ている程度のことしかわからない。月曜の夜中までに対象者からの情報を求めている人間がいて、さもないと大変なことになるとか。何が大変なんだか、こっちはクソほども知らないが。と、これは失礼(パルドネ・モワ)」

私が裁判に向かう検察官のような恰好だったのにたいし、ウェスターフィールドは週末の服装をしていた。それもオフィスに出る週末用ではなく、チノにプレイドのシャツ、ウィンドブレイカーという週末キャンプへ出かけそうな出立ちである。これは土日の出勤があたりまえのコロンビア特別区では珍しい。もしかすると、本人はカウボーイ気取りなのかもしれない。見れば椅子の縁に浅く腰かけ、寸の詰まった指でファイルをつかんでいる。緊張しているからではなく——本人はおよそ緊張するタイプには見えない——興奮していた。内側で新陳代謝が活発におこなわれているのだ。

背後で別の女性の声がした。「遅くなりました」

女が場にくわわった。その独特なうなずき方から、彼女がウェスターフィールドのアシスタントであることがわかる。隙のないヘアスタイルに仕上げた肩までのブロンド。新品かドライクリーニングしたブルージーンズ、黄褐色のスポーツコートに白のセーター、乳白色の真珠のネックレスが印象的だった。イアリングも真珠で、耳たぶにやはり人目を惹くダイアモンドがあしらわれている。黒っぽいフレームの眼鏡には年齢のわりに三焦点レンズが入れられていて、それはオフィスと私を見つめる際に顔をゆっくり動かすしぐさでわかる。羊飼い(シェパード)は対象者の購買傾向を知っておかなければならない——相手を理解するのにとても役立つからで、私はすかさず〈シャネル〉、〈コーチ〉、〈カルティエ〉を目に留めた。金持ちの娘で、イェールかハーヴァード・ロースクールではトップに近い成績だったのだろう。
ウェスターフィールドが言った。「こちらはクリス・ティーズリー連邦検事補」

　彼女は私の手を握り、エリスにうなずいてみせた。

「ちょうどいま、ふたりにケスラーの状況を説明していたところでね」そして私たちに向かって、「クリスはわれわれと仕事をすることになってる」

「詳細を聞きましょうか」私はティーズリーがほのかな花の香りをさせていることを意識しながら言った。彼女は大きな音をさせてアタッシェケースを開くと、ボスにファイルを手渡した。
ウェスターフィールドがそれに目を通しているあいだ、私はエリスの部屋の壁に掛けられたスケッチを見つめた。角部屋にあたるエリスのオフィスは広くはないが、多数の写真やモールギャラリーのポスター、彼の子どもたちの作品で飾られていた。丘の中腹に建つ家を描いた水彩画は悪くなかった。

　私のオフィスの壁には電話番号のリストしかない。

「状況はこうだ」ウェスターフィールドがエリスと私を見た。「けさ、局のウェストヴァージニア州チャールストン支局から連絡があった。話をまとめると、田舎で覚醒剤（メス）の囮捜査をやっていた州警察が公衆電話に付着した指紋を採取して、それがヘンリー・ラヴィングのものと判明したらしい。殺人容疑の逮捕令状および監視令状は、なぜかラヴィングが死亡した後も取り消されていなかった。まあ、死亡と推定された後というべきなんだろうが。
州警から連絡があって事件を引き継いだわれわれは、一週間まえにラヴィングが名前と身分を偽り、空路チャールストンにはいった事実を知った。どこから来たのかは不明だ。で、けさになって、本人がウィンフィールドのモーテルにいることを突きとめた。だがすでに——二時間ほどまえ、およそ八時半ごろにチェックアウトしていた。行き先は従業員も知らない」

　上司がうなずくのを合図に、ティーズリーがつづけた。「監視令状は法的に有効なので、捜査官がホテルでeメールをチェックしました。受信が一通、送信が一通で、開始の命令とラヴィングの承認です」

　エリスが訊いた。「やつはウェストヴァージニアで何をするつもりなんだ？」

　ラヴィングのことなら、私はこの部屋の誰よりも知っていた。そこで言った。「彼は通常、仲間と仕事をします。現地で誰かを拾うつもりなのかもしれない。武器もです。仲間と飛行機に同乗することはないでしょう。いずれにしても、DC周辺の空港は避けるはずだ。こちらにはいまも彼の風貌を憶えている人間が大勢います。あの……あの何年かまえの出来事があってから」私は質(ただ)した。「送信者のインターネットアドレスは？」

「プロキシを通しています。追跡不能です」

「モーテルの部屋へ、または部屋から電話連絡は？」

「まさか(メ・ノン)」

　フランス語が気に障る。ウェスターフィールドは休暇の旅行からもどったばかりなのだろうか。それともアルジェリアのテロリストを訴追するのに必死で勉強中なのか。

「命令の正確な中身は、ジェイソン？」と私は訊ねた。

　ボスの合図を受けて、ティーズリーが主役を張った。「お話ししたとおり、開始しろと、それだけでした。まえもって細部を詰めた話し合いをしていたということでしょう」

「つづけて」と私は言った。

女は読みあげた。「ラヴィング――Re：ケスラー。開始だ。必要なのは詳細、事前の打ち合わせに従い、月曜の深夜零時までに、でなければ説明したように、歓迎されざる結果になる。情報を得られた段階で、対象は抹殺されなくてはならない。引用終わり。フェアファクスの住所が記されています」

歓迎されざる結果……大変なことになる。

「音声はないのか？」

「ええ」

私はがっかりした。音声分析では発信者について多くのことがわかる。まずは性別、そしてほとんどの場合に国籍と出身地域、疾病、さらには鼻や口、喉などの形態まである程度は推測ができるのだ。が、最低でも警護対象者の氏名の綴りが確認できたのはプラスだった。

「ケスラーは特別区の警官だ。ライアン・ケスラー刑事」とウェスターフィールドが説明した。

「ラヴィングの応答は？」

「〈了解〉。それだけ」

「首謀者が求めているのは〝詳細〟だ」――ウェスターフィールドは指二本を二度折り曲げ宙に引用符を描いてみせた――「月曜の夜中までに。詳細を……」

私はプリントアウトを見せてほしいと頼んだ。わずかに渋る様子だったティーズリーは、まるで反応も示さないウェスターフィールドを見て紙片を差し出した。

私はその短文を読んだ。「文法も、綴りと句読点もまともだ。〝従う〟の使い方も適切だ」この指摘にティーズリーが眉を曇らせた。私は多く使われる〝従いながら〟という言い回しが冗長だとは指摘しなかった。ティーズリーは部下ではない。私はつづけて、「〝詳細〟につづく同格句にそろえて打たれた読点、これはめったに見られない」

いまや全員が私を見つめていた。私は大昔に言語学を学んだ。文献学という、文章分析による言語研究もかじった。手慰みといったところだが、ときにこれが役立つこともあった。

エリスが首をねじった。エリスは大学でレスリングをやっていたが、私の知るかぎり、いまはあまり運動はしていない。それでも鉄の三角形を思わせる体形を維持している。「やつはけさ八時半に宿を出た。おそらく武器を持っているから飛行機に乗る気はない……それにコルティ、きみの言うとおり、こっちの空港で目撃される危険を避けたがっている。離れても四時間ほどだ」

「やつの車は?」と私は訊いた。

「まだつかめていない。局でチームを編成して、街じゅうのモーテルとレストランをしらみつぶしにしてる」

私のボスはつづけて――「このケスラーだが、首謀者が口を割らせたがる何を知ってるというんだ?」

「見当がつかない」とウェスターフィールドが答えた。

「ケスラーというのは、いったい何者なんです?」私は訊いた。

「いくらか細かい情報をつかんでいます」とティーズリーが言った。

若い検事補がファイルを繰るあいだ、私はウェスターフィールドが出向いてきた理由に思いをめぐらした。私たちはボディガードの最後の砦として知られる（少なくともアーロン・エリスは予算折衝の席でみずからそう任じ、私としてはいささか心苦しい部分もあるが、ワシントンではこれが功を奏しているらしい）。国務省外交安全局ならびにシークレットサービスは、合衆国の当局者および外国首脳の警護にあたる。証人保護プログラムは有名、悪名を有する者を新たな身分で隠して世間に解き放つ。ひるがえって、私たちは名を知られた対象者について、差し迫った脅威が確実に存在する場合にのみ対処をする。個人セキュリティの緊急救命室（ER）とも呼ばれるゆえんだ。

基準は曖昧なのだが、人員が限られるなかで、私たちが受け持つ警護対象者は国家の安全保障にかかわるか――きのう、CIAの紳士たちのもとへ送致したスパイがそれだ――、たとえば去年、店頭販売された汚染薬剤に関する公判に出た内部告発者を保護したように、公衆衛生上の問題に巻きこまれた人物に絞られる。

が、ティーズリーが件の警官の略歴を口にすると、答えは明らかになった。「ライアン・ケスラー刑事、四十二歳。既婚、子どもはひとり。特別区の金融犯罪を担当、勤務は十五年、叙勲経験あり……名前に聞き憶えがあるかもしれません」

目をやると、ボスは私たちふたりを代表して首を振った。

「彼はヒーローです。何年かまえにメディアに取材されています。DCで潜入捜査の最中に北西地区のデリ強盗に遭遇。客を救ったものの自身は被弾。それがニュースとなって、〈ディスカバリーチャンネル〉の警官もので彼の特集が組まれました」

私はろくにテレビを見ない。だが事情は理解できた。ヘンリー・ラヴィングのような調べ屋に狙われたヒーロー警官……ウェスターフィールドはここに自分がヒーローになるチャンスを見出した――おそらくはケスラーが捜査していた金融詐欺のたぐいで、その黒幕を訴追しようというのだ。たとえ元の件が大きくなくても――巨大化する可能性もあるが――ワシントンDCで英雄的行為をした警察官を標的にするというのは、それだけでウェスターフィールドの意図に沿う理由となる。私はウェスターフィールドを見くだしたりはしない。なぜならワシントンは、公けの政治とともに個人がすべてなのである。この事件をやることで、彼のキャリアが報われるかどうかに興味はない。こちらの関心はあくまでケスラーの家族の命を守ることにあった。

しかも、他ならぬあの調べ屋がからんでいた。

「まあ（アロール）」ウェスターフィールドが言った。「そういうわけだ。ケスラーは思わぬところに鼻（ネ）を突っ込んでいた。われわれはそれがどこか、何か、誰か、いつか、なぜかを知りたい……さっさとケスラーの家族を塀のなかに入れて、話はそこからだ」

「塀のなか？」と私は訊いた。

「そうです」ティーズリーが言った。「こちらではDCの拘置所を考えていて、わたしのほうで多少リサーチをして、ハンセンの施設が警報システムを改修したばかりだということがわかっていますし、環境の良好な棟にいる看守全員の被雇用者記録にも目を通しました。いい選択です」

「そのとおり（セ・ヴレ）」

「塀のなかは望ましくない」と私は言った。

「ほう？」ウェスターフィールドが訝（いぶか）った。

たしかに、矯正施設内の隔離された場に保護拘置するというのは理にかなう場合もあるが、今回はそれにあたらないと私は説明した。

「ふむ」と検事は口にした。「内部にはきみたちの側の人間がいると思っていたんだが、ちがうかね？　効率がいいぞ。フレデリクス捜査官ときみには接見を許可する。いい情報がとれる。私が保証しよう。塀のなかでは、目撃者は思いがけないことを思いだしたりするものだからな。みんなハッピーだ」

「こういった状況での経験がありません」

「ない？」

「たしかに拘置すれば、調べ屋はまず外から侵入することはできない。それに――」私はティーズリーにたいして、その熱心な宿題の消化ぶりを認めてうなずいた。「――間違いなくスタッフも精査されている。ほかの調べ屋だったら私も賛成しますよ。でも今度の相手はヘンリー・ラヴィングだ。やつのやり口はわかってます。こちらでケスラー一家を囲いこんだら、おそらくやつは看守のひとりの弱みを見つけだす。看守のほとんどは若い男性です。私がラヴィングなら、目をつけるのは身重の妻がいる人間――それもできれば初産。そしてその妻を訪ねる」私の事務的な口調に、ティーズリーが目を瞠（みは）った。「看守はラヴィングの要求に一も二もなく従うでしょう。しかも、いったん所内にはいった家族には逃げる手段がない。ケスラー一家は追いつめられる」

「小兎(プティ・ラパン)みたいに」ウェスターフィールドの物言いは、思ったほど皮肉に満ちてはいなかった。私の主張を慮(おもんぱか)っていたのだ。

「くわえて、ケスラーはDCの警官です。彼を納得させるのは厄介でしょうね。ハンセン拘置所には、彼が挙げた罪人が半ダースからいるはずだ」

「きみならどこに匿う？」とウェスターフィールドが訊ねた。

私は答えた。「まだわかりません。考えてみないことには」

ウェスターフィールドも壁を見あげたが、目的が絵なのか証書類なのかははっきりしなかった。やがてティーズリーに向かって、「ケスラーの住所を教えてやれ」

若い女は上司よりもずっと読みやすい字で住所を書き出した。それを手渡されるとき、またしても香水の突風に見舞われた。

私はふたりに礼を言って受け取った。私は対戦型ゲームのプレイヤーで——それもあらゆる種類のゲームをやって、勝利には謙虚かつ寛大であることが必要と学び、その理屈を仕事に用いてきた。これはいうまでもなく礼儀作法の問題だが、いい勝者は将来同じ相手と再戦するとき、若干ながら心理的優位に立てるということも知っている。

ふたりが席を立った。検事が言った。「わかった、きみたちのやり方で——誰がなぜラヴィングを雇ったのかを探ってくれ」

「最優先にします」と私は請けあったが、それは真実ではない。

「では失敬(オールヴォワール)……」ウェスターフィールドとティーズリーは扉を出ていった。検事は部下にひそやかな声(ソット・ヴォーチェ)で指示していた。

私も立ちあがった。任務に必要なものを取りにタウンハウスに立ち寄らなくてはならない。

「報告は現地から」と私はエリスに言った。

「コルティ?」

私は戸口のところで振りかえった。

「ケスラー一家は拘置所に送らない……それでいいのか? 彼らを隠れ家に匿って、そこから事件を仕切ろうというんだな?」これまでも後ろ盾になってくれて——配下の人間を支える側になければ、アーロン・エリスという存在の意味がない——今度の件でも、おそらくエリスは私の見解に同調するだろう。実際、彼は一家を保護拘置しないという戦術的判断について再確認を求めてきたのではない。

エリスが問い質していたのはこういうことだった。ヘンリー・ラヴィングから対象者を護るという仕事に、誰あろう私を指名したのは正しい決断であったのか。つまり数年まえにわが師を殺害し、私が仕掛けた罠から逃げたと思われる相手が容疑者なら、その目的は私ということになるのではないかと。

「隠れ家がもっとも効果的なアプローチなので」と私はエリスに答えてオフィスにもどり、武器をしまってあるデスクの引出しの鍵を探った。

3

政府機関というと、その職員や部局を表すのにイニシャルや頭字語と結びつくことが多いのだが、私たちのあいだではなぜか〝調べ屋(リフター)〟〝消し屋(ヒッター)〟と同じようなニックネームが通用している。

わが組織内の最下級のボディガードは近接警護官だが、依頼人に影のように寄り添うことから〝身代わり(クローン)〟と呼ぶ。〈技術支援・通信部〉の人員は〝魔術師(ウィザード)〟。〝街路清掃人(ストリート・スウィーパー)〟とは〈防御分析・戦術〉の担当で、一マイル先にいる狙撃手や、警護対象者の携帯電話に隠された爆弾の探知などを任務とする。組織で監視をおこなう者は、当然ながら〝スパイ〟と称される。

私は〈戦略警護部(SPD)〉に属し、組織に八名いる戦略警護官ではいちばんの古株である。割り当てられた対象者の警護プランを立案し、実行する。この任務の内容と部のイニシャルから、羊飼い(シェパード)として知られている。

ニックネームをもたない部署に〈調査支援〉があり、私からみれば、ここが補助部門のなかでもっとも重要だ。まともな調査研究がなければ、羊飼いは個人の身の安全をはかることはできない。私がよく若い警護官たちに説くのは、事前の調査をしておけばそれだけ戦術力の必要が減るということだった。

そして幸運にも、私には部内で最優秀と認める部下がいた。

私は彼女を呼び出した。

ベルが一度で、イアピースから「ドゥボイス」と声が聞こえてきた。

鳴らしたのは彼女の盗聴対策ずみの携帯で、私は形式的なあいさつを受けた。出自がフランスだけにデュボワと発音したくなるが、彼女の家族はドゥボイスを名乗っていた。

「クレア。問題が起きた」

「何です？」きびきびとした問いがきた。

「ラヴィングが生きてる」

彼女は合点した。「生きてるって？……そんなことがあるんでしょうか」

「ああ、ある」

「考えてみます」ドゥボイスはほとんど独り言のように言葉を発した。「建物が燃えて……DNAが一致した。報告書を思いだしているのですが。誤字が二カ所ありましたね？」クレア・ドゥボイスは、その若者らしいイントネーションのわりに年を重ねてはいるが、それほどの年齢でもない。ブルネットの髪をショートにして、ハート形の繊細できれいな顔立ち、スタイルはたぶん抜群――私も世の男並みに興味はあるのだが――たいてい機能的なパンツスーツに隠されているし、私はその服装がスカートやドレスよりも好きだった。実用性があるという意味で。

「それは関係ない。街にいるのか？　きみの手を借りたいんだ」

「つまり、週末で出かけているのかという質問ですか？　いいえ。計画が変更になって。参加しましょうか?」ドゥボイスは一本調子でまくしたてた。私は九月の朝日が射しこむヴァージニア州アーリントンの静かなタウンハウスで、朝食をとる彼女の姿を思い描いた。もしかすると、スウェットか身体の線が浮き立つローブを着ているかもしれないが、そのどちらの姿も想像がつかなかった。あるいは向きあって座る無精ひげをはやした若い男から、たわんだ〈ワシントンポスト〉越しに好奇の視線を浴びているのかもしれない。それもしっくりこなかったが。

「やつはフェアファクスの対象者を狙ってる。詳細は不明。時間が限られている」

「わかりました。ちょっと整理させてください」カタカタと短い音が聞こえてきた――タイプに関して、彼女の右に出る者は地球上にひとりもいない。そして半ば自分に語りかけるように、「隣りのミセス・グロッキー……それから水……オーケイ。二十分で行きます」

ドゥボイスには注意欠陥障害の気味があるのではないかとも思う。だが、それが私の役に立つこともよくあった。

「私は対象者たちに同行するが、任務については追って連絡する」

私は電話を切ると、車輛部で手続きをして、建物地下の広い車庫からニッサン・アルマダを借り出した。キング・ストリートからアレクサンドリア旧市街の趣きがある狭い道を抜け、ポトマック川に沿ってワシントンDCから遠くないヴァージニア側を走った。

このSUVはいかにもの黒ではなくライトグレイで、汚れてへこみもある。個人の身を護る仕事において車は大きな部分を占め、われわれの全車輛がそうであるように、このニッサンも防弾ガラス、ドアの装甲、ランフラットタイヤ、防爆剤入りのガソリンタンクと改造がほどこしてある。車輛担当のビリーの手で、転回性能を上げるために重心が下げられ、グリルにはエンジン保護を目的に、ビリーがサポーターと呼ぶ装甲パネルが装着されていた。

二重駐車をしてブラウンストーンのタウンハウスに駆けこむと、ほんの一時間まえに一杯用のカプセルマシンで淹れたコーヒーの香りが残っていた。私は大型のジムバッグに急いで荷物を詰めた。オフィスとちがい、この部屋の壁には私の過去の証しがあった。卒業証書、成人教育コースの免状、かつての雇い主や満足した顧客、たとえば国務省、ＣＩＡ、ＡＴＦ（アルコール・タバコ・火器および爆発物取締局）から贈られた感謝状で埋まっていた。英国のＭＩ５からのものもある。また数葉の写真はヴァージニア、オハイオ、テキサスといった場所で撮ったものだ。

こんなふうに壁を飾る理由が自分でもよくわからない。めったに目を向けなかったし、ここで人付きあいをすることなど皆無だった。そういえば何年かまえには、こういうことはそれなりに広いタウンハウスに独り引っ越してからやることじゃないのかと考えたりもした。

ジーンズ、紺のウィンドブレイカー、黒のポロシャツに着換えた。それから二個のアラームを作動させ、施錠して車にもどった。高速道路に向けて車を走らせながら番号をダイアルして、ハンズフリーのイアフォンを耳に挿した。

三十分後には対象者の家にいた。

ヴァージニア州フェアファクスは雰囲気のいい郊外の住宅地で、寝室がふたつの平屋とタウンハウスの家並みから、隣家との境に木立のバリアをめぐらし、非武装地帯に仕立てた十エーカーもの豪邸まであった。そんな両極端の中間に位置するケスラー邸は一エーカーの敷地の中央に建っていた。家を半ば覆った木々の葉は夏の勢いを失いかけ、色が変わりつつある――へンリー・ラヴィングを掩護する狙撃手にとって、木は恰好の隠れ場所となるだろう。

私はUターンすると、ドライブウェイに駐めたアルマダから降りた。通りの向かいにいるFBI捜査官とは面識がなかったが、フレディの補佐がアップロードした写真を目にしていた。私は車に近づいた。彼らも私の人相は知っているはずだが、こちらの正体を認識するまで両手を脇に置いたままにした。双方でIDを出しあった。

「われわれが来てから、家の前で立ちどまる者はいません」

私はIDケースをしまった。「州外のナンバープレートは?」

「見ていません」

〝ノー〟とは異なる答えだった。

捜査官のひとりが近くの広い四車線道路を指さした。「あっちで大型のSUVを二台見ました。速度を落としてこちらのほうをうかがうと走り去っていきました」

私は訊ねた。「北へ行ったのか?」

「ええ」

「半ブロック先に学校がある。きょうはサッカーの試合がおこなわれる。シーズンにはいって間もないので、フィールドに来たことがない保護者たちが道に迷っていたんだろう」

捜査官たちは、私がそれを知っていたことに驚いた顔をした。情報はここへ来る途中、クレア・ドゥボイスから得ていた。付近でおこなわれるイベントについて、こちらから確認していた。

「それでも、彼らをまた見たらすぐに知らせてくれ」

通りの先に時季遅れの芝を刈ったり、早くも落ちた葉を集めたりする住人たちの姿があった。暖かく、空気のすがすがしい一日だった。私は地域全体に二度、目をくばった。私はよく被害妄想的だと評される。事実、そうなのだろう。だが今度の相手はヘンリー・ラヴィング、姿を消す達人……もちろん、最後の最後になって忽然と姿を見せる。二年まえのロードアイランドのことを思いかえすと、あのときもラヴィングは不意に現われた。武装して、まさか乗っているはずのない車から。

だが現実に乗っていた。

バッグを肩にかついでニッサンまでもどると、私は窓に映る自分の風貌に目をやった。刑事であるライアン・ケスラーの信用を得るには、しかつめらしい連邦捜査官そのままより、潜入捜査をやる刑事風の外見のほうがいいと思っていた。カジュアルな服装、薄くなりかけた茶色っぽい髪、顔はきれいにひげを剃り、ちょうど通りの先でおこなわれているサッカーの試合で、息子や娘に声援を送る四十がらみのビジネスマンに見えるはずだ。

私は保安電話（コールドフォン）で連絡を入れた。

「あんたか？」とフレディが訊いた。

「いまケスラー邸にいる」

「部下に会ったか？」

「ああ。優秀で目につく」

「庭に飾った地の精（ノーム）の陰にでも隠れてろというのか？　なんたって郊外なんだからな」

「けなしてるんじゃない。ラヴィングが現場に監視をつけるなら、こちらもお見通しだと知らせておきたいんでね」

「すでに人がいると考えてるのか？」

「ことによると。だがラヴィングがここに来るまでは動かないだろう。やつの現在地、あるいは到着時刻に関して情報は？」

「ない」

ラヴィングはどこにいると自問しながら、私はウェストヴァージニアからのハイウェイを思い浮かべた。われわれはルーレイにまともな隠れ家を持っている。いまはそのあたりを走っているのだろうか。

フレディが言った。「待て、いまちょうど……いいところで質問したな、コルティ。チームがモーテルで拾った詳細が来た。そう、やつは明るい色のセダンに乗ってる。年式、モデルは誰も見てない」

ヘンリー・ラヴィングは健忘症の遺伝子を活性化させる。とはいえ、ただ極端に不注意な人間が多いというのもまた真実だ。

フレディがつづけた。「やつが周辺にはいるまで最低でも三時間。それに、ケスラーの家にたどり着くのに多少の時間を食うだろうな」

私は言った。「貸しでもあるのか——ヴァージニア州警に？」

「いいや、でもおれは愛すべき男だから、連中はおれの頼みを聞いてくれる」

フレディの軽薄さには辟易(へきえき)する。しかし、この困難な仕事で一日を乗り切るにはやむをえない。

「やつの写真を州警に回せるか？　ここと、ウェストヴァージニアのあいだにいる全車輌にオレンジ手配で送るんだ」そうすれば、コンピュータで速報を受けたパトロール中の警官は、明色の車とラヴィングの人相と合致する運転手を捜すことになる。オレンジは相手が危険人物であることを意味していた。

「それはやるにしても、おれはあんたが数学の天才だと思ってるんだがな、コルティ」

「だから？」

「百万台割る警官四十名。答えは？」

「ありがとう、フレディ」

電話を切り、私はライアン・ケスラーを呼び出した。

「はい？」

私は名を名乗り、到着を告げた。もうすぐ玄関まで行くと。私はケスラーにフレディと連絡をとり、私の外見を確認するよう求めた。これは有効なセキュリティ対策だが、一方で相手の猜疑心を募らせるためでもあった。ケスラーは警官――それも勲章を受けた警察官なだけに、護衛されることをよしとしない面があるはずで、私としては現実に危険が存在することを感じてほしかった。

沈黙がつづいた。

「もしもし、ケスラー刑事？」

「ええ、フレデリクス捜査官と外にいる連中には連絡して……あなたの姿も見えてますよ、コルティ捜査官。こんなことは必要ないと話しました」

「とにかく、私はきみの話をうかがいたい。よろしければ」

ケスラーは苛立ちを隠す努力をしなかった。「ほんとに時間の無駄ですから」

「どうかひとつ」と私は朗らかに言った。私は慇懃にすぎるきらいがある——肩が凝る、とよく言われる。だが穏やかで型にはまった物腰のほうが人々の協力は得やすい。第一、居丈高にふるまうのは得意ではない。

「わかりました。フレデリクス捜査官に電話します」

さらに私は武装しているかどうかを訊ねた。

「はい。だめですか?」不機嫌そうだった。

「いや。問題ない」

非武装のほうが望ましかったが、その資格をもつ警察官に武器を捨てろと諭すのは無益な戦いだ。

ケスラーがフレディと連絡をとる間に、私は家を眺めた。

一軒家というのは防御不能に近い。

全体が視界にはいり、透過構造で火にたいして脆弱である。熱センサーに無防備で、避難ルートは限られる。戦術的な防御はジョークに等しい。一発の銃弾で力を削ぐことができる。警備会社が謳いあげる五分での対応など、調べ屋にとってみれば、のんびり誘拐を仕組む余裕があるという意味になる。家の所有権、自動車、金融書類といった個人記録が、どんなに韜晦しようと居住者の玄関まで犯人を直接導いてしまう。

警護対象者は自宅という安全な毛布を欲しがるものだが、私は彼らを愛する住居からすみやかに引き離す。

私はライアン・ケスラーの家を見ながら、彼と家族をコロニアル風の貧弱な二階建てから一刻も早く連れ出そうと決意した。

窓を確かめながら玄関まで歩いた。ライアン・ケスラーが扉をあけた。ライアンの容姿は本人の人事ファイルその他のリサーチで知っていた。私は人気（ひとけ）のない階下を見通すと、片手を腰から浮かした。

ライアンは腰のホルスターから手を離した。

私は自己紹介した。握手をしてＩＤを示した。顔写真と氏名、それに連邦政府の紋章が付いていたが、この紋章の鷲は司法省のものと似ていても、われわれ独自の意匠をもつ鳥だった。組織に関しては明示されていない。私の肩書も単純に〈合衆国公務員〉となっている。

ライアンはそれを一瞥（いちべつ）しただけで、私なら口にしそうな疑問を投げかけてはこなかった。

「フレデリクス捜査官に連絡して、私の身元を確認したかな？」

「いいえ」警官の直感で私のことは信頼できると思ったのだろうか。そこまでするのは男らしくないと感じたのかもしれない。

がっしりした体格のライアン・ケスラーは肩幅が広く、髪の色は黒で、実年齢より老けて見えた。顔をうつむけたのは、私のほうが背が低いうえに一段下のステップに立っていたからだが、そのせいで二重顎が目立った。細めの腰回りの上に丸々とした腹が乗っている。目は漆黒で鋭い。その顔に笑みが浮かぶところなど、私の場合と同じで想像するのは難しい。おそらく取り調べが得意ではないかと思われる。

「あの――コルティ捜査官」

「コルティだけでいい」

「名前だけ？　ロックスターみたいに」

私のＩＤにはふたつのイニシャルが記されているけれど、自分で使ったことも、〈コルティ〉に何かを付け足したこともない。まえにも経験があるのだが、ケスラーはそれを厭味と受けとったらしい。私はこれが賢明なやり方なのだとは説明しなかった。仕事において、私は人々に――善人悪人、その中間もふくめ――自身の情報はなるべく出さないと決めている。人に事情を知られればそれだけ妥協する余地もふえ、対象者を護る職務に支障をきたすことになる。

「フレデリクス捜査官がこちらに向かってる」と私は言った。

溜息。「大げさなんですよ。お門違いだ。私を脅そうなんてやつはいませんよ。〈Ｊ－エイツ〉を追ってるわけじゃないんだし」

〈Ｊ－エイツ〉とは、フェアファクスで幅を利かせるラテン系ギャングの一派である。

「とにかく、こちらにも一枚咬ませてもらいたいんだ」

「それはその、警護するってことですか？」

「そのとおり」

ライアン・ケスラーは私のことを睨めまわした。私は身長が六フィートたらず、体重は百七十ポンドで、職務の状況やその月に好んで食べたデリのサンドウィッチによって五ポンドの増減がある。軍隊経験はなく、クワンティコでＦＢＩの課程を受けたこともない。護身術の基本はそこそこ身につけているが、とりたてて武術の心得があるわけではない。タトゥーも入れていない。ジョギングやハイキングで外に出ることは多くても、マラソンや鉄人レースの類とは無縁だった。若干の腕立て伏せや腹筋をやるのは、運動が血行をよくして、しかもデリのサンドウィッチに罪の意識なくチーズを足せるという、おそらく誤った考えにもとづくものだ。案外射撃の腕はよく、いまはインサイドパンツ・ホルスターの〈ガルコ・ロイヤルガード〉に収めたグロック23――四〇口径――と、〈モナドノック〉の伸縮式警棒を携帯している。が、そんなことを知るはずもないライアン・ケスラーには警護対策が貧弱に見えたのだろう。

「連中だって」ライアンの目が通りの向かいに駐まるＦＢＩの車に向けられた。「妻と娘を怖がらせてるだけだ。だいたい、ちょっと目につきすぎじゃないですか？」

双方が同じ見解というのが面白かった。「たしかに。でも、彼らはこのうえない抑止力になる」

「あの、しつこいようですが、時間の無駄です。この話はボスにもしました」

「ルイス刑事部長か。私もここへ来る途中に話をしたんだ」

コロンビア特別区首都警察のロナルド・ルイス。ずんぐりした身体に幅の広い顔、焦げ茶色の肌。遠慮のない性格。直接会ったことはないが、国内でも有数の危険都市の、そのまた危険な地域の立て直しに手腕を発揮していると聞く。首都警察で南東地区の警邏警官から出世したルイスはライアン・ケスラー同様、ちょっとした英雄だった。

私が宿題をしてきたことを知り、ライアンは気後れを見せた。「で、私が標的になる理由がわからないと聞かされたでしょう。お引き取りねがうしかありませんね。お時間をとらせてすみませんでした」

「ミスター・ケスラー、ひとつだけ頼みを聞いてくれないか？　たのむ。家のなかでいくつか説明させてくれ。十分ですむ」あくまで明るく、焦りは気振りにも見せない。それ以上言葉にすることはなく、理由も口にしなかった――戸口で議論しても勝ち目はない。むこうは下がってドアを閉じればすむことなのだ。私はひたすら期待のまなざしで相手を見あげた。視線ははずさなかった。

ライアンはまた嘆息した。そして聞こえよがしに言った。「いいでしょう。どうぞ。五分ですよ」足を引きずるライアンに通されたこぎれいな郊外住宅は、家具用のレモンオイルとコーヒーの香りがした。彼と家族について、観察した範囲でそうそう判断はできないが、ひとつ目につくのが書斎に額入りで飾られた、〈ワシントンポスト〉の黄ばんだ一面だった。

〈ヒーロー警官、強盗に襲われた二名を救出〉

若いライアン・ケスラーの写真につづく記事。

ここに来る車中、クレア・ドゥボイスが高級時計を思わせる手際でライアンの背景を教えてくれた。それにはケスラーによる救出劇の経緯もふくまれていた。チンピラが特別区の繁華街にあるデリに押し入り、興奮して銃を発砲するという事件が起きた。情報提供者と落ち合うことになっていたライアンは、たまたまそのデリ裏の路地にいた。彼は銃声を聞くと武器を抜いて裏口から駆けこみ、店のオーナー夫妻の命こそ救えなかったものの、逃走した強盗に脚を撃たれながら、店内にいた客二名を助けたのだった。

事件の顚末には思わぬ展開があった。助かった女性客はライアンと連絡をとりつづけ、やがてふたりは付きあうようになった。その女性というのがライアンの現在の妻、ジョアンである。

ライアンは最初の妻とのあいだに娘がひとりいたが、この妻は娘が六歳のときに卵巣癌で死去している。

略歴を伝えてきたあと、ドゥボイスは車内の私にこう言った。「なんだかロマンティックですね、彼女の命を救って。輝く鎧をまとった騎士ね」

私はあまりフィクションを読まず、中世をふくめた歴史物を好む。騎士の鎧など、これまで創られてきた防御システムのなかでも最悪だと反論しようかと思った。たしかに見てくれはいいが、戦士はシンプルな盾に兜に鎖帷子、あるいはなにも着けないほうがよほど攻撃を受けにくい。

それに脚を撃たれて伴侶を得るというのも、むしろロマンティックとは逆なのではという気がした。

ちらかったファミリールームを通るときにライアンが言った。「こんな土曜日に……奥さんやお子さんと出かけたいとは思わないんですか？」

「じつは独身で。それに子どもはいないんだ」

ライアンは口をつぐんだが、これはありがちなことだった。郊外に住む特定の年齢層からは、話す相手が未婚で家族のない四十代とわかったとたん、そんな反応が返ってくる。「こっちへ行きましょうか」キッチンにはいると、それまでの香りにまた新たな匂いが混じった。週末用の豪華な朝食、まず私の好きな料理ではない。そこは雑然として、シンクには汚れた皿がきちんと積みあげられていた。薄色のテーブルを囲むコロニアル風の白いダイニングチェアに、ジャケットやスウェットが引っかけてある。壁にぎっしりと、四対一の割合で掛けられた〈セーフウェイ〉と〈ホールフーズ〉の空の紙袋。教科書、ダイレクトメール、ランニングシューズにDVDとCDのケース。

「コーヒーは？」ライアンがそう訊いてきたのは自分が飲みたかったのもあるし、ただ気がふさいでいるだけで、失礼な男に思われたくないという気持ちからだった。

「いや、けっこう」

ライアンがコーヒーを淹れるあいだ、私は窓辺に寄り、そこらにいくらでもありそうな裏庭を見渡した。窓とドアを観察した。

詮索する私の視線に気づきながら、ライアンはコーヒーの味を楽しんでいた。「ですからコルティ捜査官、私に見張り番は必要ないんですって」

「本当はこの背後にいる人物を見つけるまで、きみときみの家族には隠れ家にいてもらいたいんだ」

ライアンは嘲笑した。「引っ越しですか？」

「せいぜい数日のことだよ」

階上で物音がしたが、一階に人の姿はなかった。クレア・ドゥボイスからはライアンの家族の情報も得ていた。ジョアン・ケスラーは三十九歳、統計の専門家として八、九年働き、ライアンと出会って結婚した後に仕事を辞め、当時十歳だった継娘の母親に専念することになった。

娘のアマンダは公立ハイスクールの三年生だった。「成績優秀で、三科目で大学先修課程（AP）プログラムを履修しています。歴史、英語、フランス語と。イヤーブックに載っています。ボランティアにも熱心です」これを聞いた私は、母の死をきっかけに病院か医療にまつわる組織とかかわったのだろうかと考えていた。するとドゥボイスがつづけた。「それに彼女はバスケットボールをやってます。私が得意なスポーツ。意外でしょうけど。でも背はそんなに高くなくてもいいんです。そう。大事なのはぶつかる覚悟をもつこと。激しく」

ライアンが切り出した。「ですから、私は暴力とは縁のない事件をあつかう一警官にすぎないんですよ。テロリストもマフィアも、陰謀も関係ないし」彼はまたコーヒーを啜(すす)り、ドアのほうに目をやると、砂糖を二個足してすばやくかきまぜた。「フレデリクス捜査官から聞きましたけど、その男っていうのはなんだか知らないが、情報を月曜の夜までに欲しいんだとか？　そんな期限があるような話に、私は一切首を突っ込んでません。それどころか、いまは休業中で。この一週間ほどはおもに署の管理の仕事をしてました。予算のね。それだけです。何かあると思えば知らせますけど。ないんだから。誤解ですよ」とくりかえした。

「去年、警護を担当した対象者がいてね」私は勧められるでもなく、とりあえず回転椅子に腰をおろした。ライアンは立ったままだった。「その彼を始末するために雇われた消し屋――つまりプロの殺し屋と五日間鬼ごっこをやった。これがとんでもない手違いでね。消し屋は間違った名前を教えられていたんだ。しかし、それでもやはり私の対象者は殺されていたかもしれない。今度の場合、きみを追ってるのは消し屋じゃなく調べ屋だ。その言葉を聞いたことはあるかな？」

「たぶん。取り調べをする連中でしょう？　プロの」

いい線だった。私はうなずいた。「まあ、消し屋はまだいい。誤解でもなんでも、危険にさらされるのはきみひとりということになる。だが調べ屋となると……きみに楔(くさび)を打とうときみの家族を狙い――欲しい情報を強引に引き出そうとする。むこうがあやまちに気づくころには、きみの身近な人間が深く傷つけられてしまうかもしれない。それですまないこともある」

ライアンは私の言葉をかみしめていた。「その相手っていうのは誰です？」

「男の名はヘンリー・ラヴィング」

「元軍人？　特殊部隊？」

「いや。民間人だ」

「ギャング？　組織犯罪？」

「そこははっきりしない」

実際、私たちにしても、ヘンリー・ラヴィングについては北ヴァージニア生まれ、十代後半に家を出てからは家族と疎遠になっているというぐらいしかわからない。学校の成績は失われていた。最後に逮捕されたのは、少年法による拘置判決が出るような年齢である。釈放された一週間後、事件を担当した判事が、理由が不明のまま辞職して土地を離れていった。偶然だったのかもしれない。だが、私個人はそうは思っていない。同時にラヴィングの法廷記録と警察記録が消えていたのだ。ラヴィングは自身のルーツを隠し、匿名性を守ろうと動いた。これは私たちの共通点のひとつにかぞえられる。

私はふたたび窓から外を眺めた。もったいをつけ、いまもがらんとした廊下を見やると声を落としてつづけた。「しかし、ほかにも言っておきたいことがあるんだ。ここだけの話にしてもらえるだろうか？」

ライアンはコーヒーをもてあましていた。

「ヘンリー・ラヴィングは警護対象者を拉致して情報を聞き出すのに、少なくとも十回は成功している。それもこちらで把握している件数にすぎない。このうち半数の第三者の死にも関わっている。連邦捜査官や地元警官を殺害したり、重傷を負わせたこともある」

ライアンは一瞬顔をしかめた。

「私は……われわれの組織と局は、彼を捕まえようと長年努力してきた。だからいいだろう、正直に認めよう。ああ、私たちはきみときみの家族を護るつもりだ。でもね、刑事、きみは私たちにとって天の恵みなんだ。勲章を受けた警察官で、武器を使う戦術行動に馴れている」

「もう何年もまえの話ですよ」

「あの技術が消えてなくなることはない。そう思わないか？　自転車に乗るのといっしょで」

伏し目がちな視線。「射撃場には毎週出てます」

「やっぱり」黒い目に変化があった。炎がきざしていた。「この男の検挙に力を貸してもらいたいんだ。といっても、ここではやれない。この家ではね。きみと家族にとっても、近隣住民にとっても危険すぎる」

するとライアンは自分の銃を叩いた。「グレイザーを装填してます」

安全弾。殺傷力はあるが、石膏ボードは貫通せず、外の第三者を傷つけることのない強力な銃弾だ。俗に〝郊外弾〟と呼ばれる。

「だがラヴィングはちがう。やつはＭ４かＭＰ５を持ってくる。修羅場になるぞ。巻き添えが出る」

ライアンは私が話したことを反芻していた。汚れた皿に初めて気づいたように目を向けた。

「あなたの提案は？」

「きみと警官もうひとり、それに私で警備の細部を詰める。ラヴィングにたいする防御面で優位に立てるように、きみと家族を隠れ家に匿う。われわれと局とで、やつを見つけたら路上か潜伏場所で身柄を確保する。やつならそれをかいくぐることもありそうだが、そうなったらきみの出番だ。こちらで考えている隠れ家は申し分のない場所だよ」私はこの話がオフレコだとはっきりさせながら、それは静かに語りかけた。

「こいつとは、まえにもやりとりがあったような口ぶりですね」

私はひと呼吸おいた。「ああ、そうなんだ」

ライアンが考えこんでいると、廊下から女性の声が聞こえた。「ライアン、あの人たち、まだあそこにいるけど。わたし……」

女性は角を曲がってくるなり足を止め、茶色の目を細めて私のほうをうかがった。彼女の顔は、ドゥボイスが転送してくれた写真のおかげですぐ認識できた。ジョアン・ケスラー。ランニングシューズにジーンズ、ジッパーが付いた暗色のセーターにはかぎ裂きがいくつかある。可愛いとか目を惹くというのではないけれど、顔立ちはととのっている。外で陽灼けした肌には皺が目立ち、爪が二本折れているところからすると、たぶんガーデニングのせいだろう。夫とはちがって細身だったが、運動家タイプには見えない。縮れて長いダークブロンドの髪をポニーテイルにまとめていた。かけている眼鏡は流行のものだが、分厚いレンズが以前の職業を思い起こさせる。見るからに運輸省の統計家という人物がいるとすれば、それがジョアン・ケスラーだった。

ジョアンの顔にはつかの間、私を目にしたショックがきざまれた――私が来たことに気づかなかったらしい――が、やがてまったくの無表情になった。怒りに心を閉ざしたわけではない。放心していたのだ。この一連の出来事にとまどう本好きの少女といった感じで。

「こちらはコルティ捜査官。司法省の方だ。ボディガードさ」

私は肩書や雇い主に関して、ライアンの誤りを正すことはしなかった。ジョアンの力ない手を握ってひとしきり微笑を浮かべた。彼女の目は遠くにあるままだった。

「ミセス・ケスラー――」

「ジョアンで」

「事情はご存じですか?」

「ライアンからは何かの勘違いだと聞いてます。脅されてると思っている人がいるって」

私が見ると、ライアンは首をかしげてみせた。

私は穏やかな表情を保ったまま、ジョアンに話しかけた。「たしかに勘違いかもしれないんですが、ご主人から情報を得るために雇われた人間がいることは疑いようのない事実なんです」

ジョアンの顔に翳(かげ)がさした。彼女はささやいた。「わたしたちに危険がおよぶかもしれないと、あなたは本気で考えているんですか?」

「ええ」私は調べ屋とヘンリー・ラヴィングについて語った。「フリーランスで取り調べをする人間です」とまとめた。

「でも拷問とか、そんな真似をするって意味じゃないんでしょう?」と低声(こごえ)で訊ねるジョアンは、不気味なほど感情のない瞳で夫を見つめていた。

私は言った。「いえ、まさにそういう意味です」

4

「調べ屋には買収しようという者もいれば、脅したり、迷惑な情報でもって強請(ゆすり)をかけてくる者もいます」私は説明した。「しかしライアンを狙う男は、ええ、物理的に抽出するのが専門でね」

「〝物理的に抽出〟」とジョアンはつぶやいた。「〝専門〟って。弁護士か医者みたいに聞こえるわ」

私は黙っていた。こうした流れで、人はとかく自分のためになるものを探そうとする。私が愛好するゲームのように——もっぱらボードゲームだが。私は相手を見るようにしている。身振り手振り、口にする言語、視線、服装からいろいろとわかる。呼吸のパターンにしてもそう。ケスラー夫妻には、私が必要であると確信させなくてはならなかった。私はたったいま学んだことをもとに判断した。ふたりに話しかけながら、妻のほうに注意をかたむける。

私は静かに切り出した。「ラヴィングはローテクです。身体の敏感な部分に、紙やすりとアルコールを使う。さほど残酷には聞こえないが、これが実に効果を発揮します」

私は師エイブ・ファロウの姿を写した現場写真を思いださないようにした。うまくはいかなかった。

「なんてこと」とジョアンが声を洩らし、薄い唇を手で押さえた。

「調べ屋の基本テクニックは〝楔を打ちこむ〟、つまり相手の弱みを握ることです。私が警護をおこなっていたある件では、ラヴィングは家に押し入り、情報をとろうと男の目の前で子どもを拷問しようとしました」

「やめて」ジョアンは喘いだ。「でも……アマンダが。わたしたち、娘がいるの」部屋の一点から一点へと揺れた視線が、やがてシンクと汚れた皿に注がれた。やにわに進み出たジョアンは黄色いキッチン用手袋をはめると、お湯のコックを全開にした。これはよくあることで、警護対象者は些細なことに集中したり、ときには執着もする。自分にできる範囲のことに。

ライアンが言った。「コルティ捜査官の言うとおりにしよう。しばらく家を出るんだ」

「離れるの？」

「ええ」私は言った。「用心のために」

「いまから？」

「そうです。すみやかに」

「でもどこへ？　ホテル？　友だちのところ？　荷造りもしてないのに。だって、いますぐにってことでしょう？」

「荷物は身の回りのものだけでいい。それに、隠れ家は私たちが用意したものです。遠くありません。快適な住まいですよ」その場所については具体的にしなかった。する気もなかった。

対象者を隠れ家に運ぶ際に目隠しはしないので、大体の見当はつくにしても、住所を告げることはぜったいにない。「では、荷造りのほうを――」

「アマンダが」すでに口にしたことを忘れてしまったのか、ジョアンがさえぎるように言った。

「わたしたち、娘がいるの。十六歳の。ライアン！　あの娘は？　学校から帰ってきた？」

対象者が活動過多の状態になったり、思いがあちこちに飛んだりするというのは往々にしてある。私も最初、彼女が土曜の朝であることを忘れたのかと思ったが、夫妻の娘はコンピュータ講座の課外単位を取るため、週末に近所のコミュニティカレッジに通っているとわかった。

「三十分まえに音がした」とライアンが言った。

ジョアンは明るい黄色の手袋をじっと見ていた。それをはずすとお湯を止めた。「いいかしら……」

「はい？」私は先をうながした。

「連れていきたくないんです、アマンダは。その隠れ家にあの娘を連れていきたくない」

「しかし、お嬢さんもライアンと同じように危険にさらされている。あなたもですよ……先ほどから申しあげている、ラヴィングが欲しがる〝楔〟として」

「やめてください」

ジョアンには、娘を切り離すことがとても重要であるらしかった。私はアマンダがライアンのひとり娘だったことを思いだし、ケスラー夫妻はなぜ子どもをつくらなかったのかと考えた。ライアンが最初の結婚時にパイプカットをしたのかもしれないし、ジョアンは妊娠できない身体なのかもしれない。もしかすると夫妻で家族をふやさない選択をしただけなのかもしれない。

私は対象者のことをできるだけ知りたいという思いから、こうした情報を吟味する。それが功を奏することもある。ジョアンは皿を見つめて手袋を置いた。

ライアンもまた考えをめぐらしていた。「賛成だ。娘は危害のおよばない場所に連れていこう」彼は私が話した、ラヴィング逮捕時に起きる銃撃戦の可能性を考慮していたのだ。

ジョアンが言った。「わたしたちは隠れ家に行きます。でも、あの娘はどこか別の場所に行かせる。それがわたしの賛成するたったひとつの条件です」

するとライアンが妻に向かって、「きみとアマンダで行け」

「いやよ」ジョアンはきっぱりと言った。「わたしはあなたといっしょにいるわ」

「しかし――」

「いっしょにいる」彼女は夫の手を握った。

私はもう一度窓辺へ行って外を見た。先ほどの夫と同じく私の懸念を感じとったジョアンは動揺を隠さなかった。私は振りかえった。「理論上はそれでもいいのですが、こちらにはお嬢さんを別の隠れ家に匿うだけの人員がありません。どこかお連れする心当たりはありますか？行先があなたやご家族と親類関係がなく、旅の記録やクレジットカード決済でお嬢さんの名前が残らないようなところであれば」

ラヴィングをはじめとする手練の調べ屋は、データマイニングされた情報にたいして自在にアクセスしてみせる。

「ビル」ジョアンが唐突に発した。

「誰です？」

ライアンが言った。「ウィリアム・カーター。家族ぐるみの友人です。署内の同僚でした。十年ほどまえに退職してます。彼なら娘といっしょにいてくれる」

私はライアンとの昔の関係から、ラヴィングがその男のことを突きとめるのではないかと考えた。「その男とパートナーだったり、組んで仕事をしたことは？　アマンダの名付け親であるとか？」

「いいえ。ただの友人です。同じ事件をやったことはありません。ラウドン郡の湖畔にその場所を持ってる。ホワイツ・フェリーの近くに。あそこがいい。アマンダはやつになついてます。代理叔父といったところかな」そしてライアンはくりかえした。「しかもあいつは元警官だ」

「きみたちふたりが結びつくようなものはぜったいにない？　共同所有している釣り船とか車は？　公けの記録に残るような金の貸し借り、不動産売買は？」

「いいえ。ありません」

「十分でここまで来られるだろうか？」

「五分です。近所に住んでますから。午後は試合を見にいくはずだけど、こういうときにはさっと予定を変更してくれますよ」

私はバッグを開いてラップトップを抜き出した。大きなユニットを起動して、新たなウィンドウにコマンドを打ちこんでいった。そしてわが組織の安全なデータベース上をスクロールしていく情報に目を凝らした。ウィリアム・カーター本人もしくは経歴、生活環境に気になる部分はなかった。つぎに検索したのは娘のことだった。アマンダ・ケスラーは典型的な十代の若者で〈フェイスブック〉、〈マイスペース〉、ブログに熱心だったが、個人情報の露出は最小限にとどめている。私はほっとした。人々がオゾン層に吐き出す個人履歴を思うと、ソーシャルネットワーキングのサイトは、羊飼いというわれわれの仕事を悪夢に変えた。調べたところ、アマンダはウィリアム・カーターや彼の別荘のことも、ラウドン郡のこともネットに上げていなかった。

これならラヴィングがつながりを探そうにも、実質不可能だ。「連絡を」私はライアンに折りたたみ式の携帯を渡した。黒くて、標準的なノキアやサムスンよりやや大振りのものだった。

「これは？」

「コールドフォンだ。暗号化してプロキシを通る。いまからはこちらの指示があるまで、この電話だけを使ってくれ」私は夫妻の電話を取りあげてバッテリーを抜いた。

ライアンはユニットを調べると――ジョアンは毒蛇でも見るような目をしていた――連絡を入れたカーターと会話をした。

電話が終わった。「こっちに向かってます」そこで刑事は口をつぐんで頭を整理すると、戸口に向かって叫んだ。「アマンダ？　降りておいで。話があるんだ」

すると戸口に人影が現われ、夫妻の娘がキッチンにはいってきた。赤いフレームの眼鏡をかけ、髪は長くてもじゃもじゃだった。体形は父親譲りで、腰は細くて肩が広い。いかにもバスケットボールの選手という感じだった。

はしこい目をして、おそらく表の捜査官たちのことは何か聞いていたのだろうが、怖がる様子はなかった。私のことをじっと見つめた。

継母が言った。「アマンダ、こちらはコルティ捜査官よ。政府に勤めている方。ＦＢＩみたいな」

「やあ、アマンダ」と私は気安く声をかけた。

「どうも」アマンダは私個人よりも見栄えのするラップトップに興味をかきたてられていた。

子どもに危険を悟らせるには技術が要る（私の経験では、男の子にくらべて女の子のほうが悪い知らせにうまく適応する）。話し合うことに熟達した私でも、まずは親から子に伝えさせるという方法を採る。ライアンが引き取った。「アマンダ、ちょっと困ったことが起きた」

うなずいた少女の目は鋭さを増していた。

「ある人間が、ぼくが担当する事件のことで気に入らないと思ってるらしくてね、署とＦＢＩでその男を逮捕することになってる。ただ逮捕されるまではしばらく、一家で家を空けることになる」

「パパが捕まえた人？」アマンダは感情を出さずに訊いた。

「よくわからないんだ」

「最近は事件の担当がないって言ってたじゃない」

ライアンはおもむろに言った。「昔の話かもしれないな。まだはっきりしない」

私は少女に言った。「犯人の目的はわからないけど、危険人物であることは確かなんだ」

「ママとぼくはコルティ捜査官と出かけて、事件のことを相談する。誰がそんなことをしているのか、突きとめる手伝いをする」

「拘禁？」

ライアンは苦笑した。そんな言葉をテレビ番組で憶えたのだろうか、と私は思った。

「そうじゃないが、家を出たほうがよさそうなんだ。ぼくらがＦＢＩに協力するあいだ、おまえにはビルおじさんと何日かすごしてもらおうかと思ってる。湖の家でね」

「ねえ、パパ」とアマンダは訴えかけた。うっすらニキビをこしらえた可愛い丸顔が失望で歪んだが、私にはそれが誇張されているように見えた。「学校は休めない」アマンダはその理由を――学期最初の生物の小テスト、バスケットボールの練習、学生カウンセリングセンターのホットラインの当番、ホームカミングデーのパレード準備委員会と、ひとつでも引っかかればいいのだと矢継ぎ早に挙げていった。「だから、とてもむり」

子どもというのは……無敵で不死身だ。自分が宇宙の中心にいると勝手に決めつける。

「欠席するのはせいぜい三、四日だから。休暇みたいなものよ」

「休暇？　もう、ジョアン、たのむから」

「荷物をまとめるのよ。いますぐ」

「いますぐ？」

私はアマンダにもコールドフォンを渡し、携帯を預かった。アマンダはしぶしぶ電話を差し出した。私は言い添えた。「それからこちらでいいと言うまで、オンラインにはつながないように」

「なんで？」ティーンエイジャーにとって、最悪の権利剝奪になる。

「そんなに長くはかからないよ。でも、この男はきみのコンピュータをたどる方法を知ってるかもしれない」

「なんか、最低」

「アマンダ」父親がたしなめた。

「ごめんなさい。でもオンラインにしなきゃ。その、フェイスブックとツイッターだけでも。それにブログは毎日書いてる。すごく大事なことなの。いままで一回も休んでないし――」

ジョアンが言った。「コルティ捜査官からオーケイが出るまでだめ。ビルおじさんのとこで不自由な生活をなさい。テレビを見て、本を読んで、ゲームをして。釣りもできるし。釣りは好きでしょう」

「ちぇっ」十代の顔に思いきり皺が寄り、またとないような怒りの形相になった。

「楽しいわよ。さあ、荷造りして。もうすぐビルが迎えにくるから」

「楽しみ」アマンダは皮肉っぽくつぶやいた。娘が出ていくと、私はケスラー夫妻に訊ねた。

「近くに親戚は?」

ジョアンがはっとして目をしばたたいた。「ああ、そうだ。妹。マーリーのことを忘れていたわ」マーリー、変わった名前だった。「ひと月ほどここにいます。いっしょに連れていかないと」

「外出中ですか?」と私は訊いた。家内にはほかに人の気配はなかった。

「いいえ、寝てるんです」

「義妹は夜更かしでね」とライアンが説明した。

「起こして。ここを出ないと……そう、それと妹さんにも携帯を使わせないように」

慌ただしい指示にジョアンは目を泳がせた。彼女は調理台にあるトレイを顎で指した。「あの人の電話はそこに」私はそのスイッチを切ってバッテリーを抜き、バッグに入れた。ジョアンは廊下へ出ていき、やがて階段を上がる足音が聞こえてきた。

ライアンは書斎で大型のブリーフケースとショルダーバッグに書類を詰めだした。首都警察の紋章入りのものが多かった。私は〝楔〟とされる可能性がある身寄りについて質問をつづけた。ライアンの両親はすでに他界していた。兄はワシントン州在住。ジョアンの父と二番めの妻——最初の妻とは死別している——は近くに住んでいるが、現在はヨーロッパに旅行中。姉妹はマーリーだけで、ジョアンは初婚だった。

「マーリーにお子さんは？」と私は訊いた。

重苦しい一瞬の迷いがあった。「いません」

むろんケスラー夫妻には友人がいるだろうが、調べ屋が利用しようにも、血縁でない人間ではまず成功したためしがない。

裏庭のほうにまた目を走らせると、二軒先で、男性が緑色のガーデンホースを脇に抱えるようにしてゆっくり手で巻いていた。網戸を下ろそうとしている隣人もいる。ひっそりとした家も一軒あったが、窓のシェードがかすかに動いた。

「きみの背後の、左手の斜向かいにある家だが。きょうは在宅しているんだろうか？」

ライアンは私が指した方角を見た。「ええ、けさ、〈スターバックス〉へ行こうとしてるテディを見かけましたけど」そこで戸口に目をやり、妻に聞かれていないことを確かめた。「あの、コルティ、これは……ここだけの話ですが。ジョアンはうまく対応できません。あいつは、ぼくらが思いもしないようなことでうろたえます。ニュースが流れてるだけで部屋を出ていくこともあるんで。それを頭に入れておいてもらえると助かります」

「すまない。肝に銘じるよ」

「ありがとう」ライアンは笑みを見せると、荷造りをしに二階へ上がっていった。

実のところ、私は繊細なジョアンにたいして、必要以上に無遠慮にふるまった——ライアンにいまの行動をとらせるため、すなわち懇願させるためであり、私はそれを聞き入れた。もっぱらライアンを味方につけることが目的だった。

私の電話が鳴り、発信者通知の音声がイアフォンを通して「フレデリクス」と告げた。

私は〈着信〉ボタンを押した。「フレディ」

「ドライブウェイにはいるところだ、コルティ。おれを撃つなよ」

5

私にはあのＦＢＩ捜査官がやたらジョークを口にするのが理解できなかった。あれはたぶん、私が冗談を言わないのを自分の楯にしているのと同じで、本人の自己防衛の手段なのだろう。苛立ちはあったが、彼の妻と五人の子どものように同居する義務もないわけで、そこは受け流すことにした。

「正面に回してくれ」と私は言って電話を切った。

私は玄関で長身、白髪の捜査官と顔を合わせた。突飛な思考をもち、変人ぶる癖はあるけれど観察眼の鋭いクレア・ドゥボイスが、かつてフレディにこう言ったことがある。「ご存じでしたか、一流のＦＢＩ捜査官はテレビに出てくるマフィアのドンに似てるし、一流のマフィアのドンはテレビの捜査官に似てるってことを？」私はそこに当てはまらないが、的を射ている。どっしりと円柱のごとく、悠然とかまえる五十五歳のポール・アンソニー・ゼイヴィア・フレデリクスは、大学卒業から局一筋の古株である。その彼が若い捜査官を従えて家にはいった。

ふたりは私の後をキッチンまでついてきた。

ルディ・ガルシア特別捜査官は二十代後半だった。さっぱりした外見と控えめな態度が、入局以前は軍人だったことを表している。すばしこく動く目に無表情、しかも既婚であることから、ビールを飲んで楽しむタイプではないらしい。とはいえ、私も自分に関して同じような評判を耳にしたことがある。

「ケスラー夫妻は荷物をまとめてる。ウェストヴァージニアから連絡は？」

すくめた肩が答えのすべてだった。多くは期待していなかった。未確認の車輌、未知のルート。ラヴィングは目に見えない。

「どう思う、フレディ、やつの到着時刻だが？」

「フェアファクスまで、最短でも二時間強はかかる」捜査官は、額にはいった英雄ライアンの新聞記事を読みながら言った。「こいつは憶えてる。ああ」

ガルシアは一階を歩きまわり、外に目をくばった。表の人間にそれと悟られないよう巧みに動いている。

しかも自身が標的にならないように。

ジョアンとライアンが階段を降りてきた。ライアンの太い手には二個のスーツケースが提げられていた。夫妻は廊下で足を止め、ライアンがスーツケースを置いた。キッチンに来た夫妻に、私は捜査官たちを紹介した。

「おふたりの週末を台無しにして」とフレディが言った。「申しわけない」

私は訊ねた。「マーリーは起きました？　そろそろ出ないと」

「いま降りてきます」

私は提案した。「ラウドンの友人の家へ行くのに叔母さんも同行してくれたら、アマンダもすこしは気が晴れるかもしれない」

ライアンはなぜか答えに躊躇(ちゅうちょ)した。「それはちょっと」ジョアンが相づちを打った。

フレディの無線が鳴った。「ＳＵＶが接近中。登録者はウィリアム・カーター」

私は言った。「例の友人だ。ケスラー夫妻のお嬢さんが同行する」

やがてビル・カーターが玄関に現われた。ノックもせずに私たちのところまで来ると、ジョアンをきつく抱きしめ、ライアンの手をやさしく握った。この白髪の男は六十代前半、健康そうに陽灼けして、背は六フィート二インチ前後。いかめしい顔にグレイの双眸も鋭く、私の手を取りながら透明で大型のアビエーターグラス越しに見つめてきた。フレディ、ガルシアともあいさつを交わしながら、ふたりのＩＤを入念に調べた。私は男のジャケットの下にのぞくホルスターの上辺と、拳銃のつややかな銃把に気づいた。

「これは本物だ」とカーターはぼそりと言った。

「ひどいのよ、ビル」とジョアンが言った。「何もかもが順調だったのに、突然……こんなことに」

　私はカーターにもコールドフォンを手渡し、その理由を話した。

「誰に追われてるんだ？」カーターがライアンに訊いた。

「人の姿をした悪魔さ」素気ない応答だった。

　私はカーターの直截な質問に答えていった。元警官なら細かい事情を知りたがるはずなのだ。

「男の名はヘンリー・ラヴィング。白人、四十代半ば、体重は二百ポンドぐらい、黒髪。こめかみに傷痕。おそらくもう消えている」私はコンピュータを叩いた。「ここに古い写真が一枚ある。容姿を変える名人だが、雰囲気をつかむ助けにはなるでしょう」私の警護対象者とカーターは黙りこみ、ヘンリー・ラヴィングの温顔(おんがん)を見つめていた。首にカラーを巻けば聖職者にも見える。濃紺のスーツは、会計士か〈メイシーズ〉の販売員のようだ。表情は私に似て穏やかで、多少ふっくらしていた。殺し屋にも、拷問師にも、誘拐犯にも見えない。そこがラヴィングの強みだった。

　私はカーターに言った。「こちらは事態を把握しているし、むこうはあなたのことを知らないでしょう。でも油断しないように。ラウドンの家に無線ＬＡＮはありますか？」

「ええ」

「止められますか？」

「もちろん」

　私は付けくわえた。「それとアマンダには、あなたのコンピュータをダイアルアップに設定されないように注意して」

「やり方を知ってるんだろうか？」

「十代の子だから」と私は言った。「台所用品でコンピュータを組み立てるかもしれない」

「その説が正しいとして」カーターはケスラー夫妻を見た。「彼女にはどこまで話した？」

ライアンが言った。「かなりのところまで。あまり大げさには言わなかったけど」

「度胸があるぞ、あんたの娘は。脅かすのもひと苦労だ。ま、こっちで気が紛れるようにはするが」

「ありがとう、ビル」

「あと、出発するときには」私は低声でカーターに告げた。「彼女の姿が見られないように、身をかがめさせること。フロントシートの下に落としたものを探させるふりでもして。一、二ブロックだけでいいから」

それはさすがにやりすぎだとカーターは思ったようだが、結局同意した。

階段を駆け降りてきたアマンダは、赤白のギンガムチェックのカバーにおさめた枕を手にしていた。近ごろのティーンエイジャーは枕なしで旅行できないらしい。お守りの毛布のようなものかもしれない。

「ビルおじさん、ハイ！」アマンダは抱きつくと、新参者のフレディとガルシアを値踏みした。

「やあ、こいつは不思議な冒険になるぞ」

「うん」

「出発するか」とカーターは言った。

なんだか可笑しかった。身体の締まった十代の運動選手が肩にぶらさげているのが、だらしない笑みを浮かべた熊の形をして、背中にジッパーが付いたプラッシュ製のバッグだったからだ。

ジョアンが義理の娘の当惑をよそにきつく抱き寄せた。

つぎに父親が同じことをした。彼もまたぎこちないお返しの抱擁を受けた。「さあ、お父さんをよろこばせてくれ」ライアンは愛情たっぷりに言った。

「パパ……ちょっと」アマンダは父親に肩をつかまれた恰好のまま腰を引いた。

「いつでも連絡をくれ。どんなことでも。番号は入れてあるから」

「うん、わかった」

「大丈夫だからな」肩から手を離した大柄の刑事は甘すぎる言葉をかけたことで、かえって娘を不安にさせたのではないかと気にしているふうだった。彼は笑った。

「じゃあね」枕にバックパック、それと熊のバッグを抱えたアマンダはカーターのSUVに走っていった。

カーターはいま一度ジョアンを抱き、ライアンの手を両手でつつみこんだ。「あの娘の面倒はおれがちゃんとみる。心配するな。神のご加護を」

そして彼は出ていった。

ライアンは書斎にもどり、ブリーフケースとバックパックをもう一個出してきた。その重さから、中身は銃弾と、ひょっとして銃器がもう一挺はいっているのではと思われた。

フレディが外の部下に無線で連絡を入れた。ひとりの応じる声が聞こえた。「カーターが出発しました。尾行はいません。女の子の姿は見えませんでした」

階段に足音がして、キッチンの入口になかなか魅力的な女性が現われた。驚いたのと寝起きだったせいか、目をぱちくりさせていたが、服装はきちんとして化粧もしていた。どことなくジョアンと似ており、齢は六、七歳若い。背はジョアンより高いのにほっそりして、あまり丈夫そうではない。

「マーリーです」とジョアンが言った。

「ねえ、なんなの」とマーリーは口にした。姉の話が信じられないという面持ちだった。無理もない。「冗談だと思ったのに、ジョー。だって……」フレディとガルシアに目をやり、「あなたたちのこと、『ザ・ソプラノズ』で見たかしら」そして注いだオレンジジュースにハーブのパウダーを混ぜ、それを飲み干して顔をしかめた。

捜査官たちは呆気にとられていた。

姉より長くストレートなマーリーの髪は、完璧でも本物でもないが、大方ブロンドだった。身に着けているのはスエードのフルスカートに、黄色と緑の花柄をあしらった薄手のブラウス。銀のジュエリー。結婚指輪はしていない。私がかならずそこに注目するのは、あたりまえだが下心からではなく、結婚歴が対象者につけこもうとする調べ屋の手口について情報をあたえてくれるからである。

肩から高級カメラを提げて、玄関にはキャスター付きの大型バッグ、重そうなバックパックにラップトップのケースと、二週間の旅にでも出そうなほどの荷物を置いている。マーリーはキッチンのドア近くのテーブルから手紙の束を取りあげた。どれも彼女宛の郵便物だが、印刷された北西地区の住所が消され、手で書きこんだケスラー夫妻の住所に転送されてきていた。

おそらくマーリーは失業して、姉と義兄の家に転がりこんだのだろう。

郵便物をめくりながら、マーリーはかすかに顔をしかめた。右にくらべて左腕を慎重に動かしている。ブラウスの薄い生地を通して、肘のあたりに包帯が見えた気がした。コートラックから取ったジャケットを羽織ると、マーリーは姉のほうを向いた。「なんだかすごいパーティになりそうだけど、わたしは降りる。今夜はワシントンに泊まるわ」

「どうして？」とジョアンが訊ねた。「あなたもいっしょに行くのよ」

「そのオプション、あんまり楽しそうじゃないんだもの。だから第三のプランを選ぶことにする」

「マーリー、おねがいだから……あなたも来なさい。ほかに行くあてがあるの？」

「アンドルーに電話した。彼のところに泊まるから」

「電話をした？」携帯をもう一台持っていたのかと私は案じた。「家の電話で？」

「ええ」

だったら面倒なことにはならない。携帯の通話をモニターしたり追跡したりするのは簡単だが、固定電話を盗聴するのは、たとえラヴィングの仲間がそれをやろうにも非常に難しく、マーリーがこの作戦に深刻な影響をおよぼしたとは考えにくい。

マーリーはあたりを見まわした。「わたしの携帯がないんだけど。どこにあるか知ってる？」

「こちらで預かってます」私は追跡される危険性について説明した。

「それ、要るのよ」

外部から隔離されることを私が話すと、マーリーは不満そうにしていた。これ以上コールドフォンの手持ちはなかった。

「じゃあ……やっぱり街に出るわ」

ジョアンが言った。「だめ、それはやめてちょうだい」

「だって――」

私は言った。「残念だが、あなたにはお姉さんご夫妻と行動をともにしてもらいます。早く出発したいのです。すでに時間がかかりすぎています。だから、いますぐ」

マーリーが振った手の爪は、先のほうで白い三日月がきらめいていた。たしかフレンチティップといったような気がするが、間違っているかもしれない。彼女は姉に向かって顎をしゃくりながら私に言った。「わたし、あの人といっしょにいたくないの。だいたい、面白くないのよ」そして笑った。「冗談……でもほんとに、わたしは平気だから」

「だめです」私は毅然として言った。「あなたにはわれわれに同行してもらって――」

「みなさんでどうぞ。よければホンダを貸してちょうだい」マーリーは私を見つめた。「わたしの車はお店にあるの。新しい燃料ポンプにいくら取ると思う？　ちょっと、なにしてるの？」

ガルシアが荷物をアルマダに運んでいった。キッチンにもどってきて私にうなずいたのは、敷地は安全という意味だった。

フレディがマーリーに言った。「コルティの言うことは聞かないと。行きますよ。さあ」

マーリーは目を見開いた。「待って、待ってよ……わたし、あなたを知ってる」眉を寄せて私のことを見つめてきた。

私は虚を衝かれてまばたきしたにちがいない。会ったことがあるのか？

女は付け足した。「リアリティショーに出てる。『バケーション・フロム・ヘル』に。ツアーガイドの役で」

「マーリー」とジョアンがたしなめた。

妹は口を尖らせた。「あの人、卑怯よ。わたしの電話を取りあげて」

そのとき、私はあらためてキッチンの窓から裏庭を眺め、先ほど見た光景から変化があるかどうかを確認していた。三十分まえになかったものが見えるのは、昼近くになって移った九月の陽光のせいだった。私はライアンを呼んで指さした。「あれは道かな？」

ケスラー邸と、すでにふれた左斜向かいの家のあいだに、草を踏みつけた跡が線になってつづいている。たしかコーヒーを買いに出たテディの家だ。

「ええ、ノックス家まで行きます。近所ではそう、いちばん親しい友人たちで。よくいっしょに出かけてます」

その小径は夏にバーベキューをやったり食材や道具を借りたり、誕生日のパーティを開いたりで行き来するうちに出来たものだった。

「なんなの？」とジョアンが訊いた。「不安になるわ」

「ねえ、彼ったらものすごく真剣みたい」とマーリーが言った。

「コルティ？」フレディが唸るように言った。

私は渋面をつくってうなずいた。

「ちっ」捜査官は舌打ちして溜息を洩らし、ジャケットのボタンをはずした。「ガルシア！」

「暗くしろ」

フレディとガルシアが書斎、テレビ室、キッチンのブラインドを下ろし、カーテンを引いていった。

ライアンが気を張りつめ、ジョアンは目をむいて口走った。「どうしたの？　教えて」

フレディがグロックの銃把に手のひらを置くのが見える。われわれはこれを、筋肉と神経を再調整し、武器のある位置を正確に把握するためにやる。私が腰を圧迫するベイビーグロックを意識するのも同じことだった。とりあえずはホルスターにおさめたままにした。

ライアンが窓辺に近寄った。

「やめろ」と私は言い放った。「さがれ。ラヴィングはここにいる」私はキッチンと玄関のあいだにあたる窓のない廊下に全員を集めた。

「そんなことがあるか？」とフレディが疑問を口にした。「やつはウェストヴァージニアからの道半ばだろう」

私は答えなかった。可能な説明は幾通りかあったが、対象者の生命を守り、この一帯から離れるという現下の目標とはまるで関係がないからだ。

「何を見つけたんです？」とガルシアが訊ねてきた。

「あの小径の先の家は？　ここからいちばん近い窓だ。十分まえにはブラインドが下りていた。いまそれが六インチほど上がってる。たったそれだけあけておく意味があるとすれば、偵察以外にない」

「見張り役ですか？」

「いや」と私は言った。「見張りなら最良の視界が得られる家を選ぶだろう。この裏の真向かいか、その右隣りの家だ。ラヴィングは左手の家にいる。それはやつが小径を見て、あそこに住む家族がケスラー夫妻と仲がいいと察したからだ」さらに補足して、「彼らなら夫妻について耳寄りの情報を持っているだろうし、私のSUVがここのドライブウェイに乗り入れて、セダンが表に駐まる理由に思いあたるかもしれない」

「テディとキャスが！」ジョアンが口をはさんだ。「男はふたりのところにいるっていうの？」

「確かなのか、コルティ？」とフレディが訊いた。つまり、このボタンを押せば代償は高くつくし、ひどいことになりかねないという意味だった。

「……ここに人を呼んでほしい。フェアファクス郡ときみたちのところと、付近にいる者を片っ端から」

「連絡しろ」フレディに命じられたガルシアがホルスターから携帯電話を抜き出し、短縮ダイアルのボタンを押した。

「あのこれ、わたしには突飛すぎるんですけど」マーリーがそう言って尖った笑い声をたてた。「誰かが窓をあけたってだけで、ツアーガイドがわたしたちを怖がらせるわけ？　頑張ってね、みなさん」マーリーは近くのテーブルに置かれた皿から車のキーを取りあげた。「わたしは街へ行くから」彼女は玄関に向かって歩きだした。

「だめだ」私は一喝した。「それから全員で――」残る私の指示は、通りから聞こえた激しい破壊音にかき消されていた。

ジョアンが叫び声をあげた。マーリーは息を吞み、扉の前で立ちすくんだ。

駆けだした私が、若い女のジャケットの襟首をつかんで引きもどし、ふたりしてタイルの床に倒れこむのと前後して、リビングルームの正面にあたる一枚ガラスの窓に銃弾がつぎつぎ撃ちこまれて割られていった。

6

放心状態から脱したジョアンが膝立ちで前に進み出て、妹を窓から離れた廊下の奥へと引きずっていった。

マーリーは、転送されてきた郵便物を白い破片が散る床に落とした。カメラも取り落とすと、彼女は悲鳴とともに必死で手を伸ばした。

「いいから！」とジョアンがたしなめた。

ライアンは武器を手にうずくまっていた。

私が銃を抜かなかったのは、いまだ標的もなく、しかもコンピュータをショルダーバッグに放りこもうとしていたからだった。それに私は羊飼いとして、射撃はなるべく戦術経験の多い人間にまかせるようにしている。

リビングルームにさらに二、三発撃ちこまれた。弾がランプや壁、額縁に命中した。銃声は静かでも、ガラスの砕ける音は大きい。

フレディが電話で表の捜査官たちに連絡したが、応答はなかった。

死んだのか？

「ガルシア！」と私は怒鳴った。若い捜査官は本能的な行動で、側面を隠す木立を見渡せる横窓に寄っていた。「何か見えるか？」

「なにも」とガルシアが叫んだ。「銃撃は正面からだけです」

私は全員に書斎まで退くよう合図すると、正面の小さな来客用バスルームにはいり、その窓から外を覗いた。捜査官たちの車はシルバーのフォードに追突され、約十フィートも動いていた。シートベルトをしていなかった男たちはまず後ろへ、それから前へ投げ出されたのか、フロントシートに倒れていた。その生死の判断はつかない。

フォードは動けない状態だったが、シートベルトを締め、エアバッグに保護された運転手が開いた窓からこちらに発砲していた。その顔ははっきりしない。前かがみになって慎重に狙いをつけている。私がバスルームを出ると、ライアン・ケスラーが深呼吸をひとつして前方に飛び出していき、マカロニウェスタンのクリント・イーストウッド顔負けに、玄関脇の窓を拳銃の銃身で割った。そして車を撃とうとした。

「やめろ！」と私は叫び、ライアンをつかんで引きもどした。

「何するんだ」ライアンはわめいた。「標的があるのに！」

「待て」私はできるだけ穏やかに言った。「ガルシア、側庭を監視しろ。目を離すな」

「了解」

「フレディ、裏は？」私はキッチンにいる年輩の捜査官に呼びかけた。

「ここまで異状なし」

また二発がリビングに撃ちこまれた。

マーリーがふたたび声を出した。

ライアンが言った。「裏から出る！　脇からやつを攻めよう。なぜ撃たせてくれないんだ、コルティ？」

マーリーがすすり泣きながら、キッチンの裏口に向かって這いだした。浮ついた調子が、むきだしのパニックに変わっている。「怖いの、わたし、怖い」

「もどるんだ」私はもう一度女の肩を押さえて言った。

またも表情を凍りつかせたジョアンは、言葉もなく割れたガラスを見つめていた。目の焦点が合っていない。たまにあることだが、彼女を背負って運ぶことになるかもしれない。

私は落ち着いた声で言った。「誰もどこにも行けない」

フレディが電話を受けた。「コルティ！　五分まえに、銃を持った男二名がジョージ・メイソン大学に現われたと通報があった。学生十名が撃たれた。フェアファクス郡の戦術要員全員がそっちへ向かってる。チームをよこすように要請してるんだが、こっちに割く人手がない」

「学校で乱射？　いやちがう、それは目くらましだ。通報したのはラヴィングだ……ガルシア？」

「側面は変わらず動きなし」

「よし、移動しよう。正面から出る」

「敵がいるぞ！」とライアンが声をあげた。

「いや、いない」と私は言った。「裏に住んでるノックス夫妻だが――乗ってる車は？」

「レクサスとフォード」ライアンはすばやく外を覗いて顔を引っこめた。「あれはふたりの車だ！　やつに殺されたのか！　なんてことを」

「ああ、もう……やめて」ジョアンはつぶやくと妹にしがみついた。妹はめそめそ泣きながら、拾ったカメラを両手で赤ん坊をあやすように抱えていた。

「車に乗ってるのはテディ・ノックスで、ラヴィングじゃない」と私は言った。

「なんだって？」ライアンが訊いた。「人質になってるのか？」

「ちがう、本人が銃を撃ってる」

「テディがそんなことをするわけがない。いくらラヴィングに無理強いされたって」

「ラヴィングが無理強いしてるんだ。家にいる妻を脅して。だがテディは人を撃つ気はない。出まかせに撃って、われわれを裏へ追いやるつもりだ。そこでラヴィングが待ちかまえてる。夫妻の家か、茂みのなかかもしれない。やつには仲間がいるはずだ。単独でまともに攻撃を仕掛けてきたりはしない。だからわれわれは正面から出る。フレディ、きみとガルシアは家に残って、側庭の――木立がある側と裏を見張ってくれ。あとライアン、きみには私たちが表に出る際、反対側の庭を見てもらう。相手が銃を手にするまでは撃つな。近所の住民には、すぐに表に出てもらうことになる。巻き添えは避けたいんだ」

　ライアンは悩ましげに家の正面を見やった。私の命令に従うべきか自問していた。

　ジョアンが言った。「彼の言うとおりにして、ライアン！　言うとおりにしましょう。おねがい！」

「私のSUVまで急いで、ただし転んで怪我はしないように。オーケイ？」

「転んで怪我する？」私の口から出た思わぬ気遣いの言葉に、ライアンがつぶやいた。足を挫いて手間取れば、全員が死ぬことになりかねない。

「ラヴィングが車のバックシートに乗っていたらどうする？」とフレディが訊いた。

「それは理にそぐわない」私はそう口にしてライアンのほうを向いた。「側庭は？ラヴィングが腹這いで近づいてくることもある。きみは写真を見ている。やつと確認できたら、致命傷にならないように狙うんだ。われわれは雇い主が誰かを知る必要がある」

「肩でも足首でも撃てます」とライアンは言った。

「よし。下半身がいい。大腿部は避けてくれ。やつの動きは止めたいが、大量出血は困る」

「わかりました」

私はキーフォブのボタンを押してニッサンのエンジンを始動させ、ドアロックを解除すると、玄関扉を数インチ開いてシルバーのフォードの運転手に狙いを定めた。車は半ば緑地帯に乗りあげ、半ば通りにはみ出して停まっている。運転手の男はベースボールキャップをかぶってサングラスをかけ、頰に涙を伝わせていた。「すまない、すまない」と口を動かしているようだった。黒い拳銃がダクトテープで手に固定されている。遊底（スライド）が後退していたのは、弾を撃ちつくした証拠だった。

「テディ！」とジョアンが呼びかけた。

哀れな男は首を振った。家に残る妻は〝楔〟として――ラヴィングに銃を突きつけられている、あるいは男のほうがそれと思いこんでいる。おそらくラヴィングは、夫がドライブウェイを出た時点で妻を殺しているだろう。調べ屋の計画は見事なものだった。私がラヴィングの立場ならやはりそうする。白昼、法執行官数名と邸内に立てこもる武装した警官の警護対象者を、限られた人員で拉致するならこれしかない。

　私は目配りしながらライアン、ジョアン、マーリーを外に出した。私たちは二十五フィートほど離れたアルマダまで着実に進んだ。

　私としては、ラヴィングとその援護が家の裏手で待機していることに確信はあったものの、まずガレージをチェックした。安全だった。私たちは先を行った。飢えた狼さながら、ライアンはリヴォルヴァーを掲げ、用心鉄に指を掛けたまま離れた側庭に目を光らせていた。

　私はたどり着いたアルマダに全員を乗せ、ドアをロックした。

　マーリーは泣きっ放しで身をふるわせ、ジョアンは見開いた目をしばたたき、ライアンは匍匐してくる兵士がいないか側面を見渡していた。

「シートベルトを！」私は叫んだ。「しばらく揺れる」

　ライアンが護っていた庭で車を大きく旋回させ、隣家の芝生を踏んで通りに出るとアクセルを踏みこみ、前のめりで歩行者、自転車、バックで出てくる車に注意しながら大型車の速度を時速六十マイルまで上げた。

　敵またはフレディ、ガルシアによる銃声が聞こえなくても驚きはなかった。調べ屋の一味は計画がうまくいかなかったと気づき、いち早く逃走したのだろう。学校で乱射事件が起きたとラヴィングが偽通報をしていなければ、地元のフェアファクス郡警察の手を借りて道路閉鎖をしていることろだが、いまはそうした展開になりそうもない。

私は目立たないように車のスピードを落とした。ラヴィングにこちらの方角に回りこまれ、グレイのニッサンのSUVを見なかったかと偽バッジを使った聞き込みをされても困るからだ。

ライアンがシートに背をもたせ、銃をホルスターに入れた。「ラヴィングに間違いないんですか？」

「ああ。あれこそやつが選びそうな方法だ。疑いの余地はない」

私はその結論から導かれる推論を頭に浮かべていた。すなわちラヴィングもまた——この逃走の方法から——ゲームの相手が私だと知っているはずなのだ。

7

三十分後——昼の十二時半ごろ——私は車間距離をあけ、ほぼ同じスピードで後ろをついてくるベージュの車を観察していた。いま走行している地上路があるプリンス・ウィリアム郡は、多種多様な人間のいる土地だった。住民には政治家、経営者、農夫、誇り高き労働者、入門レベルの努力家、それに数多くの移住者がいる。

北ヴァージニア一帯では、覚醒剤の大半がプリンス・ウィリアム郡で製造されている。

車の型式は判然としなかったが、二マイルほど手前で、私たちが車を進めたブルーカラーが暮らすわびしい脇道を、同じく曲がってきたことが気になっていた。この近道はとくにあてもなく選んだ。尾行を確かめるには、平和そのものの路地に住みつくか迂回してみることである。ベージュの車を運転するのは地元の住人ではなかった。われわれの後を追ってくる。

〝明るい色のセダン。年式、モデルは誰も……〟

たぶんラヴィングは車を乗り換えていると私は推した。が、同じ車に乗りつづけている可能性もある……なぜなら、それがこちらの予想を裏切ることになるからだ。思案したすえに、いまはまだ無線で支援を求めないことに決めた。やはり目につきたくなかった。

とにかくベージュの影から目を離さない。

ケスラー夫妻はいくぶん落ち着きをとりもどしていた。助手席のライアンは見張りをつづけ、マーリーの振り子は不気味に振れて、ヒステリー状態から小生意気な女へともどっていた。私のことは相変わらず〝ツアーガイド〟呼ばわりで、三十分まえにパニックで泣き叫んでいたとき以上に閉口させられた。ジョアンはまたも内にこもって、窓の外をぼんやり眺めていた。彼女の臆病さは生来のものなのか、それとも六年まえのデリの事件でみずから死に直面し、ライアンと店主夫妻が撃たれるのを目撃して根本から変わってしまったのだろうか。ジョアンは感情面で極限まで達していたのかもしれないが、それは精神状態そのものとはちがう。調べ屋または消し屋に追われた後の対象者の反応というと、悲しみの段階から否定、怒り、駆け引き、抑鬱、受容とつづくことが多い。ジョアンの無関心は否定の段階から来ていた。

私たちがケスラー邸付近から回避ルート経由で脱出する際、ジョアンはたったふたつだけ発言した。まず彼女は、ラヴィングと仲間の隠れる場所がはっきりしているだけに、少なくとも義理の娘とビル・カーターは安全だという正確な分析をしてみせた。それから、テディ・ノックスの妻も当然無事であるはずとの見方をしめした。妻を殺害してしまうと夫にたいする影響力——楔——は失われ、ラヴィングに不利な証言をすまいというテディの意志を削ぐことになると。たしかにその線もありうる。だが一方で、ラヴィングはテディが何を知ってどんな証言をしようがおかまいなしに、便宜的に妻を殺すことも考えられた。私の意見はそちらだったが口には出さなかった。

ライアンから、フレディに連絡を入れ、テディの妻の無事を確かめてほしいと言われたが、捜査官たちはラヴィングとの銃撃戦の最中かもしれないし、追跡している場合もあるので邪魔をしたくなかった。フレディは伝えるべきことがあれば連絡してくる男だった。ライアンにそう話すと、彼は連絡を入れようとしない私に焦れた様子を見せながらもうなずき、即席の監視にもどった。

私は〈バーガーキング〉の駐車場にいきなり乗り入れて車を停めた。

マーリーの早口に不意をつかれた。「ねえ、ちょっと席をはずしていい？　公衆電話があるわ」

「だめだ。車内に残って」

「おねがい？」モールに行かせてくれとせがむティーンエイジャーさながらの声。

「だめだ」私はくりかえした。

「でも、あれなら跡をたどったりされないでしょ。わたし、知ってるのよ」

「何を？」と姉が訊いた。

「監視任務のこと。この話、『NCIS』で見たから。スパイが安全のために公衆電話を使うの。〝オフ・ザ・グリッド〟って言うみたい」

「すまないが、電話はだめだ」と私は言った。

「もう、つまらない人。弁護士を要求するわ！」マーリーは小娘のように唇を突き出した。私はいよいようんざりして無視を決めこんだ。

私はベージュの車が通り過ぎるのを待った。が、車は来なかった。十分後、ふたたび道に出て速度を上げ、きわどく信号を抜けようとしてクラクションを一、二度鳴らされた。中指も立てられた。しかしベージュの車は見かけなかった。

私のハンズフリーの機器が、フレディからの連絡を告げた。

ようやく……

私は訊ねた。「表の車にいたきみの部下たちだが、無事なのか？」

「ああ。ボロボロだが。シートベルトをさせておくべきだった。いい教訓になったろう」

「で、学校の乱射事件は？」私は嘘だと信じていたが確信はなかった。現実に惨事となれば私とて平気ではいられないが、偽通報のテクニックをヘンリー・ラヴィングがレパートリーにくわえたかどうかのほうにより興味があった。新たに整理する必要がある。

「あんたの言ったとおりさ。でっちあげだ。なにも起きてなかった。それでも六十名の警官と捜査官が一時間近く右往左往してね」

「なるほど、ラヴィングは？」

「ずらかった。証拠はなし。車もなし」

「そのあたりで消えたベージュの車を見た者はいないか？　セダンだ」

「ベージュ？　いいや、聞き込みをしてみたんだが。通りのむこう側に住む連中で、相棒の姿を見かけた男がひとりいる。側庭の木立のなか、ガルシアが見ていたあたりだ。長身で痩せ形、砂色の髪、ダークグリーンのウィンドブレイカーか軍のジャケットを着ている」

「武器は？」

「黒の自動拳銃。種類はわからない。あんたが出発したあと、茂みから駆けだしていった」

人口の密集した地域を過ぎると、周囲は畑と家並み、あとはビジネスが遅々として進まないのか、あるいは銀行の手に渡ってしまったのか、荒れた感じの商業地に変わっていた。私は大型ＳＵＶのスピードを徐々に上げていった。

「テディ・ノックスはラヴィングだと確認したのか？」

「ああ」

かつてエイブ・ファロウは、不注意の思い込みをした者を小馬鹿にするような常套句は使おうとせず、同じ鉄則をわれわれの頭に叩きこんだ。ウェストヴァージニアでは、ラヴィングは雇われてケスラーを狙う人間と認識されているかもしれないが、われわれは彼が実際に襲撃したという独自の証拠をつかんでいるわけではない。ここまでは。

フレディは言い足した。「それに、やつがノックスと妻に使用したテープに指紋があった。一部だが本人のものだ」

私は情報を求める対象者たちの視線をひしひしと感じていた。

「ノックス夫妻は？」とにかく妻が死んだという報はもたらしたくない。

「ふたりとも無事だ、そのことを訊いてるんだったら」

「そうだ」

私はケスラー夫妻にこの事実を伝えた。

「ああ」ジョアンが大きく息をつき、頭を垂れた。「ありがとう」とつぶやいた。信仰に篤い一家には見えなかったけれども、私はジョアン自身にはそういう部分があり、天に祈りを捧げているという印象を受けた。

「で？」私はフレディに訊ねた。つまり、夫妻はほかに何かをしゃべったか？

「身元以外はなにも。ふたりをキャプテン&テニールをスピーカーでがんがん鳴らした部屋に閉じこめてもいいが、しゃべらんだろうな」

「見た感じでは？」私は意味のない軽口を無視して訊いた。

「なんにも知らないな。やつの服装ぐらいはわかるかもしれないが、それが役に立つか？　大したことじゃないだろう」

私はノックスが手にしていた銃から話はつながらないのかと言った。

フレディは冷たく笑った。「古い盗品だ。証拠収集班が来て車、庭、堆肥の山にご近所一帯のリサイクル箱まで引っくりかえした。相棒が目撃された林もだ。で、証拠はなし。ゼロ、無だ。ラヴィングとそのボーイフレンドが車を駐めた場所さえわからない。タイヤのトレッド一個、繊維ひとつも見つからない。第一言わせてもらうが、やつはあと二時間は現われないはずだった。こいつはおれの勘違いなのか？」

ラヴィングがフェアファクスに早く着いたことにたいして、私は私なりの答えを用意していた。「やつはおそらく、ウェストヴァージニアのモーテルで受付係に楔を打ち、ラヴィングは八時にチェックアウトしたと言わせたうえで、けさの四時か五時に出発したんだろう」

「葉巻を一本進呈だ、コルティ。やつは係の娘の名前と、娘の通ってる中学を口に出せばよかった」

ラヴィングはクレア・ドゥボイスと同じ分量の宿題をやっていた。そしてこれは以前にも経験があったが、その方法論と綿密さに、私は倒錯した感銘をおぼえた。

私はつづけた。「しかし、明るい色のセダンに乗っていたのは間違いない。モーテルでもっと早い時間にその車を目撃した人間がいるわけだから」

「そりゃそうだ」さらにフレディは、チャールストンの支局が室内の捜索を念入りにおこなったと言った。「なにも出ない」

私は後ろを見ると、回避の一環としてまた道を折れた。

ベージュの車はいない。異状は見られなかった。地元の住民は土曜日らしい活動をしている。買い物に出たり、用事をすませたごほうびでファストフードのレストランに寄ったり、映画や子どもたちのサッカーの試合、テコンドーのレッスンに出かけたり。

「どう思う、フレディ、本物か牽制か？」私は家を襲うというラヴィングの戦略を判じかねていた。やつは本気でわれわれを殺し、ライアンと家族を人質に取るつもりだったのだろうか。あるいは陽動か。思惑は私には測り知れない別のところにあるのではないか。

フレディは考えこんでいた。「本物？……じゃないか。やつは先回りして、ライアンを連れ出したかったんじゃないかと思う。うまくやることもできたはずだ。おれたちがむこうの目論見どおり裏から出てれば、それでおしまいだ。いまごろ連中はわれわれの弔辞を書いてるだろうし、ケスラーは爪の下に竹串を刺されてるよ。それどころか奥さんの……そうだ、妹についておれの意見を披露してやろうか。あれはブロンド女性の評判を悪くする」

「つぎのステップは？」

「首謀者を見つける」私はライアンには誤って標的にされたかもしれないと話したが、自分ではそう信じていなかった。ヘンリー・ラヴィングがそんなミスを犯すはずがない。ラヴィングの雇い主を捜して、彼……または彼らがそこまで重要視するライアンの情報の中身をつかみたいと思っていた。

私はフレディに、到着したらそこを調べにかかると答えて電話を切った。

切ったとたんに電話が鳴りだし、私は発信者通知の音声が読みあげる番号に耳をすました。連邦検事のジェイソン・ウェスターフィールドだった。彼のヒーロー警官で、まだ存在してもいない事件のスター証人がフェアファクス郡で起きた銃撃戦のさなか、あやうく拉致されそうになったというニュースを知ったのだろう。ウェスターフィールドは、いまはとにかく話したくない人物だった。私は〈受信〉ボタンを押さなかった。

見ればライアンがサイドミラーに目を凝らしている。

私は言った。「ケスラー刑事？」

「ライアンと呼んでください」

「オーケイ、ライアン。家の側面を見張ってくれたことに感謝するよ。きみはＳＷＡＴだったのか？」

「いいえ。警邏の経験しかなくて。見よう見まねです」ライアンは沈んでいた――もうすこしで隣人を撃ってしまうところだったのだ。ライアンは変わらず背後を気にしている。私がステアリングをきつく握るのと同じで、リヴォルヴァーの銃把を揉むようにしていた。

車内は重苦しい雰囲気に静まりかえっていた。私も気をとりなおし、今回の作戦について考えながら、ヘンリー・ラヴィングの心に踏み入ってつぎの手を読み切ろうとした。ラヴィングは比較的短い時間で他州から隠密裏に移動してくると、信用できる相棒を見つけて武器を調達、標的位置までの動きを巧みに隠蔽して被害者の住む地域の偵察を徹底しておこない、なかでも物わかりのいい隣人に狙いをつけ、大学内の乱射事件という偽通報で支援の目をそらしたうえで危険度の高い日中の襲撃を仕掛けてきた。ラヴィングが実行したのは〝味方による陽動作戦〟――誤解を生じさせるなり、もしくは力ずくでもって仲間割れに追いこみ、そこへ真の敵が別の方向から近づくというものだった。ラヴィングはリスクとなり得る相手、すなわちテディ・ノックスに武器を持たせることを厭わなかった。

この分析は役には立つが、序盤戦のチェスボードを俯瞰するのと同じで、相手のプランをひと口味わう程度でしかない。むこうが選べる手は無限に残されている。

ジョアンが頭を振りながらバッグを胸もとに引き寄せた。これもまた警護対象者にありがちな行動である。身近な物に慰めを見出すのだ。ジョアンは低い声で話しかけてきた。「もしあなたがいなかったら……」本人は家族の運命を漠然と語るつもりだったのだろうが、私も察したように、当初われわれの介入を拒んでいた夫への批判にもつながると思いなおして口をつぐんだ。ライアンは気づいたとしても反応しなかった。

やがてライアンは私に視線を向けてきた。「アマンダに連絡したいんですが」

「かまわない。ただし私たちの居場所は言わないように」

彼はコールドフォンを取り出した。私からユニットの説明を聞いて電話をかけた。接続したとたん、すっかり穏やかな口調で娘の旅の様子を訊ねた。それからようやく、自宅でちょっとした問題が起きたと話した。どんなニュースを聞いたのかは知らないが、全員無事でいると。

「ちょっとした問題」とマーリーが言って冷笑した。「〈タイタニック〉号の船長もそう言ったわ」若い女は大きなショルダーバッグの口を開き、手にしたモノクロの写真を繰りはじめた。それでいいと私は思った。忙しくしていればいい。牛の数をかぞえて。州外のナンバープレートを探して。

ライアンは電話を妻に渡した。ジョアンも娘にたいして、やはり事件のことをやんわりと伝えていたものの、明るい表情を装うのは難しいようだった。しばらく耳をかたむけてから、「わからないの。そのうちはっきりするわ。ミスター・コルティ……コルティ捜査官が調べてくれるから……」さらに娘の話を聞いてからは、話題は高校のこと、友だちのこと、クリスマス休暇に計画しているスキー旅行のことなど他愛ないものに移っていった。

私はすばやく道を曲がった。またミラーを覗くと――尾行はいなかったが――顔をしかめるマーリーが見えた。逃げる際に痛めたのだろうかと考えるうち、彼女が腕に〈エース〉の包帯を巻いていたことを思いだした。

「マーリー、大丈夫か？」

「先週、腕をぶつけて」

「ひどく？」と私はさも心配そうに訊ねたが、こちらの護衛の仕事に影響をあたえる怪我なのかを確かめる必要があった。調べ屋というのは野生動物さながら、手負いの相手に襲いかかる。

「いいえ。整形の医者の話だと、ただの血腫だって。すてきな言葉。〝打ち身〟よりセクシーに聞こえるもの」

「かなり痛む？」

「すこし。そんなでもないわ。とことん利用するけど」マーリーは笑いながら説明した。「わたしがDCのダウンタウンで写真を撮ってたら、携帯片手の間抜けがぶつかってきて、階段から落ちたのよ。そいつ、ろくに謝りもしなかった。要するにね、人が真面目に通勤してる時間に、撮影なんてどういうつもりだっていうわけ」

　私が気にしていたのは怪我の原因ではなく健康状態だったのだが、マーリーは憤然としてまくしたてていた。「あれからめまいがして、何日も写真を撮ってないわ。名前を聞いとけばよかった。訴えてやったのに」声がとぎれて、マーリーは私のほうを見た。「ねえ、ツアーガイドさん？　友だちに電話していい？　おねがい。ほんとにおねがい」またも歌うような調子だった。

「誰に？」

「泊めてもらおうと思ってた人。ターミネーターに計画をぶち壊されるまえに。六時に会う予定だったの。わたしが来ないと彼が心配するから」

　ジョアンがたしなめた。「マーリー、やめたほうがいいと思わないの？　アンドルーならわかってくれるわ。いい、コルティ捜査官はあなたにあの公衆電話を使わせたくないのよ」

「そうじゃない」と私は言った。「ただ、あそこで時間を浪費したくないんです。でも連絡したいならどうぞ。悪いアイディアじゃない。ラヴィングに家を知られてるだけに、その彼が気にして訪ねていったりするのは困るが」

私はコールドフォンをマーリーに渡した。「話は短く。私たちの現在地や事件のことは一切話さないように。いいですね?」

「わかった」

するとマーリーはここまでの浮ついた人格を捨て、急に気乗りしない様子を見せた。たぶん、会話が筒抜けになることに思いがおよんだのだろう。あるいは予定を変えたくなかっただけなのかもしれない。ようやく電話をかけた。私はミラーに、マーリーの肩が緊張で固まるのを認めた。だが、すぐに態度が変わった――リラックスしている――アンドルーの留守番電話につながったのだと私は推測した。マーリーはティーンエイジャーの声にもどっていた。「どうも、わたし……うん、最悪よ。すごく会いたいんだけど、やっぱり行けそうもない……ちょっと、いろいろあって。大事なこと。家族で。真面目な話だから今夜は無理そう。なるべく早く連絡するから。じゃあ元気で。ごめんね」

マーリーは切った電話を私に返してきた。その手がふるえているようだった。それから彼女はジョアンに感謝祭の予定について訊ねた。まるで無関係な話に、私は聞くのをやめた。

車の量が減り、私はスピードを上げた。が、いまは追跡されていないので、時速六十マイルの制限は超えないようにした。わが組織は政府のナンバープレートを使用していない。全車輌が複数の営利、非営利の法人名で登録されたものなので、かりに警官のスピードガンに引っかかれば、停められて面倒なことになる。

ライアンがささやきかけてきた。「訊いていいですか？」

「いいとも」

「家に来たのはふたりですか？　ラヴィングと仲間の？」

「だろうな。三人かそれ以上ということも考えられるが、ラヴィングの特徴からすると、たいがい仲間はひとりだ」

「そうすると……あの場には五人の捜査官、それに私がいた。捕まえることもできた」

ライアンはラヴィングを拘束するという、私が先に提示したプランを念頭においていた。

私は心得顔でライアンを見ると、道路に目をもどした。「車に乗っていた捜査官？　あれは数にはいらない」

「たしかに。でも……」

私はつづけた。「私も押さえることを考えたんだが、あそこは立ち回りに都合のいい場所じゃなかった。ミセス・ノックスばかりか近隣の住人まで人質にされかねない。やつはやたら罪のない人間を巻きこむんだ。それがトレードマークでね」

ライアンはぐずぐずと言った。「そうか。そこまでは考えてなかった」

彼は用心棒役にもどった。横目でうかがうと、本人は騙されたとはつゆほども思っていないようだった。

私が師から教わり、ドゥボイスに教えるのは、目標は何か、目標を達成するもっとも効果的な手段とはなんなのかとつねに自問することである。ほかは問題ではない。これは医療でも科学でも学究でも、業界における物差しになる。警護の分野もなんら変わらないビジネスであり、物差しはいっしょなのだ。エイブ・ファロウは折りにふれて語っていた。落胆、傷心、怨念、昂揚、沽券(こけん)……いずれも関わりがない。

〝自分を消す。感情をもたず、欲望をもたず、侮辱を感じない。自分を無にする。実体をなくす〟

涼しい顔で最善の方法を採り、対象者を思いどおり動かすのも羊飼いの腕のうちである。あれこれ指図しなければならない場合もあるが、そうすることで対象者の気が休まる。ときに理を説く。

それでだめなら、さりげない技を決める。

私がライアン・ケスラーに、ヘンリー・ラヴィングの逮捕に手を貸してもらいたいと持ちかけたのは、しょせん口先だけの話だった。もとは真実だ——当然、私もラヴィングを捕まえたい——けれども、そこはあくまでライアンを取りこむための方便にすぎなかった。本人と会い、彼を英雄にしたデリの一件の詳細をドゥボイスから聞いて、私はアプローチを決めた。店の客の救出と、そこにつづくラブストーリーは関係ない。重要なのは事件がライアンにあたえた影響である。かつて活動的だった男は脚に傷を負い、愛する外回りからはずれて金融犯罪捜査に追いやられ、おそらくはデスクでバランスシートと睨めっこの日々がつづいていたのだろう。

こちらとしては彼の心根に、マッチョなカウボーイの部分に訴える必要があった。

そこで私は相棒の役割を振った。間違ってもライアンがそんな役を演じることがないようにするわけだから、私の策は人をないがしろにしている、汚いという意見すら浴びるかもしれない。ある意味、そのとおりだ。

　しかし、目標は何か、目標を達成するもっとも効果的な手段とはなんなのか。

　私はライアンに、独力ではラヴィングを逮捕できないと信じさせなくてはならなかった。自分では演技過剰とも思ったが、ライアンはすっかり話に乗ってきたように見えた。この技――警護対象者の欲望と弱さにつけこみ、こちらの振りつけどおりに動かすことを〝餌とすり替え〟と呼ぶ。そんなテクニックはエイブ・ファロウに教えられた。むろん、敵との闘いに対象者を加勢させることなどありえないのだが、一時間半まえに玄関先で会ったライアン・ケスラー刑事と、いま横に座る男との差は歴然としている。

　そのとき、私はライアンが緊張するのを感じた。私はルームミラーを見た。同じかどうかわからない、ベージュの車がふたたび背後に現われた。制限速度をわずか三マイル超過したわれわれとほぼ同じスピードで走っている。

　マーリーが道の前ばかりか、後ろに視線をくばる私たちふたりに気づいた。「どうしたの？」目をむいて身を起こす彼女の声には、混乱した調子がよみがえっていた。

「さっきまで私たちを尾行していた車かもしれない。一度消えてもどってきた」

　ライアンはもどかしそうに私を見つめていた。

　決断のときだった。

　私は意を決した。アクセルをゆるめ、ベージュの車が近づくようにスピードを落とした。やがて背後を一瞥するとためらいなく言った。「よし、いまだ！　撃て（シュート）！」

8

ライアン・ケスラーはまばたきすると拳銃をすばやく抜いた。「狙うのはタイヤ？　運転手？」

「ちがう！」と私は言下に答えた。私が声をかけたのはライアンではなく、ルームミラー越しにこちらの目を覗きこんでいた女のほうだった。「マーリー、きみのカメラで。ナンバープレートを撮れ（シュート）」

女はキャノンに本格的な望遠レンズをマウントしていた。私は車のナンバーを知りたかった。離れすぎて肉眼では捉えられなかったのだ。

「そうか」ライアンはシートにもたれた。がっかりしているように見えた。

マーリーはカメラをかまえると、振り向きざま一眼レフのシャッターを切った。それが最近のデジタル物なら、シャッター音はたんに音響効果ということになるのだろうか。

それからマーリーは画面を見つめていた。「ナンバーは読めるけど」

「すばらしい。そのままで」私は呼び出したフレディに、至急ナンバー検索をしてほしいと要請した。

マーリーが読みあげる文字と数字を電話口で復唱した。

ライアンはまたも銃を握り、周囲に目を凝らしていた。

六十秒とたたないうちに、フレディから返事が来た。彼は笑っていた。「登録はジミー・チュン。プリンス・ウィリアムでレストラン経営。息子が車でレストランのチラシを配ってまわってる。こっちから電話して、その息子としゃべった。グレイのSUVの後ろを走ってるそうだ――ちなみに、洗車したほうがいいらしいぞ――で、誰かに写真を撮られたみたいで気分を害してる。いいメニューがそろった店だ、コルティ。名物はツォー将軍のチキン。よく聞く料理だが、ツォー将軍は実在の人物なのか？」

「ありがとう、フレディ」

電話を切ると、乗客たちに見つめられていた。

「安全だ、問題ない。中華料理のデリバリーだった」

するとマーリーがいきなり真顔で言った。「オーダーしましょう」

姉の口から笑いが洩れた。ライアンは聞いていないようだった。

車が無害とわかり、私はいくぶん落ち着いて道路のリズムに没入した。運転を楽しんだ。十代のころ、私は車を持っていなかった。だが保険会社の優秀な弁護士だった父は、私に安全運転を習わせた。路上を走っている他人はまず頭がおかしいと考え――父は仕事柄このことを熟知していた――適切な予防策をとっておけば、ドライブはずいぶん楽しめる。

父自身は、ハイウェイを走るのにはいちばん安全だと言ってボルボに乗っていた。

私はどんな場合でも、運転するという行為が好きだった。理由はよくわからない。スピードでないことは確かだ。私は相当に用心深いドライバーである。羊飼いとして運転するときには、対象者と私は動く標的になり、止まっているよりは安全度が増すからだろう。もちろん、いつもそうだとはかぎらない。エイブ・ファロウは集団での移送中、ヘンリー・ラヴィングに拉致されて殺された。ノースカロライナの鶏肉トラックの事件。

私はそんな思いを脇へやった。

いま、私たちの車は西へ向かう道を、フェアファクスとプリンス・ウィリアムの両郡を出入りしながら進んでいた。通り過ぎたチューダー風の小塔があるショッピングモールは、チェーンの直販店や賑わうファストフードのフランチャイズが組み立てラインよろしく並び、そこで働く十代の店員たちは時間を指折りかぞえている。群れ集ってまぶしく光を放つ中古車は、一台一台の売り文句に感嘆符が付いていた。診療所に保険代理店、築五十年の平屋で不定期に営業する骨董品店、銃砲店にＡＢＣストア。つぶれかけた納屋が一、二棟。オフィスパークの高層ビルもどき。

北ヴァージニアはニューヨークの郊外なのか、それとも南部連合の一部なのか、どうにも判定がつけがたい。

私は時刻をチェックした。午後一時半をすこし回っていた。この道を二時間弱走ったことになる。私は隠れ家へは直行せず、近くのモーテルに寄って尾行を惑わせ、そこで車を乗り換えようと決めていた。対象者の移動に関して、私は休みをはさむことが多い。モーテルに三、四時間滞在した後、隠れ家への旅を再開するつもりでいた。わが組織はこの地域で、安全で人目につかない約十軒からなるホテル、モーテルのリストを持っている。なかでも最適と思われる一軒に私は目星をつけていた。

車の往来を見ながら、私は短縮ダイアルを押した。

「ドゥボイスです」

私は訊ねた。「〈ヒルサイド〉では誰になってる？」

われわれの擬装は途中で利用する施設ごとに異なっている。たとえ自信があっても、私はかならず確認することにしている。

キーボードのカタカタ鳴る音、ブレスレットのじゃらつく音が聞こえた。ドゥボイスが答えた。「あなたはフランク・ロバーツ、〈アルティザン・コンピュータデザイン〉の販売担当重役です。あそこには八カ月まえに二日間滞在しています、同伴者はピーター・スモリッツとその友人」最後の言葉が氷のように響いた。内部告発者が連れていた慇懃無礼な女性にたいし、ドゥボイスがいだいた見解は消えるということがなかった。「ロバーツは――つまり、あなたですが――タイソンズとレストンで、モスクワの同僚と営業に回っていました。壁の銃痕は気づかれないうちに修復してあります」

「そうだった」私たちは襲われたわけではない。頭のおかしなロシア人が、隠していた銃を、同じく秘匿していたウォッカを派手に消費したあげく抜き出したのだ。サイレンサー付きの銃の発砲は偶発的なものだったが、私が相手の背中にお見舞いしたスタンガンの一撃はまた事情がちがう。

私はドゥボイスに言った。「これからチェックインする。二十分後に連絡する」

「二十分ですね。了解」

数マイル走って速度を下げると、ウィンカーを出して〈ヒルサイド・イン〉の長いドライブウェイにはいった。スタッコの壁に切妻屋根という白いコロニアル風の建物は、幾何学模様の芝に枝ぶりのいい木々と、魅力ある造園をほどこした五エーカーの土地の中央に建っていた。英国庭園のバラはいまも花盛りだった。まだ鑑賞しようなどという気は起きないかもしれないが、ガーデニングに興味があるなら、ジョアンにはすこしでも楽しんでもらいたいと私は思っていた。マーリーは皮肉で言ったにせよ、警護対象者の気を紛らわせることが自分の利益につながるという意味では、私もツアーガイドのはしくれなのだ。

〈ヒルサイド・イン〉は一部が傾斜地にかかりながら、斜面よりその裾に位置する部分が広く、裏には荒れた農地がひろがっている。右手は貧相な森だったが、調べ屋や消し屋が遠くから目視されることなく距離をつめるには骨が折れる。

私はドライブウェイを進むと、右に折れて駐車場を抜け、ロビーの大窓を避けるようにモーテルの裏口まで行った。車を駐め、全員を車内に残らせた。私は裏手の二棟の客室棟にはさまれたアーチ路を事務所へ歩いた。駐車場には車が二十二台。自動車局のデータベースに直接アップリンクするスキャナーを持っているが、これだけの数をスキャンすれば相応の時間がかかって怪しまれることになる。また長年この仕事をやってきて、素性が知れるようなプレートを付けた車輛を道中、あるいは隠れ家に駐める調べ屋、消し屋というのを私は知らない。

私は財布を探り、さまざまな個人名、企業名のはいった十枚のクレジットカードから、フランク・ロバーツ名義で発行された〈アルティザン・マスターカード〉を見つけだした。〈アルティザン〉は実在の会社で——つまり法人化されていて——立派なウェブサイトを持っている。われわれが現実にコンピュータソフトウェアのデザイン事業に参入するつもりなら、すでにe

メールを送ってきた潜在顧客の長いリストが手もとにある。わが組織はこうした擬装企業を数多く擁しており、ドゥボイスのようなリサーチのスペシャリストが最高責任者の略歴から販売会議の開催地、さらに広告キャンペーンまであらゆる種類の情報を一括して、各社の報告書を嬉々として作成していた。羊飼いはコンピュータデザイン、航空水力学、ハムやチーズその他の製品やサービスについて、短くても信憑性のある会話ができるように時間をかけてデータを記憶する——この手の話を並べたてると、退屈とまではいかなくても相手の受けが悪く、それ以上突っ込む気が失せると言われる。当然ながら、そこが狙いなのだ。

フロント係、ベルボーイにおかしな動きがないのを見てチェックインするとSUVに引きかえした。駐車場にも不審な点はなかった。

私は運転席のドアをあけて言った。「荷物を持って出てください」

「ここには泊まらないのかと思ったのに」とマーリーが言った。

「しばらく休憩します。車を換えるので」

「その必要があるんですか?」とライアンが訊いた。

「念のために」安全確保の分野に呪文(マントラ)があるとすれば、これがそうだ。

「ホットタブはある?」とマーリー。「ラウールっていう名前の可愛いマッサージ師がいればなおいいけど」

「残念だが、部屋からは出られない」と私はくりかえした。

マーリーの無言の表情が、私のツアーガイドとしての評価をあらためて物語っていた。

私が三人を急き立てる(せ)ように案内したベッドルームが二室のスイートは、スナイパーの見通しが利かない、防御面でいうと〈ヒルサイド・イン〉で最高の部屋だった。ジョアンはぼんやりとあたりを見まわした。妹は狭く貧相な間取りに心底がっかりしたらしい。連邦政府は経済刺激策となる金を、この施設に投入すべきとでも考えていたのだろう。ライアンはまるでSWATの隊員のように浴室とクローゼットの扉を開いた。つぎに窓辺に寄ってそっとカーテンを引き、三十フィートほど離れた一面の壁を見つめた。そこはバンケットルームの側面にあたる。ライアンの物腰はどこか挑戦的で、ガラスのむこうにラヴィングがいるといわんばかりだった。目にしたものが撃ち倒す標的ではなく、灰色のシンダーブロックであることにライアンは落胆の様子を見せたが、それでも「いい選択だ。守りやすい」と言った。

私はうなずいた。

「ねえ、あの部屋を使っていい?」マーリーが広いほうを指さした。私は肩をすくめた。せいぜいシャワーを浴び、昼寝をするために借りた部屋である。私は使うつもりはなかった。残るふたりが同意すると、マーリーはそちらへ向かった。

私は言った。「そっちの電話は通じてないが」

その歩みが鈍った。私は、マーリーは友人のアンドルーと気兼ねなく長話をしたいのだと思っていた。だがマーリーは大げさに口を尖らせて言った。「だったら、マッサージの手配をしてちょうだいね、ツアーガイドさん」彼女はウィンクして姿を消した。

義妹にうんざりした視線を向けると、ライアンはコールドフォンを掲げてみせた。「ボスには?」

「かまわない。ただし場所は言わないこと」

ライアンはこくりとうなずき、バックパックを手にするとダイアルしながら別の寝室にはいっていった。そして足でドアをしめた。

私は陰にこもったジョアンとスイートのリビングルームに残された。ジョアンはテレビを付けてチャンネルを回した。自宅の襲撃に関するニュースはなく、ジョージ・メイソン大学で乱射事件が発生したという偽通報だけが報じられていた。

「どうしてニュースにならないのかしら？」とジョアンは口にした。

「わからない」と私は答えた。

本当は知っていた。私のボス、アーロン・エリスの差し金だ。エリスは私とちがって羊飼いの経験はない。連邦の治安機関の管理畑を歩んできて、議会との折衝、予算獲得における攻防……そしてメディア対策に長けている。六年まえにエイブ・ファロウが死んだとき、私が組織を引き継ぐという話が出た。私はエイブの子飼いだった。しかし、この職務は現場に出る時間が減ることを意味していたし、私はそれが厭だった。そこで当局はあれこれ物色し、ラングレーでの働きぶりが光るエリスを引き抜いたのである。

羊飼いという仕事の繊細な部分まで把握しているとはいえないエリスだが、われわれの不利になりそうなニュース記事を骨抜きにするには、まさに打ってつけの人材なのだ。静かな郊外地区で起きた襲撃事件を完全には揉み消せなくても、報道を遅らせて侵入未遂といった程度ですませてしまうだけの力はある。

もちろん、私から見るエリスの手腕は、むこうから見る私がそうであるように謎だらけで、彼の魔法はおよそ見当がつかない。思うにその才能の一端は〝楔〟を見出すこと、すなわちへンリー・ラヴィングと同じ武器を使うところにある。私も場合によってそうしてきた。大方の人間がそうであるように。あくまで、たまにだが。

ジョアンはうなだれ、画面に目を向けなくなった。その顔には化粧っ気がない。時計と結婚指輪、婚約指輪をしているだけで、たしか悪趣味な宝石で飾り立てていたマーリーとは対照的だった。ジョアンは割れた爪の一枚に見入った。私は窓辺に寄ると、カーテン越しに外を覗きながらアーロン・エリスに電話をかけた。エリスには進捗状況を報告はしたものの、われわれの現在地と、地域に三十から四十ある政府の隠れ家のうちいずれに向かうかについては情報共有しなかった。それは必要な者だけが知っていればいい。たとえば支援に出てくれる仲間の羊飼いやフレディの支局の捜査官とは――そしてこちらは現実として、新しい車輌を運んでくる輸送課の人間とは情報を分けあう。しかし、警護対象者の居場所を知る人間を最小限にとどめる配慮は怠らない。

これは同僚を信頼しないということではなく、ヘンリー・ラヴィングがボスに手を伸ばせば、対象者の居所を聞きだすのにどんな手でも使うと確信があるからである。エリスにはジュリアという魅力的な妻と、八歳を頭にきっちり十四カ月ずつ離れた三人の子がいる。ラヴィングなら十分ほどで対象者の居場所を吐かせるはずだ。

エリスのことはすこしも責められない。私だってそんな立場にやられたら口を割る。組織にはいったとき、エイブ・ファロウにこう言われた。「コルティ、いいか。もっとも大事なルールは、これは他言無用、身内だけのルールだが、しょせん対象者は荷物だ。一ダースの卵、クリスタルの花瓶、電球。消費財だ。彼らの安全は命を懸けて護る。だが彼らのために命は犠牲にしない。憶えておけ」

　エリスはいくつか質問してきたが、そこに別の意図を感じた私は先手を打った。「ウェスターフィールドから電話があった」

「知ってる。取らなかったそうだな……それとも取りそこなったか？」

「取らなかった。目下のごたごたには参加させられないと思ってね、アーロン。むこうが寄りつかないようにしてもらえるだろうか」

「ああ」だが、どことなく浮かない調子の返事だった。ボスは言った。「ときどきは状況を知らせてやれ」

「そっちに知らせて、そっちから知らせるというのは？」

「直接連絡すればいい。何か気まずいことでもあるのか？」エリスはそれこそママの誕生日に電話をしろと、兄が弟をたしなめるような言い方をした。

　私は折れた。

「ラヴィングの居場所だが、音沙汰は？」とエリスが訊いた。

「ない」

「共犯者は？」

「ひとりいることは確認ずみだ。大まかな人相はつかんでる」私はケスラー邸を側面からつこうとしていた、長身で砂色の髪の男が目撃されたことを伝えた。「それしかわからない。そろそろ切るよ、アーロン。これからライアンと、彼の担当した事件について話すつもりだ。調べ屋の目が届かないいまだからこそ、首謀者を見つける手立てを講じたいんでね」

その通話を終えると、ジョアンが私の電話で義理の娘に連絡した。アマンダにたいして、ジョアンは変わらずうわべをとりつくろっていた。月曜日には学校に欠席の事情を説明すると話した。娘のほうは、学校のほか数々の課外活動を休まなくてはいけないことに気が動転しているようだった。

そんなアマンダの様子に、私は同じ年ごろの自分を思いだしていた。私も授業に出るのを楽しみにしていた。勉強の精密な部分、つまり試験を受けるのが好きだった。飽きっぽくて——いまもそうだが——本来学校へ行くのがおっくうだったのに、授業が複雑さを増しながらつづくゲームと気づいてからは、ひたすら集中するようになった。あるとき父が休日のパーティがあるとかで、私を仕事場へ連れていこうとしたことがある。誘われたのはうれしかったのだが、私は具合が悪いからと断わった。父が出かけて、母がまだベッドで寝ていると見るや、服を着たままの私は毛布をはねのけて学校へ行った。仮病をつかって授業に出る生徒など、ほかに聞いたことがない。私は学問の世界にはいりかけたが、周囲の状況の変化もあり、結局は個人セキュリティの仕事に落ち着いた。

私はジョアンにささやいた。「ビルと話をさせてください」

ジョアンはうなずくと、話が一段落したところで電話を代わってほしいと義理の娘に告げ、私に電話機を差し出した。

「コルティです」

「どうも。街の友人と話しましたよ」とウィリアム・カーターは言った。ケスラー邸での出来事を、首都警察の人間から聞いたということらしい。そして「おしゃれな新しい電話でね——

ご心配なく。われわれは面白そうなパーティに出そこなったんだな」と付けくわえた。遠回しに話すのは娘が聞いているからだろう。

「むこうが接近してきて。負傷者はいません」

カーターは言った。「聞きました。友人の居場所がわからないとか」

「おっしゃるとおり」

カーターは笑った。私は堅苦しかったり、流行遅れの言葉づかいをやんわり指摘されることがある。自分では正確を期しているのだと思うようにしている。それに、人には二十歳ぐらいまで——私の場合は大学を卒業したあたり——におぼえた話し方が身に染みている。変えようとする努力は意味がない。うまくいかないのだ。そもそも変える必要があるだろうか。

私は言い添えた。「こちらの情報では、むこうはあなたのことを知らずにいる」

「それはよかった」

「道中はいかがでした？」と私は訊ねた。

「なにもなく。道に迷いましたが。同じ景色を三度も四度も見たな」

回避の運転テクニックを使ったという彼なりの表現だった。

「よろしい。アマンダを退屈させずに、そちらの固定電話には近づけないように」

「ああ、その件ね。そういえば故障中だった」

私は元刑事が好きになった。「ありがとう」

「みんなを守ってくれ、コルティ」

「わかりました」

謎めいたくすくす笑いが聞こえた。「私なら、いくら金を積まれてもあんたの仕事はやらないな」

9

ライアンがシェービングキットを手にベッドルームから出てきた。彼は顔を洗っていた。シャツを着換えていた。

しかも飲んでいる。バーボンだろう、と私は思った。強い酒だ。

私はときどきワインやビールをたしなむが、アルコールが人を愚かにし、不注意にさせることは否めない。それは私自身が証明できる。運ではなく技量がものを言うボードゲーム——チェスや〈アリマア〉や〈ウェイチー〉——をプレイしていて、本気で勝負にこだわらないときにはワインを口にすることもある。上等なブルゴーニュの白に触発され、大胆かつ予測不能な手で勝利をものにしたりもするが、その数は葡萄のせいで犯すミスにくらべれば微々たるものだ。

ライアンの飲酒は、銃への執着や家族の保護者というその役割とともに、警護の方程式に算入しなければならない要素だった。私は状況を見積もった——ヒーローコンプレックスをかかえ、飲酒をする武装警官。本人がそれと気づかないままショック状態におちいり、家族にこんな悲劇を持ちこんできた夫に、これもまた無意識に怒りをたぎらせる女性。そしていいかげんなお調子者で、自尊心のかけらもなく、パニックと軽薄のあいだを行ったり来たりする妹。

たしかに、これまで警護してきた対象者には何かしら弱点や短所があった。それは私にも当然あるわけで、対象者の奇行によって仕事に影響が出るようなら、そこに留意して埋めあわせていけばいい。何もなければ気にせず仕事をつづけるだけのことだ。私たちは羊飼いであって、親ではない。

ジョアンもまた夫が任務と偽った裏にある真の目的に気づいてはいたが、そこに反応することはなかった。まして私と顔を見あわせたりはしなかった。

私はコーヒーを淹れ、スタイロフォームのカップにたっぷり注いだ。それから部屋の隅にライアンを呼び、警官どうし一対一で腰をおろした。私が切り出そうとするそばから、ライアンが言った。「あの、コルティ。私が間違ってました。その、ジョーが言ってたように、あなたがいなかったら、あそこで……いや、考えたくもないな」

つまり、妻の言うことを聞いたのだ。

私は向けられた感謝にうなずいて応えながら、酒がライアンの心をほぐし、敵意を遠ざけたのだと感じた。腰に銃さえなければ、こちらから酒のお代わりをすすめていたかもしれない。ライアンの発言はジョアンの耳にも届くほどの大声だった。おそらく彼女にも間接的に謝っていたのだろう。

私は言った。「きみが、これは何かの勘違いと考えていることは知っているんだが、万が一そうではない可能性をふまえて、私としてはラヴィングを雇ってる人間を見つけたいんだ」

「首謀者ですか。話が聞こえたもので。そういうことなんですか？」

「そうだ」

「最初はでたらめだと思ってました。でも、家であんなことがあって……だって、こっちが何も知らないと思ったら、あそこまで騒ぎを起こすはずがないでしょう」

「いや、ヘンリー・ラヴィングはちがう」と私は言った。くわえて、われわれはかならず首謀者までたどる努力をすると説明した。「そうやって逮捕したら、たいがい調べ屋とつながる情報が手にはいる。さもないと調べ屋は姿を消してしまう、連中の興味は金を取ることだけなんでね。首謀者が拘束されていると、調べ屋は残りの料金を回収できない。黙ってずらかる」

「いまやってるのは、でかい事件（ヤマ）が二件だけです」

それだけ？　意外だった。ワシントンDCのような都市で、ライアンほどの経験を積んだ刑事なら、捜査中の事件簿に埋もれているのが普通なのだ。私は訊いた。「具体的に教えてもらいたい。こちらでチェックさせる。慎重にね。きみの捜査をぶち壊すようなことはしないから」

「しかし、昔は百人から挙げたんです。いや、もっとだな。その復讐かもしれない」

私は首を振っていた。「そうじゃないと思う」

「なぜ？」

「なによりやつはきみを殺したいとは思っていない。情報を欲しがっている。ところで、きみは路上犯罪を担当していた」

「ええ」

「動機が復讐という犯罪はどのくらいあった？　で、そこにからんでいた人間は？」

ライアンは考えこんだ。「十件程度か。たいてい痴情のもつれとか、ギャングがタレこんだ相手を追っかけるとか。あなたの言うとおりです、コルティ、ぜんぜんちがう」

「事件について話してくれ」

ライアンが最初に語ったのは、ペンタゴンの仕事をしていた男の口座で振り出された偽造小切手の件だった。

「被害者の名前はエリック・グレアム。民間のアナリストです」ライアンはつづけて、ＤＣのダウンタウンでこの男の小切手帳が盗まれたと説明した。犯人は抜け目がなかった。グレアムの口座残高を見て限度額に近い小切手を切り、匿名のオンライン口座に送った。それを現金化して業者から金貨を買った。で、私書箱で受け取った金貨を売って現金に換えたらしい。巧妙なマネーロンダリングの方法だった。犯人は小切手をどこに提示する必要もなく、私書箱の操作で金貨を手に入れたのである。

「可哀そうな男で」とライアンは言った。「口座にいくら入れてたと思います？　四万を預けたばかりだったんです」

近くに座るジョアンは、音量を下げたテレビを見ていた。どうやら話を聞いていたようだ。

「当座預金口座にそんな額を？　それってちょっと怪しくない？」

私はジョアンが統計家だったことを思いだした。だからこそ数字がすぐ頭にはいってくるわけで、家計を一手に引き受けていたのだろう。それともうひとつ気づいたのが、ジョアンがその事件に関して初耳らしいということだった。これに奇妙な感じを受けたのは、私の経験上、夫婦はよく仕事の話をするからである。とはいえ、人生の裏側というものに過敏な反応をしめすジョアンだけに、寝物語では非暴力犯罪も願い下げなのかもしれない。

だが夫は、その疑問については調べたと答えた。「どうやら株を売ったその金を、息子が通うアイビーリーグの学校の授業料にあてるつもりだったらしい。偽造があった一週間後が支払い予定で」

「手がかりは?」と私は訊いた。

「十日まえに受けたばかりの事件なので。あまり進んでいないんですが。金貨がピックアップされた私書箱はニュージャージーです。受け取りにきたのが二十代のアジア系の男。ニューアーク市警の尻は叩いたんですが……ま、お察しのとおり、むこうには偽の紙切れより大事なことがあるから」麻薬とギャングの問題では、ニューアークは東海岸で一、二を争う都市だった。

「彼がやっていたことは調べたのか?」と私は訊ねた。

「誰です?」

「被害者の、小切手帳を盗られた男」

ライアンはつかの間、毛足の長いカーペットを見据えた。「ペンタゴンで?」

「そう」

「とくには。なぜ?」

言い訳めいた口調がもどっていた。

「行きずりの犯行なのか、それとも標的にされたのかが気になってね」

「それは行きずり、行きずりでしょう。窓を割って盗むだけの。持っていったのはジムバッグに服、機密のものとか大事なものはなかった」

私は名前、電話番号、住所といった詳細を訊ねた。ライアンは大型のブリーフケースを開くと、ぎっしり詰まった書類のなかにマニラフォルダーを見つけ、こちらが求めた情報を出してきた。私はいま一度、きみの捜査を脅かすようなことはしないと保証した。

「助かります」

「もうひとつの、きみが担当している大きな事件とは？」

「ねずみ講（ポンジ・スキーム）」とライアンは答えた。

「マドフ事件のような？」

「額は小さいけど。理屈は同じです。起きる被害は、くらべても同じじゃないかと思いますね。バーナード・マドフは金持ちの人生を破滅させた。私の容疑者は貧乏人を破滅に追いやりかねない。言わせてもらえば、よっぽど悪質だ。貧乏人には頼れるものなどないんだから」

ライアンの説明によると、捜査対象の投資顧問はワシントンでも収入が低い、マイノリティの集まる地区で人々を餌食にした罪に問われているという。

「容疑者の名前は？」

「クラレンス・ブラウン。牧師です」

私は眉を上げた。

「わかります。本物にしたって、とくに街のあのへんで投資を呼びこむには、これが恰好の隠れみのでもあるんです。通販で神学位を取ってね」ライアンはつづけて、男が千人近い顧客をつかんでいたことに驚いたと言った。めいめいが投じた額は小さくても、ポートフォリオのトータルはかなりの額に上る。

この数カ月、顧客が金を引き出そうとしても、ブラウンはあれこれ理由を持ち出して言い逃れていたという――ポンジ・スキームの典型的な兆候である。顧客が警察に訴えて、事件がライアン・ケスラーのデスクに回ってきた。ライアンは被害者十人あまりから供述を取り、ブラウンの運用実態を浮かびあがらせようとしていた。ブラウンはライアンにたいし、金がもどらないのは、ある特定の投資にまつわる技術的な問題にすぎないと弁明した。この投資顧問は甘い生活をむさぼっていたわけではない。事務所は地味なもので、ブラウンがアパート住まいをしているDCの南東地区の町中にあった。

「気になるのは」と私は言った。「これが証券法違反だとしたら、どうして首都警察の扱いになるんだろう？」

ライアンは引きつった笑いを見せた。「それは小物だからですよ。事件にしても、被害者にしても。だから小物の警官が担当する」

重苦しい沈黙が降りた。

ふたたび大きなブリーフケースの中身が探られた。現われた書類を見て、私はこの捜査に関連する詳細も書き留めた。「ほかに事件は？」

またも肩がすくめられた。「話したとおり、静かなもので。ほかはちっぽけなもんです。クレジットカード詐欺、個人情報の盗難。少額の。どれも軽罪で」ライアンはメモ用紙を出して細部を書き出した。「どうでもいいような」と肩をすくめて、「以上です」

私は礼を言う代わりにうなずいた。「これは役に立つ。すぐに確認をとらせよう」

私は自分のメモをテーブルの隅に置いてライトを点けると――シェードとカーテンが引かれていたせいで、室内は薄暗かった――電話をかけた。

「ドゥボイスです」

「クレア。ケスラーの事件について情報がはいった。そこにかかわる人物のなかに――容疑者でも、目撃者でも、被害者でも誰でもだ――ラヴィングを雇った首謀者がいないか調べてほしいんだ」

「オーケイ、準備はできてます」

ドゥボイスが私に呼びかけてくることはない。一回り年下の彼女は〝サー〟と〝コルティ〟の中間を生真面目に守っている。

私はライアン・ケスラーが担当していた事件の詳細を伝えた。

ドゥボイスが言った。「偽造事件？　国防総省の仕事をする男。微妙な感じですね。軍と付きあえば、文民政府とも付きあい、個人の業者とも付きあう。彼らの厭がることがあるとすれば、外部の人間に話をすることです。わたしたちのような、内側にいる部外者でも。伝手はありますか？」

「ないな」と私は言った。

ドゥボイスはふと黙りこんだ。彼女の癖のひとつに、ブルネットの髪を何度も耳に掛けなおすというのがある。私はそんな姿を想像してみた。これが頭に定着しないうちに、彼女のほうがしゃべりだしていた。「わたしの友人とデートした男を知っています。変わった人。ゲームばかりやってる男です。あなたとは種類のちがうゲームですが。ボーイフレンドや夫としてのゲームでもなくて。というのも、ペンタゴンとCIA向けにシナリオを動かしているんです。たとえば第三次世界大戦のシナリオとか。第四次世界大戦のシナリオとか。そういったものが本当にあるんです。なんか恐ろしい話だと思いません？　いつもわたし、第五次はあるのかしらって考えるんですが。それはともかく、その彼に連絡してみます。ポンジ・スキームのほうも調べを進めます。わたし自身は投資はしません。マットレスに隠しておく主義なので」

電話を切るときに、私は彼女のブレスレットが鳴る音をたしかに聞いた。

もしライアンの事件と、ヘンリー・ラヴィングを雇った首謀者のあいだに関係があるとすれば、それがたとえどんなに薄っぺらなものでもドゥボイスは見つけてくるはずだ。若さのわりに、われわれの仕事のなかでも証拠を追う捜査面において、ドゥボイスは私以上に優秀だった。私が持って生まれたようなゲームプレイヤーの気質はそなえておらず、したがって私と調べ屋、消し屋が戦う命懸けのチェスマッチは彼女の性に合わない。だが自分の出番となるとテリアのごとく執拗に、しかも狡猾に動きまわる。その熱い性質と軽やかな心で、ドゥボイスは事情を聞く相手とさんざん話しこんだすえ、しまいに圧倒するか怖気づかせてしまう。あるいは虜にしてしまう（現実に一年まえ、彼女は何時間か事情聴取をした警護対象者から結婚を申しこまれている。この男は犯罪組織の元構成員で、ドゥボイスは「最上のデート人材ではない」とはねつけた）。

やはり一年まえ、私はオフィスで別の羊飼いとシェアしていた個人アシスタントのバーバラに、柄にもない笑顔といった表情でドゥボイスを眺めているところを見られた。真相はといえば、首謀者とおぼしき人物について、有益な情報をこれでもかと掘り出してきた女性に称賛のまなざしを向けたにすぎない。ところが、五十歳のシングルマザーでオンライン・デートサイトの常連のバーバラには、その笑顔で充分だった。私の目に恋心があったと決めつけ、なぜドゥボイスをデートに誘わないのかとあとから問い詰められた（〝年の差恋愛〟みたいなことを言われたが、たった十二歳の差でそれはちょっと酷ではないか）。

いずれにせよ、私はその提案をいなした。しかし腹心の部下に向けられた私の職業的興味が衰えることはなく、そんな思いをいつもの控えめな方法ではあったけれど、はばからず表に出した。

私は自分のメモをラップトップに打ちこみ、ファイルを暗号化して保存した。

マーリーが出てきた。なぜだか服を着換え、化粧を直していた。あたりに香水の花の香りが漂った。さっきよりも魅力が増したように見える。姉妹は似ているところが多いのに、不思議とマーリーだけがいわゆるセクシーで、これは年齢差とは関係がなかった。マーリーはステーションに寄ってコーヒーを注いだ。それからカップを置き、小首をかしげてドレッサーに飾られたフラワーアレンジメントを眺めると、カメラを手にして十枚ほど連写した。私は家族が私の保護下にはいってから、マーリーが撮影した写真全部を確認すると心に止めた。私やチームの誰かが写っているものを確実に消去するためだった。

やがてマーリーはコーヒーにもどり、私に視線を向けると私のカップに注ぎ足した。

「ありがとう」

「何か入れる？」

「いや、これでけっこう」

彼女は何か言いたそうにしていたが口を開かなかった。

私は受け取った携帯メールを読み、返事を送ると対象者たちのほうを向いた。「新しいSUVが到着しました。そろそろ出発します」

ライアンが、「靴を脱いでくつろごうと思ってたのに」と軽口をたたいた。初めて会ったときから、ライアンの態度はがらりと変わっていた。彼にあたえた任務と酒のおかげだろうと私は推した。

私は立ちあがった。「ここにいてください」私はライアンを見つめた。「私以外の人間にはドアをあけないように」

ライアンはうなずき、ホルスターを調節した。

私は外に出ると、われわれの部屋がある棟を一周してモーテル裏の駐車場まで行った。ダークグリーンのGMCユーコンが、フォード・トーラスを従えて近づいてきた。私が手を振ると、二台は近くで停まった。SUVから男ふたりが降りてきた。

わが組織の若き職員ライル・アフマドは海兵隊上がりで、オリーブ色の肌の頑丈な体格に、髪はさっぱりとクルーカットにしていた。身代わり、すなわち近接警護官である。アフマドとは彼がワルシャワの米国大使館の警護を担当していたころに出会った。当時の私は現在の組織にはいるまえで、国務省の警護・捜査部門である外交安全局の職員をしていた。

アフマドは物静かな切れ者で、複数の言語をあやつる才能を自負している。組織の希望の星だった。

SUVを運転してきたのは輸送課のビリーだった。のっぽで、外見からは年齢不詳のこの男の髪はむさ苦しく、並びの悪い前歯には思わず目をそむけたくなる。ビリーは車、トラック、オートバイと、本人が〝死んだ恐竜〟と呼ぶガソリンや軽油で動く物体を偏愛していた。彼は全車輛のメンテナンスを受け持つばかりか、私たちが使用する三、四十台の車でルービックキューブをやる——要するに車輛をとっかえひっかえ運転しながら、この地域一帯に人員や対象者を運んでいる。組織のカーコレクションはかなりのもので、予算としては人件費、隠れ家につぐ位置を占める。車というのは指紋のようなものだ。携帯電話やクレジットカードとともに、人の痕跡をたどるには車ほど有効な手立てはないだろう。だからこそ、われわれは車輛を頻繁に換えるようにしていた。

ビリーがニッサンに顎をしゃくった。「彼女、準備はいいかい？」

「ああ」私たちはキーを交換して、ビリーは車で走り去った。

トーラスから降りてきたのはルディ・ガルシア、フレディがケスラー邸に伴ってきた若いFBI捜査官だった。

私は手を握ったガルシアをアフマドに紹介し、三人でモーテルの部屋へもどった。

私は新たに登場したアフマドをケスラー夫妻とマーリーに引きあわせた。するとマーリーが姉に「すてきじゃない」とささやきかけた。未婚のアフマドは赤面しただけで、それ以外の反応はなかった。私はライアンの会釈の陰に落胆を見ていた。もうひとりの護衛の存在で、ラヴィングを倒す作戦に参加するチャンスを奪われかねないと感じたのだろうか。

そこに私の電話が鳴った。わが組織からの発信だったが、この人物に呼び出されるとは私も予期していなかった。

「アーミズ（Hermes）」私は言った。Hを発音しないその名は、監視装置、コンピュータおよび通信システムを統括する技術担当責任者の本名だった。

「コルティ」と早口で言うその声音には、聞き取りにくい抑揚があった。「信じないかもしれないが、スクウォーク・ボックスにヒットした。アルマダにつないだやつだ。で、十五分まえに、DC北東のトラップに誰かさんから電話があった」

私は胸が高鳴るのを意識していた。

「わかった、ありがとう、アーミズ」

私は電話を切った。ふと迷った。イエスかノーか。

そして対象者たちとガルシア、アフマドにプランを若干変更する旨を告げた。

「あと数時間ここに滞在することになる。食べ物が欲しければ、ライルかルディがルームサービスを注文します。誰も部屋を出てはいけない。長くはかからないので」

ライアンが訊いた。「コルティ、どういうことなんです？」

私は気のないそぶりのつもりで肩をすぼめた。「仕事の件で、ある人と会うことになってね」

私はある人というのがヘンリー・ラヴィング当人だとは話さず、足早に部屋を出た。

10

羊飼いの役割とは、個人の身の安全を護る仕事にほかならないという定義には議論がつきまとう。

ニックネーム自体が語っている。私からすれば〝羊飼い(シェパード)〟とは、曲がった杖を持った農夫ではなく、大型犬のことを指す。

私自身は犬好きではないが、野原で羊を追う牧羊犬がいれば、群れを守り、捕食者の大きさや数にかまわず立ち向かっていく牧羊犬もいることを知っている。このふたつの役割こそ、個人警護官の担うべきものではないのか。かつてエイブ・ファロウはこう言った。「羊飼いの仕事とは対象者を警護すること。それだけだ。調べ屋や消し屋、そして首謀者の逮捕は他人にまかせておけ」

だが——師と意見を異にする数少ない一例だが——私はその理屈には与しない。われわれの任務には群れを安全な場所へ移動させ、さらに脅威となる狼の喉笛を咬み切るというふたつがあると思うのだ。対象者を警護し、調べ屋または消し屋、およびその雇い主を制圧することは、私にしたら分かちがたく結びついている。

ガルシアのトーラスで特別区へ急ぎながら、私は狩猟パーティを率いることになりそうなフレディと話していた。わが組織にない部門が戦術だった。日ごろ、私は導入を求めているのだが(しかも〝拳銃使い(ガンスリンガー)〟というニックネームまで用意してあった)、エリスは委員会で、いわば銃殺の憂き目にあった。戦術部門は驚くほど費用がかさむのである。そこでわれわれはFBI、場合によっては地元のSWATに頼っている。

私がヘンリー・ラヴィングを罠に掛けたいというプランを出すと、フレディが言った。「これでうまくいくと思うか、コルティ? サンタクロースが歯の妖精に会うみたいな話だ」

「もう着いたのか?」特別区の九番通りに拠点があるフレディのほうが走る距離は短い。

「二十分かかる」

「急げ。持ち駒は?」

「たくさんある。優れた火力による平和だ」とフレディはどこからかの受け売りらしいことを言った。電話を切ると、私はワシントンDCめざして速度を上げた。

アーミズからの連絡は蠅取り器(フライトラップ)のことだった。このトラップは悪人を仕留める場所までおびき寄せるのに、われわれが普段から使っている策略だ。奏功するのは二、三十回に一回だが、試さない理由はない。組織の全車輛と、羊飼いが所持する大半の携帯電話の内部には、われわれがスクウォーク・ボックスと呼ぶ電子装置が取りつけられ、暗号化されても追跡可能な偽の通話を発信する。調べ屋や消し屋がそれなりの機器を持っていれば、これらの電話が呼び出した固定電話の番号を拾うことができ、基本的な逆探知で場所も探り出せる。

アーミズによると、ラヴィングはケスラー邸付近に待機していた折り、こうしてアルマダから自動発信された通話のうち一本を傍受すると、DC北東地区の倉庫に設置されていた固定回線に電話をかけた。そこで現在使われていないというメッセージを聞いた。このメッセージは私自身が録音したもので、私の声紋を採っている者——おそらくラヴィングなら、そこがケスラー一家の隠れ場所と考えるのではないか。

月曜の深夜までにライアンから情報を取り、ウェストヴァージニアで受けているゴーサインのeメールにあった、〝歓迎されざる結果〟を回避しなければならないというプレッシャー

——くわえて任務遂行に執拗な執念を燃やすその性質からして、ラヴィングと仲間は少なくとも倉庫の偵察はおこなうはずだ。

ラヴィングと私の戦いが本格的にはじまろうとしていた。

仕事に関して、自分が情熱を向ける対象にかこつけて語ることの多い（ほかのことでは冷めた人間と言われる）私だが、その情熱の対象というのがボードゲームで、私はプレイだけでなく蒐集もしている（あの朝〈ＦｅｄＥｘ〉で届いた小包は、長年探していたアンティークのゲームだった）。住居にアレクサンドリア旧市街のタウンハウスを選んだ理由のひとつが、二ブロックほど離れたプリンス・ストリート近くに贔屓のゲームクラブがあったからである。会費はそれなりでチェス、ブリッジ、囲碁、〈ウェイチー〉、〈リスク〉、その他のゲームでもすぐに相手が見つかる。会員はほとんど男性だが、国籍、教育レベル、年齢はごった煮で、服装や収入もそう。政治信条もさまざまだが、これは関係がない。

タウンハウスには、六十七のゲームがアルファベット順に並べられている（ほかにまだ百二十一のゲームをメリーランドの水辺の家に置いている）。

当然、難度の高いゲームのほうが好みだ。目下のお気に入りは〈アリマア〉、最近発明されたチェスのバリエーションなのだが、優雅であり難解で、コンピュータがプレイできるプログラムを書いた者にあたえられるという、作者からの賞金はいまだ支払われていない。チェス自体もよく出来たゲームで、私も愛好している。ただ文献も多く、さんざん研究され、分析されてきたものなので、熟練したプレイヤーと盤をはさんで向きあうと、黴臭い異様な幽霊の集団を相手にしている気分になったりする。

では、同じく知的興奮をあたえてくれるコンピュータゲームに比較して、ボードゲームのどこが好きなのか。

ひとつには芸術性である。ボードのデザイン、駒、カード、ダイス、スピナー、それに棒やピンなど木製、プラスティック製、象牙製の付属品。その美的感覚がうれしく、実用的な意図が付与されているところも楽しい。あくまでゲームをやることに実があると主張する者の言いぐさではあるが。

ボードゲームは長持ちするし、手でふれることができるのがいい。スイッチを切ったり、壁からプラグを抜いて消えるということがない。

しかしいちばん重要なのは、敵である生身の人間と差し向かうことなのだ。私の人生には、ヘンリー・ラヴィングのような姿の見えない者たちを相手にした死活の戦いが多く、警護対象者の拉致や殺害の策を練ろうとする際の彼らの表情は想像するしかない。チェスや囲碁、〈チグリス・ユーフラテス〉——ちなみに、とてもよく出来たゲームだ——をプレイするときには、戦略を選ぶ相手を間近にして、こちらの打った手にたいする反応も観察できる。かの有名なコンピュータ業界の大物、ビル・ゲイツも熱心なブリッジプレイヤーだと聞いたことがある。

とにかく、ゲームをプレイすることで頭脳が鍛えられ、羊飼いとしての私の力になっている。ゲーム理論も役立っている。大学院で数学の学位を取得中、アカデミズムの世界に浸って実社会へ出るのを先延ばししていたころ、遊び半分でかじった。

ゲーム理論が最初に議論されたのは一九四〇年代のことだが、その考え方は以前から流布していた。理論を体系づけた学者たちがブリッジ、ポーカーといったゲームや、より単純なじゃんけん、コイン投げを分析していたのには、本来レジャー活動での勝利に寄与するのではなく、意思決定を研究するという目的があった。

簡単に言うと、ゲーム理論とは当事者間に――敵でも仲間どうしでも――対立が起き、おたがい相手の動きが読めないとなったときに最善の選択をするための指針なのである。

古典的な例が〝囚人のジレンマ〟で、ふたりの犯罪者が捕まって別々の房に入れられる。警察はそれぞれに白状するか否かの選択をあたえる。両者とも、他者がどちらを選ぶかはわからないが、警察の情報で、白状すればおたがいのためになると知らされる。すなわち、釈放はされないが刑期は短縮される。

しかし白状しなければ、刑期がさらに短くなったり、あるいはゼロになる可能性もある。が、これはリスクが高い……より長い刑期を食らう場合も出てくるからだ。

白状するのが〝合理的〟な選択。

白状しないのは〝合理的な不合理〟と呼ばれる行為になる。

現実社会においては、ゲーム理論が経済、政治、心理学、軍事計画など数々の状況に応用されているのがわかる。例を挙げれば、経営難の銀行の預金者は、預金全額を下ろすのは得策ではないと知っている。もしそれをすれば取り付け騒ぎを惹き起こし、銀行が倒産して誰もが金を失ってしまう。その一方で先に金を引き出してしまえば、自分は一切損失をかぶらずにすむ。共通の利益など知ったことではない。資金を全額引き出すことにより、合理的な不合理が個人を救うかもしれないが、それが取り付け騒ぎの引き金をひいて銀行は破綻する。

これが羊飼いという私の仕事にどのような影響をもたらすか。

私にしても、ヘンリー・ラヴィングのような敵にしても、相手の動きが読めずにいる。そこで私は勝つための最善の戦略を採るべく、引きつづきゲーム理論をあてはめる――戦いに臨む総合的な計画を意味する戦略ではなく、〝ポーンをルークの7へ〟とか、じゃんけんで石（グー）を出すといった具体的な一手である。

ここでの私の戦略は、ヘンリー・ラヴィングがどちらかといえば合理的な選択をする、つまり餌に食いつくと信じてフライトラップを試すことだった。

とはいえゲーム理論は、ゲームボード上や現実の不確実性ゆえに存在する。たぶんラヴィングはこれを罠と察し、私が先乗りしていることを確信したうえで、この機に乗じてケスラー一家の本当の隠れ家を突きとめるつもりでいる。

あるいはまったく異なる戦略に出て、思いも寄らないかたちでこちらをあざやかに出し抜くつもりだろうか。

そろそろ首都が近づいてきた。私はまたクレア・ドゥボイスに連絡を入れた。「人込みが必要だ。フェスティバル、パレードぐらいの。DCに。尾行はついてないと思うが、確実を期したい。そちらの手持ちは？」

「人込み。わかりました。どのくらいですか？　スタジアムでゲームがあります――でも残念ながら、今シーズンの戦いぶりからしてそんなに多くは望めません。あと、ロマンス作家とその作品のカバーモデルが――北西地区の〈セーフウェイ〉でサイン会を開いてます」

調べるでもなく、どうしてそこまで知っているのか。

「スーパーでやるロマンス本のサイン会には何人ぐらい集まる？」

「驚きますよ」

たしかに。「だがもっと欲しい。それにダウンタウンで。千人以上」

「残念ながら春ではないので。わたし自身は桜は見にいきませんが」とドゥボイスは言った。

「花が力を貸してくれたらいいんでしょうけど。でも、わたしは花見をする気持ちが理解できないんです。ええと、お待ちください……」タイピングの音、装身具のじゃらじゃら鳴る音が聞こえてきた。

ドゥボイスは言った。「あまりないですね。同性愛者の権利を主張するデモがデュポン・サークルのコネティカット・アヴェニューで。改宗者への説教。推定四百名……南東地区でメキシコ系アメリカ人のパレードがありますが、そろそろ終わってしまいます。あっ、これですね。いちばん大きいのが、議会の外でおこなわれる抗議集会。約二千名の多勢。なぜそんな言い方をするのかしら。〝多勢〟って。〝二千名の無勢〟じゃなく」

「それがよさそうだ」

ドゥボイスの説明では、最高裁判事候補者へ抗議または支援をしようと人が集まるらしい。あと一、二度の投票で上院の同意を得られるという法律家が保守的な人物であるため、左寄りの連中が抗議の声をあげ、逆に共和党員たちは支援の輪をひろげようとしている――というのが私の漠然とした理解だった。

「正確な場所は？」

上院議員会館付近との答えを聞くと、私は電話を切ってその方角に車を駆った。五分後には、連邦政府発行の身分証の力でデモ周辺を低速で走り、尾行をさえぎるバリケードを越えていた。候補者を支持する者たちが一方の側に集まり、抗議する者たちがそこに向きあう恰好で徒党を組んでいる。私は悪意ある中傷や脅迫の言葉までが飛び交うのを耳にした。警察が大挙出動していた。

そういえば最近〈ワシントンポスト〉で、アメリカ政治において両極化が進み、党派心が先鋭化しているという連載記事を読んだ。

私の電話が鳴った。「フレディか」

「どこだ？」

「最高裁判事候補のデモを轢(ひ)かないようにしてるところだ」

「おれに代わって何人か吹っ飛ばしてくれ」

「現場か？」

「集結地点に来てる」

「何かあったか？」

「現在のところなし」

「まもなく到着する」

抗議者たちの反対側に抜けると、私は尾行がないことを確信してユニオン駅のすぐ北にあり、ときどき利用している小さなガレージへ急いだ。五分とかからずガルシアの公用車から別の擬装車輛に乗り換え、はいったのとは別の口から表に出た。

十分後、私はフライトラップにいた。

ヘンリー・ラヴィングとのゲームは、新たなラウンドにはいるのだ。

11

われわれがDC北東地区のみすぼらしい一郭を選んだのは、そこが捕り物に絶好の場所だったからである。

コロンビア特別区の工業地域というのはここもふくめて、デトロイトやシカゴのサウスサイドに負けず劣らず劣悪な環境にある。われわれが格安で借りた倉庫は、湿気が多く雑草だらけの埋め立て地にあり、錆びた鉄道の線路（列車が通るところは見たことがない）に崩れかかった作業路、酸っぱい臭いを放つ運河二本が横切っていた。わが所有地は草木の生い茂る三エーカーで、ゴミと生気のない木々と、熱帯のトカゲを思わせる気味の悪い色をした水溜まりがそこかしこにあった。中央に建つ古びた倉庫には、本物の隠れ家らしく見せるために人の住む痕跡を施してある。崩壊しかけた二軒の離れは、戦術班が悪人を待ち伏せ、十字砲火を浴びせるには申し分ない。倉庫自体は煉瓦壁が防弾の役目を果たすし、窓も少ない。ずいぶん使用したものの、成功したのは二回だけだった。最近では去る一月の吹雪の日に四時間、かじかんだ手に握ったカップからどんどん冷えてまずくなるコーヒーを啜りながら、消し屋が大胆で、しかも本人にとっては残念な動きに出るまで待った。

今回、私は周辺からはほぼ監視の目が届かない裏通りや野原を車で走り、倉庫からやや離れて、近所のドライブウェイや道路から見えない他の連邦車輛の脇に駐車した。そしてショルダーバッグを背中ではずませながら藪を抜け、錆びの浮いた落書きされ放題の鉄道橋をくぐった。ギャングたちでさえ、この朽ちた都会の最たる例には興味をしめさない。私はあたりをもう一度うかがい、敵が監視している兆候がないことを見てとると、集結地に向けて丈のある草むらに分け入った。地面に目を落とすと、折れた枝、裏返った葉や石ころのなかに、フレディが最低六名の捜査官を連れてきたことを物語る跡があった（そんなあからさまな証拠を残していることに、誰ひとり頓着していないようだった。私は時間を使い、目立つ足跡を消していった）。

まわりはゴミと棄てられた自転車と腐食した機械類の世界、正真正銘がらくたの山だった。右側に見える狭い運河は胆汁のような緑の水であふれ、廃棄物が点々として、リスの死体もひとつふたつ浮かんでいる。この水を口にして絶命したのだろうか。信じられないことだが、ポトマック川方面に向けてレクリエーション用の小型パワーボートが進んでいく。汚水の流れが視界から消えて程なく、私は指揮所に着き、フレディとその部下たちとあいさつを交わした。

柄が大きく、にこりともしない三十代の男性捜査官が六名、同じく暗い顔の若い女性が一名。そんな法執行官たちの取り合わせは、さながらこの都市の縮図である。黒人、ラテン系、マイノリティの白人――女性、年季の入った男性捜査官。ＦＢＩというとダークスーツにワイシャツか、ＳＦ映画に登場する兵士ばりのいかつい戦術用装備をまとっていると思われがちだ。現実の捜査官たちはウィンドブレイカー、ベースボールキャップにジーンズというくだけた服装をしている。今回の女性の場合はデザイナージーンズと言いなおすべきで、これが私にはフィットしすぎに思えてならない。全員が防弾ベストを着ていた。私自身も着用している。

誰もが緊張の面持ちだったが、目を見れば交戦を期待していることがわかる。

通信機器のイアピースとマイクを付けながら、私はフレディが告げる各員の名前に注意を払った。事態が白熱したときには区別する必要が出てくるかもしれないからだ。それぞれにうなずいてみせながら、接触の有無を訊ねた。すると女性捜査官が答えた。「グレイかタンの小型セダンが、西側のあちらの道路を走り去りました。五分まえのことです。停まりませんでしたがスピードを落として。推定で時速十マイル」

グレイかタンなら、ベージュがそう見えることもある。ウェストヴァージニアから来たラヴィングの車だろうか。私が示唆したその点を捜査官たちは書き留めた。

低速での通行自体は訝しむほどではないかもしれない。特別区の道路の多くは穴だらけでアスファルトが割れ、信号もなくなっていたりする。子どもが土産に盗んでいくのだ。それで車が速度を上げない説明もつく。が、翻ってこうした悪条件はラヴィングに、怪しまれずスピードを落として走る理由をあたえることにもなる。

「狙撃手はいるか？」と私はフレディに訊いた。

彼は鼻で笑った。「狙撃手？　あんたは映画の見すぎだな、コルティ。こっちにある銃はせいぜいブッシュマスターだ」

「正確なことを知りたいんでね、フレディ。大きさじゃなく」

「いまのはジョークか、コルティ？　あんたにジョークは似合わない」

「地図は？」私は訊いた。

「ここです」女性捜査官が差し出してきた。

あまり時間がないことを痛いほど意識しながらも、私は地図を仔細に眺めた。ラヴィングは速攻で来るか、でなければ攻撃は一切仕掛けてこない。私は捜査官たちに向かって逮捕のプランを説明すると、各人と武器にとってベストの配置を指示した。フレディから出たいくつかの提案も的を射ていた。

私は隠れ家に擬せられた建物を見つめた。屋内にはふたつ、三つの灯がともる。それとアーミズが開発した機器が据えられている。よく出来た玩具といった趣きで、ゆっくり回転する扇風機の羽根のような代物がブラインドやカーテンに不規則な影を投げ、室内にいる人間がときおり部屋を移動している印象を醸し出す。またテレビ画面のちらつきに似た光も放つ。人が会話しているような音声も出す。しかも議論、笑い話、密談というモードセレクター付きで、盗聴する調べ屋、消し屋に、倉庫にいるのは労働者ではなく護衛のついた対象者と信じさせる工夫がされている。

「ケスラー一家の様子は？」とフレディが訊いた。

「普段の対象者よりは落ち着いてるよ」だが私は白状した。ジョアンはゾンビになって一年も療養中といったありさまで、夫は酒を飲んで動くものと見れば撃ちたがり、マーリーは――ヒステリーを起こしていないときには――プロの人殺しよりボーイフレンドとのトラブルを気にかけていると。

「あの妹のことは忠告したぞ、コルティ。ま、この仕事に飽きたら、ドクター・フィルのむこうを張って人生相談番組でもやるんだな」

やおら私は言った。「そろそろ位置につく」

フレディがある表情をつくった。そこには私が直感で読み取るメッセージが数多くふくまれていた。フレディとはずいぶん昔、尋常ならざる状況で出会ったのだが、こうした作戦行動で私が協同できる唯一の人物である。ふたりのあいだでは、私が戦略家として手を選び、戦術家のフレディが私の選択を実行する。

じゃんけんで言えば、私が石に決め、フレディが拳を握る。

私は右手に深い木立が接し、そのむこうを臭い運河が流れ、左手には草むらと機械類の山がつづく雑草だらけの溝を歩いた。行き止まると、寂しく葉が繁るあたりに隠れて〈大耳（ビッグイア）〉ユニット――直径十二インチのパラボラ型をした超高感度マイク――を設置し、ヘッドセットを着けた。マイクを倉庫に向け、意図的に開いてある窓の下の装置を狙った。

倉庫の先へ目をやると、われわれの敷地の中央付近に一般の車輛二台が積みあげられている。錆びて落書きだらけのシェヴィのセダンとダッジのヴァンだが、落書きの一部は私自身が数年まえにスプレーで描いたものだった。

ひとりになって強く孤独を感じながら、周囲を眺めわたす私の背筋に興奮と期待が伝っていった。

もちろん恐怖もある。

エイブ・ファロウに言われ、私も部下に話していることだが、このビジネスでは恐れを知らなくてはならない。怖がらなくては力は発揮できない。

十分、長い長い十分間が過ぎた。

「一班から指揮所」イアフォンに声が響いた。「北で動きがあります」

「指揮所から一班へ。つづけろ」

「報告します。身元不明の人物がゆっくり移動しています。黒っぽい服装、おそらく男性。いま視界から消えました。十八番グリッドです」

「武器は？」

「はっきりしません」

私は気を引き緊めて身を乗り出し、対象が目撃されたというあたりを見た——私のいる場所とは反対側にあたる。草の金色と緑が目にはいり、やがて私も動きを認めた。対象は、袋小路から倉庫に向かってひそかに近づこうとしていた。

「捉えました」と女性捜査官が言った。「丸腰です。ラヴィングではない模様」

「たぶん仲間だろう」私は無線に答えた。「だがひとりじゃない。ラヴィングもここにいる」

他の人員も各自の持ち場から、見たもの——見ていない、というほうがほとんどだが——を報告してきた。ためらいがちに倉庫へ接近する人影の動きが止まった。

そこに低声で、「二班。男はダッジに目をとめました。なかを気にしてます」

私は黙っていた。詳細は検証されしだい上がってくる。プロの人間に情報の追加を求めるのは時間の無駄なのだ。逮捕に向かおうとする人間に〝気をつけろ〟と念を押すのと同じだ。私はスラックスで両手を拭った。

「こちら一班。男がふたたび動きだしました。ゆっくり」

「二班。了解。男は間違いなくダッジに興味をしめしてます」捜査官のひとりが訊ねた。「車内に機材があるとか？」

「ない」とフレディが言った。「空っぽだ。そのまま探らせろ……四班、ほかに何か見えないか？　ラヴィングがいる気配は？」

「ありません」

「三班？」

「ありません」

そこへ、「こちら二班。仲間が近づいてきます……片手をポケットに……後ろを見ながら……手に何かを持ってる。携帯です」

私は取り出した〈アルペン〉の10×32ロングアイ・レリーフ双眼鏡で一帯を走査したが、男の姿は見えなかった。

浅く早くなった呼吸を鎮める努力をしながら、私はマントラのひとつを心に唱えた。石（グー）、紙（パー）、はさみ（チョキ）。石、紙、はさみ。

そのとき、何かが折れる音を耳にした。

真後ろで。

私はぎょっとして、のろのろと首を回した。

サイレンサーを装着した銃をひたと構え、瞬間目を伏せたヘンリー・ラヴィングは、踏みしめた枯れ枝を避けられなかった自分への軽い失望に口を歪めていた。

12

ラヴィングは、私のジャケットからはみ出した防弾ベストの縁に気づいた。彼は銃口を上げ、私のむきだしの首に狙いを定めた。

その後、青白い左手をわずかに動かして指示を伝えてきた。

私は立った。これから片方の耳に入れた無線マイク用のイアフォンをはずし、反対の耳から装置をモニターするイアピースをはずす。ホルスターに挿した銃を拇指と人差し指で抜く。

私は要求すべてに従うと同時に、落ち着いて相手を観察した。

いまやゲームの流れは明白だった。ラヴィングはこれを罠と見きわめ、みずから動いて私を引きこむことにした。合理的な決断だ。ダッジのそばに相棒をとどまらせ、倉庫本体には近づかせなかった理由もそれで説明がつく。もしラヴィングが仕掛けにはまったら、相棒が動く手はずになっていたのだろう。

ラヴィングは罠と承知したうえでリスクを冒した。むろんライアン・ケスラーを手に入れるためでなく、私の拉致が目的だった。それなりの圧力をかければ、ケスラー一家の居場所を吐くだろうと考えた。私はいきなり警護対象としての立場に立たされていた。

とりたてて特徴がなく、中年に近づいた肉付きのいいビジネスマンの面相におさまるラヴィングの穏やかな目が、現場をすばやく見まわし、指揮所と倉庫から離れたこの場所に脅威がないことを確かめた。

思えば、私の師を拷問して殺した男にここまで接近したのは初めてだった。不首尾に終わったロードアイランドの逮捕劇では、私はおよそ百フィート以内には近づいていない。引き金を絞るとき、その目がかすかに細められるのは見ていた——その直後に、ラヴィングは自身が罠にはまったことを悟った。首謀者と思っていた人物が、じつは目に見えない楯に守られた囮捜査官であったのだと。

いま、私たちはひと言も発していなかった。むこうは当然話をするつもりだが、それはのちほど車の後部座席か、遠く離れて似たように荒廃した倉庫へ移されてからとなるだろう。私がライアン・ケスラーの居場所を口にするまで、どのくらいねばるかと計算しているはずだった。なぜならヘンリー・ラヴィングは、私が口を割ると知っている。誰であっても、早晩白状する。

私が銃、無線、携帯を地面に置くと、時間が限られているのを意識したヘンリー・ラヴィングは手招きをした。

両手を肩の高さまで上げて恭順の意を表した私は、ラヴィングの視線に魅入られて前に出た。目をそらすことができなかった。たしかに目力(めぢから)はあったが、そのせいではない。それが死の間際のエイブ・ファロウが見たものだったからである。銃弾が至近から発射され、エイブの額を撃ち抜いていたことからわかる。ふたりは見つめあっていたのだ。私はよく、ときには寝入るまで何時間も、エイブの最期に思いを凝らすことがある。エイブは結局、警護していた五名の対象者の新しい名前と居所を口にした。だがあのとき、私は装着したままの携帯電話で音声を聞いていた。エイブが最後の証人の住所をささやき、命を奪う銃声が聞こえるまで三十秒ほどの時間があった。その間、何があったというのか。ふたりはどんな表情を浮かべていたのか。低い声でのやりとりがあったとして、それはどんな内容だったのか。

これがおそらく、私がヘンリー・ラヴィング逮捕に執着する理由だった。ラヴィングはエイブ・ファロウを殺したばかりか、死にあたって苦痛と絶望を舐めさせた。

私はおとなしく両手を脇へ持っていきながら、そんな状況下で、羊飼いの思いはどこへ至るのかと考えていた。自分は拷問にどこまで耐えられるか、だろうか。

〟ラヴィングはローテクです。身体の敏感な部分に、紙やすりとアルコールを使う。さほど残酷には聞こえないが、これが実に効果を発揮します〟

しかしながらこの疑問は、前に進み出る私の頭をよぎった空論にすぎなかった。

というのは、見かけによらず、この段階で私は敗者ではなかったのである。

敗者はヘンリー・ラヴィング。

この場での本物の餌は倉庫でもなく、ライアン・ケスラーが屋内にいるとほのめかすことでもない。

本物の餌は私だった。

罠というのは、外見とはおよそ異なるものだ。

そして、それが閉じる瞬間が来た。

私は目を細めながら、両手を肩の上まで差しあげた。これが近くにひそんでいたＦＢＩの二個のチーム、すなわち私の掩護部隊への合図だった。

地面に伏せるとき、私は爆発にたじろぐラヴィングの様子を目にしていた。すさまじい爆音だった。私は熱風を顔に受けながら、泥の上を転がって銃と無線、それに電話を取りもどした。こちらの指示どおり、掩護にまわった三班、四班の捜査官の手で十五分まえに仕掛けられた強力な閃光手榴弾が、遠隔操作によってつぎつぎ炸裂していった。私が肩より上に手を上げたら爆発させることになっていたのだ。

あるいはラヴィングが私を撃ったら。

「行け、行け！」私は伏せたまま叫ぶとイアフォンを挿し、銃を握った。「やつは運河に向かった」

フレディの声が聞こえてきた。「二班は仲間を押さえろ！」

三班、四班の捜査官たち——わずか三十フィートばかり離れて私と行動をともにしていた連中は、すでにラヴィングの追跡にかかっていた。私は走って彼らに追いついた。茂みや草むらを抜け、タイヤ、棄てられた洗濯機、冷蔵庫を回りこんで追走した。調べ屋はこちらを気にせずスピードを上げることに集中し、振りかえって発砲してくることもなかった。

私はラヴィングが罠と気づいていると考えるかたわら、ここに私がいると踏んで、あえて拉致にかかってくるのではとも思っていた。そうしてライアン・ケスラーの居場所を引き出す。

で、私を殺す。

そう、私はやつの人生における〝ヘンリー・ラヴィング〟なのだ。

私の策とは、周囲に捜査官を置いて近くに爆発物を準備させ、マイクをセットしたうえで、ラヴィングが来ると思われる方角に背を向けるというものだった。自身を何より目につく標的に仕立てたのである。〝囚人のジレンマ〟の容疑者のごとく、私はリスクある選択をした。合理的な不合理。私はラヴィングが頭から殺害ありきではなく、ケスラー一家の所在に関する情報を引き出そうとする可能性に賭けた。もしかすると運河を行くあのボートで来たのかもしれないが、やつはいま別の方向――開けた場所へと向かっていた。遮蔽物はほとんどなく、意外な決断に思われた。だが百ヤード先の土手の頂に道路が見えた。そこに逃走用の車を待たせていたのだ。

それでも、半ばまで行かせず容易に押さえられる。私の護衛役だった四名の捜査官が距離を詰めている――私もどうにかついていった。フレディに連絡を入れ、ラヴィングは道をめざしているので、車を回して退路を遮断しろと告げた。

無線が榴散弾のように飛び交い、われわれの声を各自のもとへ届けていく。

私は呼吸を乱しながら獲物の追跡をつづけた。

朗報がもたらされた。

「二班。一名確保。ラヴィングの相棒」

私は考えていた。これでその男から、本人の持つ電話から、科学捜査の面で貴重な情報が得られる。自白もあるかもしれない。

囚人のジレンマ……

そこへ二班の捜査官が、「押さえました。丸腰です」

武器がない？　だがケスラー邸では、男はセミオートマティックを持っていた。

まずい……

仮借のない事実を突きつけられ、私はたたらを踏んで止まった。そして前方にいる四名の捜査官に向け、はっきり伝えることを心がけて言った。「三班、四班、伏せろ！　急いで弾除けを探せ。確保された男は相棒じゃない！　偽者だ！」

私は投げ出された縫いぐるみのごとく、地面に突っ伏した。

たぶん、それで命が助かったのだろう。

茂みに倒れこんだ私の頭上で空気が切り裂かれたと思うと、近くの泥と小石が舞いあがった。直後、遠いライフルの発射音があたりに響きわたった。

私は叫んだ。「狙撃だ！」

「なんだ――？」という声が無線で送られてきた。

前方の捜査官たちが一斉に身を伏せると同時に、周辺の泥とゴミが飛び散った。

ラヴィングの相棒は射撃の名手だったが、捜査官たちは適当な遮蔽物を見つけていた。直撃から身を護るのは無理でも、丈高い草のおかげで視認されずにいる。

すでにラヴィングは、土手と車からわずか四十フィートの距離に達していた。捜査官たちが散発的に銃を放ったが、彼らが立ちあがった瞬間に三発連射され――むこうはオートマティックを持っていた――また身をかがめるというくりかえしだった。

私は標的を探したが、なにも見えなかった。

フレディの送り出した車が、逃走車輌までラヴィングとほぼ同時にたどり着きそうな勢いで土手沿いを疾走している。

私は溜息をついて〈送信〉ボタンを押した。「フレディ、車をもどせ！　早く！」

「こいつは唯一のチャンスだぞ、コルティ」

「だめだ。呼びもどせ。餌食になる」

「くそっ……わかった」

間に合うか？

すると車は急ハンドルを切り、そのかたわらにアスファルトの破片や屑が巻きあがるのが見えた。相棒が長銃身のライフルの狙いを転じたのだ。ドライバーの機転で道から逸れた車は土手のむこう側に消え、やがてクラッシュする音がした。

ふたたび姿を見せたラヴィングが車に飛び乗り、スピードを上げて走り去った。

明るい色のセダン。

〝ダンかグレイ……〟

無線から、フレディが局と首都警察に車の捜索を命じる声が聞こえてきた。

狙撃はやんだ。

それでも私たちは正規の手順に従い、相棒が射撃体勢のままでいるのを想定して、標的にならないよう匍匐で集結地点へと引きかえした。

その後は銃撃されることなく指揮所まで帰り着いた。私は二班が捕えた男を取り調べた。目の前の怯えた若造にはあまり期待がもてなかったが、一応形式は踏む。目くらましに使われたのは若い覚醒剤中毒者だった。その説明によれば、南東地区にあるクラブ近くで男に声をかけられ――人相を聞くとラヴィングだった――倉庫でドラッグを入手する手伝いを頼まれたという。ラヴィングはヘロインが欲しいが怖くて自分では買えない、この敷地に放置された古いダッジのヴァンでディーラーが商売していると説明したうえで、現金をつかませ、四百ドル分買ってくれ、残り百ドルであんたの使う分を買えばいいと言った。ただし慎重に――「ゆっくり近づけよ」――たまに警官が見回りに来るからと。

「まさか、おれは刑務所送りですか？」

目を見開いた若造の哀願には、なんだか滑稽なところがあった。たしかに、彼が実際に違法行為をしたという確証はない。

私はいくつか質問を投げたが、ラヴィングは若造が捕まるのを見越していた。囮はこちらの益になりそうな話は聞かされていなかった。フレディが証拠を求めてしつこく問い質したが、科学捜査を信奉する私からみれば、この状況でラヴィングと若造をつなぐのは唯一、百ドル紙幣だけである。何かしら微細証拠のやりとりがあっても、握手と金を通してということになるが、それでラヴィングの潜伏先まではたどれない。

私たちは本物の相棒が銃撃してきた場所を突きとめようとした。見通しが利いて完璧と思われる場所はいくらでもあった。強力な銃が放つ火光や葉のそよぎを見た者はいない。大破した車の捜査官たちは無事だった。そのひとりから、土手の対岸で銃声を聞いた労働者たちから聞き込み中との無線連絡が来た。ダークブルーの4ドアセダンに向かって走る人の姿を見た目撃者がいるという。「ビュイックらしいとのこと」

私は無線のボタンをクリックした。「こちらコルティ。男の人相を訊ねろ」

しばらく間があってから、「長身、痩せ形、ブロンド。緑のジャケット」

「そうだ、相棒だ」

「プレートナンバーを憶えてる者はいません。そのほかの特徴も」

「ありがとう」と私は言った。

首都警察のヘリも投入した捜索に関して、連絡が複数はいってきた。だがラヴィングは目撃されないまま近隣を突破していた。

「手は尽くした」とフレディが言った。

そのとおりだった。しかしラヴィングは私の裏をかき、こちらの策を無効にした。たしかに私たちはゲームをやっていたが、それで引き分けに終わる可能性もなくはなかった。

石と石。紙と紙……

でも私にとって、引き分けは負けに等しかった。

私は倉庫に乗りつけた車へ行くと、ショルダーバッグからハンディスキャナーを取り出した。

フレディが言った。「相棒は集結地点までたどり着いたと思うか?」

私は答えなかった——推測に意味はない——が、どうやら来たらしい。十五秒もたたないうち、私は車のタイヤに一個めの追跡装置(トラッカー)を見つけ、その後まもなく、一個めから六インチ離れて二個めを見つけた。これはひとつ発見したら、私が探すのをやめると期待して隠したものだろう。三個めは見つからなかった。少なくとも、スイッチがオンになった三個めはなかった。取りはずすとスイッチが切れ、発見されたことをラヴィングに知らせる仕組みになっている。これらをつぎの罠に誘う餌にはできない。

爆弾探知機で二度めの探索をおこなったが、爆弾は出てこなかった。とはいえ、私は本気でリスクがあるとは考えていなかった。ラヴィングは私を使って警護対象者に近づこうとしている。殺したいわけではない。

殺すのはそのあとだ。

13

私は借りた車をガルシアのトーラスと交換してアレクサンドリア旧市街まで走らせ、オフィスに隣接した車庫に駐車した。

DC一帯では、このようにさまざまな政府系機関の本部が散在している。それはときにスペースの問題から来ている。たとえばラングレーは人であふれかえっている。CIAでミーティングというと、玄関から百ヤード以上離れた場所に車を駐めざるをえない場合も生じる。それに保安面の問題もある。〈スレート・コム〉の記者からモサド、アルカイダに至るまで、NSA（国家安全保障局）、NRO（国家偵察局）、CIAの場所は誰でも知っている。つまりわれわれのような他機関には、できるだけ拠点から離れたいという思いもあった。

私は車庫でビリーに会うと、ガルシアの車のフルスキャンを依頼した。なにしろ私がフライトラップにいた数時間、ユニオン駅近くのガレージに放置されていたのだ。

「ここに来る途中で停めてスキャンをかけた。なにも出なかった。それでも徹底的にチェックしてもらわないとね」

追跡装置には時間単位、週単位の未来に作動するタイマーを内蔵しているものが多い。無線信号のみならず、ちっぽけな電源まで検知するには精緻な装置が必要になる。

「まかせてくれ、コルティ」と痩せっぽちの男は言った。「掃除人を呼ぶから」ビリーはピータービルトのトラクタートレーラーの運転台でくつろぐつもりでいるのだろう。

私は遠回りして表に出ると、ローストビーフにマスタードの追加とピクルス二枚をのせた全粒粉のパン、それとブラックコーヒーを買ってオフィスにもどった。まるで魅力がないロビーに飾られた生気のない鉢植え、ローンが承認されたばかりといった感じで笑う男女のポスター、そして黒地に白の接着文字で社名が半ダースほど記された看板はどれも見せかけだった。私は巧みに重武装した警備員二名に会釈すると、壁のパネルに目と拇指を合わせて扉を抜け、階段を昇った。

自室の外で、シェアしている個人アシスタントのバーバラが顔を上げ、伝言メモを差し出してきた。この細身の中年女性は、私のコーヒーをわざと見ないようにした。自分がフロアで毎日淹れているコーヒーを、私がなぜ飲まないのかと訝っているのだ。私が飲まない理由とは、確実にまずいから。

バーバラの灰色がかった黒髪は凍ったように乱れない。たまに思うのだが、バーバラはお気に入りの店で髪をととのえてもらうと、それをスプレーでがちがちに固めているのではないか。

わが組織は閉まるということがなく、補助のスタッフが常駐しているわりに、アシスタントには週四十時間以上の労働はさせない決まりになっている。計算をしたわけではないが、バーバラは二回めの四十時間に突入しているはずだった。

「週末は好き」とバーバラは言うことがあった。「いつもより静かだから」

汚染された泥にまみれて寝ころび、腕利きの狙撃手に撃たれるのはべつとして。

私はデスクに着き、ピクルスひと切れとサンドウィッチを喉が詰まりそうなほどほおばった。

それから熱くて濃い、非常においしいコーヒーを口にした。

私は〈ヒルサイド・イン〉のライル・アフマドに電話をした。

「現在の状況は？」

「静かです。ガルシアと私で、ほぼ二十分ごとに見回ってますが」

「電話は？　受付からは？　ないのか？」

「ないです」歯切れのいい答えだった。アフマドの祖先は中東のいずれかの国の出で、本人はムスリムかもしれないし、ちがうかもしれない。この国でそうした信仰をもつ一部の人間とはちがって、アフマドには自意識過剰になったり身構えたりするところがなかった。そうする必要もなかったのだ。これまで私を殺そうと狙ってきたのは、キリスト教徒かユダヤ系、あるいは神を信じない連中である。

「対象者たちは？」

「元気です」と請けあったアフマドの声音には、たとえ彼らがいいかげん退屈して不機嫌になっていたとしても、十フィートしか離れていない距離でそうは言いたくないというふくみがあった。後ろでベースボールゲームの音がして、ジョアンが妹に「うん、そうね。どうかしら……でもそれがいちばんいいと思うなら」と話しかける声が聞こえてきた。

母もよくそんなことを言った。

「四十五分後には隠れ家の警護にもどる」

「わかりました」

電話を切ると、私は例の〈FedEx〉の小包のことを考えながら、サンドウィッチに二度かぶりついた。届いたのはアンティークのゲームで、ランチの時間に中身を確かめようと思っていた。売り手の話どおり状態がよく、駒とカードがそろっているかが気になっていた。背後の金庫に目をやったが手は出さなかった。

金庫にしまいこむのは、盗まれるのを恐れているからではない。自分の私生活はここで働く人間と、たとえ親しくても共有しないという、ただそれだけのことなのだ。たしかに安全も現実的な理由にはなるけれども、とにかく秘密にしておくことが心地よかった。なぜかはよくわからない。

ライアンの担当した事件について、これまでに判明した事実をドゥボイスから報告を受けようと手を伸ばした電話が先に鳴った。ボスからの内線だった。

「コルティ」

「アーロンだ。ちょっと来てくれないか？」

口ぶりが内容を雄弁に語るというのはよくあることで、私はアーロン・エリスのどちらかというと素気ない要請に不穏なものを感じた。エリスのオフィスではウェスターフィールドが待ちかまえていると覚悟はしていたが、行ってみると別の人物が同席していた。瘦身で禿頭、スーツにパウダーブルーのシャツを着た男。ノーネクタイ。男が私を見つめる目は私を見ていない。それこそ私の実際の姿ではなく、私が体現するものを見ているようだった。

私たちは握手をした。男はサンディ・アルバーツと名乗った。

エリスとは面識がある様子だったが、わがボスはワシントンDCのほぼ全員と知り合いなのである。そのエリスが言った。「サンディはライオネル・スティーヴンソン上院議員の補佐官だ」

オハイオ選出の共和党穏健派。最近、〈ニューズウィーク〉か何かの表紙に載っていたような気がする。

「私は、本当はここにいない」アルバーツはわが組織の秘密性をあてこすった。この言い方はしょっちゅう聞かされる。「お忙しいこととは思うが。いまの状況をこちらからお話ししてさしあげましょう、先生」

「コルティで」

「では、コルティ係官。上院議員は情報委員会に属している」

これは内部に立ち入る権限があるという意味だった。私はそのことをずっと気にしていた。

「委員会は来月、国内監視問題、すなわち愛国者法、FISA（外国情報監視法）に基づく令状に関する公聴会を開く。そこでプライバシー侵害の可能性について検討することになっていて、私は議員の代理で調査をしているところだ」アルバーツは朗らかに両手を差しあげた。「なにも、ここで間違ったことがおこなわれていると言ってるんじゃない。連邦法執行機関内で、できるだけ多くの人間から聞き取りをしているだけでね。情報を集めてる。きみが組織の上級警護官ということでお訊ねしたいんだが、関連機関の電話回線やeメールを傍受しようとして、なんと言うか、不注意にも令状を取りそこなったという例に心当たりがあるかどうか。FBIでもCIAでも、DEA（麻薬取締局）、NSA、NRO、地域の法執行機関でも」

「お役に立ちたいのはやまやまですが……いまは担当の仕事にかからなくてはなりません」

アルバーツはうなずいていた。「ここでのきみの役目はわかっている。議員はアーロンの友人だ」そこで私のボスに視線を投げると、「われわれとて、きみたちの大事な仕事の邪魔はしたくない。ただ、少々時間の制約があってね」

「なぜ？」とエリスが訊いた。

「委員会が調査を開始すれば、マスコミがかならず追ってくる。連中に先を越されたら元も子もなくなる」

それに反論はできなかった。「話の聞ける人間ならほかにもいますよ」と私は持ちかけた。

「いや、われわれはスターが欲しいんだ」とアルバーツは答えた。

ボスが私の掩護に回った。「この事件が解決したあとなら、それもいいでしょう」

アルバーツは不服そうにしながらも話に乗ってきた。「三、四日だね？」

「そんなところです」と私は言った。「確約はできませんが。私が警護している一家は、いま重大な時期に差しかかっています。こちらが自由になりしだいご連絡しましょう」

「よし、わかった」とアルバーツは言った。ふたたび私の先を見通すようにして、例の笑顔ではない笑いを浮かべた。「感謝しているよ」席を立った男は、エリスに向かってうなずくとブリーフケースを手にした。「そのね――きみたちの立派な仕事ぶりについては」

男が出ていってから、私はエリスに訊ねた。「上院議員と友だちだって？」

エリスは鼻で笑うと、その大きな肩をすくめた。「人にぺこぺこするのが友だちだっていうなら、そういうことになるか。スティーヴンソンはこっちの欲しい予算をなにかと通してくれるんでね。右寄りの人間だが、頭で物事を考える右だ。切れ者だし、対立する相手の話にも耳をかたむける。われわれにはああいう政治家がもっと必要だ。議会で大騒ぎする輩が多すぎるんだよ。どこでもかしこでも大騒ぎするのが」

私はさっき通り抜けてきた不穏なデモのことを思いだしていた。双方がそれこそ相手を殺さんばかりの勢いだった。たしか〈ニューズウィーク〉の記事は、ワシントンの二大政党主義を盛りあげようとするスティーヴンソン上院議員の取り組みに焦点をあてていた。

幸運を。

私は壁を飾るボスの子どもたちの作品を眺めた。川を占拠する巨大な魚。ウサギ。紫色の飛行機。

「で、アルバーツは?」

「会ったのは一回か二回だけ。典型的な環状路族(ベルトウェイ)でね。政治活動委員会で資金集めをやり、上院議員の補佐官として財政委員会、軍事委員会、それで今度は情報委員会でスティーヴンソンと組んだ」エリスは椅子のなかで身をよじった。「付きあってやるのか?」

「アルバーツにってことか」

「そうしてもらわないとな、コルティ。財布のひもを握る人間は幸せにしてやること……あまりうれしそうな顔は見せなくても」

「公聴会で証言はできないな。こっちは存在しないからこそ使い途(みち)がある」

「そこはアルバーツもわかってるさ。彼は他機関に、それも公的機関につながる手がかりを必要としているだけだ」

「この文脈に〝手がかり〟をあてはめると、なんて変換されるかわかるかい、アーロン？」

「密告？」とボスは口にした。

私の頭にあったのは、まさにその言葉だった。

14

私は自室にもどった。

バーバラが言った。「コーヒーが冷めてたから新しいのを。淹れたてよ」

なんてことを。私は礼を言って口にふくんだ。以前の記憶にもましてひどい代物だった。

私は短縮ダイアルを押した。

「ドゥボイス」と甲高い声がした。「本部ですね」

「十分ほどは。こっちに来られるか？」

まもなく現われたドゥボイスを見て、私は彼女の週末のプランを台無しにしたのだろうかと考えた。

ドゥボイスには猫二匹と、会話の断片から察して決まったボーイフレンドがいるのだが、いっしょには暮らしていない。私は会ったことがない。同僚たちとの付きあいはしない主義だ。そのボーイフレンドというのが、いつでも猫の餌やりとトイレ掃除に来てくれるらしい。私はときどき心苦しくなる。その一方で、クレア・ドゥボイスとそんな関係をつづけるのは、実は面倒くさい相手かもしれない彼女と同居するより、かえって大変なのではないかとも思う。

ドゥボイスは私の向かいに腰をおろした。

「対象者の電話だ」私はケスラー一家のノキア、サムスン、ブラックベリー、それに取りはずしてあるバッテリーを入れたバッグを渡した。あとでドゥボイスが廊下の先にあるアーミズの作業場内の密室にしまうことになる。緊急にあたって、ライアンやジョアンがどうしても自分の電話に入れた番号が要るという場合には、アーミズか技術担当の専門家が入室し、信号漏洩の心配なく電源を入れて情報を得る手順のみが有効となる。

「ラヴィングは？」とドゥボイスが訊いた。

「現場に仲間がいたんだが、ブルーの4ドア、おそらくビュイックという以外に手がかりはなくてね」

片方の眉が上がった。「ライト、それともダーク？　ブルーの色合いですが。最近の乗用車には、どうやら約二十五種類のグリーンがあるんです。レッドは十八種。ブルーは調べていませんが、すみません、でもたぶん同じでしょう。あと、だいたい六カ月ごとに色温度が一度下がって褪色します。ものによりますが」

「濃いほうだ」

ドゥボイスはそれをありきたりのノートに控えた。

「で、これを」私は追跡装置がはいったビニール袋を出した。

ドゥボイスは太くて濃い眉を持ちあげた。「二個。なるほど。そういうこともあるという話でしたね。ときには三個。フライトラップに乗っていった車に？」

私はうなずいた。「ラヴィングの相棒のしわざだ。指紋が欲しい。それと出所も」

「追跡します」と答えるドゥボイスの動詞の選び方に皮肉はなかった。

私は訊ねた。「で、ライアンの事件だが？」

ドゥボイスはノートに目もくれなかった。「まず、偽造の件ですが。グレアム、エリック。四十九歳。国防総省の軍属。背景はこうです。彼はいわゆる〝インナーサークル〟に勤務している。Eリングとか、そういうことでしょう。つまりペンタゴンの中枢。わたしのIDで糸をたぐっても、彼の職務は特定できなかったのですが、機密事項で武器開発にかかわっているという線で進められそうです」

「そこをどうやって探る？」武器開発者というのは非常に慎重で、自分が武器を開発しているなどとはけっして口外しない。

「彼の経歴、人物証明をチェックして、防衛関係の請負業者一、二名と会った日時を関連づけてみました。ほら、言ったことより言わないことのほうが、その人物の多くを語ることがあるとおっしゃいましたね。それをまとめてみます」

まさにドゥボイスは逸材だった。

彼女が髪を掻きあげると、ブレスレットの飾りが鳴った。そこに純銀の犬、アルマジロ、バゲットに小さな銀のウェンセスラス王が見える。任務でプラハへ行ったときに買ったものだった。彼女はつづけた。「グレアムがからんだ保安上の問題はありません。でも、何かおかしな事態が進行しています。それをどう判断していいものか」ドゥボイスは私のサンドウィッチを見つめていた。「夕食ですか？」

私は時計をあらためた。四時半を過ぎていた。「昼のつづきさ。それで、ほかに何を見つけたって？」

「首都警察の刑事部にもどって——新たにわかったことですが——どうやらグレアムは告訴をあきらめたようです」

「あきらめた？」

「金曜日に刑事部長のルイスに電話をして、これ以上つづけるつもりはないと話しました。訴えを取りさげたいと」

「理由は？」

「本人が申告している仕事のためです。保安上の問題。公けにしたくないのです」

「妙だな。盗まれたものが国の安全保障に関わってくるというのか？」ライアンの話では、犯人が盗っていったのはコンピュータとか仕事上のファイルとか、そんな機密とは無関係のものだった」

ドゥボイスは同意した。「そうです」

「だったらなぜ？　端から心配するほどのことじゃないし、そもそも盗難を届け出たりはしないだろう」

「ですよね。別の事情があります。法律を確かめてみました。責任は本人にあるんです。小切手帳や署名を軽率にあつかい、注意を怠った場合には、銀行は偽造小切手の埋め合わせをしなくていいことになっているようです。つまり支払いは自分の保険会社からということになります。で、支払いは事故証明がないと受けられません」

私はこの話を理解しようとした。「要するに、彼は四万ドルの被害をこうむって、泣き寝入りしようとしている」

「政府が賠償するんでしょうか？　でも、それはなさそうだし。本人と連絡がとれるように引きつづき努力します。正直言って簡単ではありませんが。さあ。どうぞ。さっきからサンドウィッチに目が行ってますよ。レストランで連れがいると、相手より料理が気になったりしますから。連れがいないと料理より人が気になるし」

「しかし、ライアンは告訴取りさげについては言わなかった。〈ヒルサイド〉で話を聞いたばかりなんだ」

「たぶん知らないんでしょう。アシスタントから聞いたんですが、木曜と金曜の全日、彼は管理関係の用事でオフィスに不在だったそうです。翌週には、部署の会計手続きの刷新を議題に大きな会議が開かれます」

私はライアンが内部調査のようなことを口にしていたのを思いだした。

ドゥボイスが訊いた。「では、首謀者のリストからグレアムの事件を消しますか？」

「いや。その逆だ。みんなが四万ドルのことに、聞かれるまで知らんぷりを決めこんでいる」

私はまたサンドウィッチをかじった。

「ダンチかリナーか。午後の食事にブランチに対応する呼び方がないなんて」ドゥボイスのこの発言はジョークではなかった。

「彼の印象は？　グレアムの」

ドゥボイスは考えこんだ。「動揺して、逃げ腰」

「告訴を取りさげるように、誰かに圧力をかけられたのでは？」

「考えられます。グレアムの家族は収入が多くありません。四万がなければ、息子はプリンストンにもどれないでしょう。わたしなら、何がなんでも犯人を探し出します」

あるシナリオが頭にひらめいた。「いいか、首謀者は小切手を偽造して金を受け取る。それを——過激派のモスクに寄付するでも、コカインを大量に買うでも、売春でもいい、とにかく悪評の立つことに使う。グレアムがやったように見せかけて。金の出所はたどれるようにしておく。そこで言うわけだ、ソースファイルをよこすか、いま動かしてるシステムを破壊しろ、さもないとおまえの人生を破滅させて、おまえを逮捕させると。グレアムは従う。が、ライアンだけはまだ事件を追っている。そこで首謀者は、ライアンの知る事実を探ろうとヘンリー・ラヴィングを雇う」

「なるほど」

「で、もうひとつの事件。ポンジ・スキームのほうだが」

輝く黒髪にかこまれたドゥボイスの空色の瞳がノートに注がれた。

〝ポンジ〟について、私はグーグルで調べていた。マドフの詐欺事件のことは断片的に知ってはいたが、ある程度の知識がなくてはニュースも見られない。その手口とは、投資顧問を装った詐欺師が、投資に回すと謳って人から金を集める。集めた金を自分の手もとに置きながら、資金価値は増しているというステートメントを出しておく。初期投資家が清算を求めてきたら、泥棒は最近集めた投資金から支払う――投資家全員が一度に金を要求してこないかぎりはうまくいく仕組みだ。その実態が露見するのは、たいがい顧客が不安になって取り付けが起きるからである。〝囚人のジレンマ〟の伝でいくと、預金者が合理的不合理に行動する。

ドゥボイスが説明をはじめた。「まず容疑者のクラレンス・ブラウンは――」

「通信販売の牧師だ」

「ちょっとちがいます。彼のオンライン教会でチェックしたところ――」

「オンライン？」それは初耳だった。

「ええ。郵便どころではなく。神学位をダウンロードしてプリントアウトできるんです。〈新シオン同胞教会ドットコム〉。誰でもできます。あなたでも、わたしでも。どこまでいかがわしいか確かめてみようと思って、わたしも聖職者の途中までやってみたんです。女司祭って言うのかしら。でも大金を要求されたのでログオフしました」ドゥボイスのブレスレットには十字架とダビデの星、それにイスラム教の三日月も付いている。魔女の隣りにやたら背を丸めた猫。ドゥボイスはつかみどころのない女だった。

「つづけて、クレア」

「たしかに彼は偽牧師ですが、いちばん気になるのはそこではありません。〝クラレンス・ブラウン〟は偽名でした。本名はアリ・パムーク」

「前科があるのか？」

「ないと思います。標準データベースにはなにも出ていません。でも、彼の過去をもうすこし詳しく調べている友人たちがいます。わたしがとくに気にしているのが、商号の記録です。社会保障番号、住所、電話記録、会計報告、SEC提出書類と突きあわせてみますが」

私はおよそ捜査官を指す米国政府の正式な呼称ではない、〝友人たち〟という表現に引っかかっていた。しかしドゥボイスがこの調査をどう運ぼうと、これも定石どおりなのだ。警護対象者を護るために、人が望むルールを片っ端から破りもするのが私の仕事だった。とはいえ、首謀者を特定する作業には証拠を集め、弁護人には鳥を逃がす窓の一枚もあたえないという、どんな警官とも同じ心得をもつことが要求される。

「ほかに詳細は？」

「父はトルコ系、母はナイジェリア出身。どちらも帰化しています。本人は数年まえにキリスト教に改宗して牧師になりました。ですが昨年、一昨年とヴァージニアのモスクに多額の寄進をしています。監視対象にはなっていません。いわゆる遊び人のたぐいで、たしかに南東地区のアパートに小さな部屋を持ってはいますが、ウォーターゲートにも住まいがあります。そのことはあまり他言していません。国務省によると過去二年にドバイ、ジッダ、ヨルダンに渡航しています」

その人物像は、ライアン・ケスラーが明かしたものとはかけ離れていた。

「これは役に立つ」それは私からの最高の賛辞だった。「ほかにライアンが担当していた小さな事件については？」ケスラーはそのあたりを軽視していたが、私はとにかく刑事部長のルイスに直接確認するよう依頼していた。

「ああ、クレジットカードの盗難ですね？　どれも小さなもので、大半が司法取引になりました。身元詐称の事件はより大きいとはいえ下級の重罪でした。ほとんどが司法取引ですんでいます。大物でいえば、オンラインで電子機器を注文した少年たち。彼らは相手を間違ったんです――〈アドヴァンスト・サーキット・デザイン〉のコンピュータ・セキュリティの専門家でした」

〈インテル〉のライバル企業。

「この被害者は犯人を追跡して警察に突き出しました。少年たちは保護観察と罰金で放免されましたが。たいしたものですね。ハッキングされた人間が、ハッカーたちをハッキングしかえすだなんて。荒っぽい裁き方だけど」

私はサンドウィッチを食べ終えた。手がかりは多少、だがとびきりのものは皆無。物足りない。「発掘をつづけてくれ」

「シャベルがありますから」

「両方の事件を」

「棍棒も持ってます」

私は部下に笑顔を向けた。調教師の扱いがうまくいくことを祈った。

私は電話をいじりながら情報を書き出した。「あと数点、調べてもらいたいことがある」ドゥボイスのほうにメモを押しやり、いくつか指示をあたえた。「最優先で」と言い添えた。

「わかりました」

「私はケスラー一家を隠れ家へ連れていく」

ドゥボイスは立ちあがった。そこに逡巡が見えた。

私は好奇の目を向けた。

「聞きました、フライトラップでのこと……ラヴィングと接近したって」

彼女には珍しい沈黙の時間だった。

だが死の淵に立たされた経緯について、私から話すことはなにもなかった。それは過去であり、あるいは起きたかもしれない出来事――ラヴィングの死、または私の死――は結果として起きなかった。そこから学ぶべき教訓などなく、私がこの先の戦略を立てるうえでは無意味で、部下に知らせる必要もなかった。

過去について考察するのは非効率である。ゆえに目標の達成にはつながらない。

だから私は感情を排した目で、ただ黙って相手を見つめた。

「さっそく取りかかります、コルティ」ドゥボイスは共に働きだしてから、おそらく初めて私の名前を呼んだ。

15

私はビリーから監視機器はなく健康とのお墨付きをもらったガルシアの車を操り、ふたたびハイウェイに出た。奇抜ながら合法的なルート変更を何度かして、尾行がいないと確信したところでハイウェイにもどり、〈ヒルサイド・イン〉をめざした。

モーテル到着は午後七時をすこし回ったころで、出たときとほぼ同じく、建物裏のユーコンから数台離れた場所に車を駐めた。

北を望むと、靄（もや）のむこうに遠く団地の輪郭が見える。あそこに住むのはたぶん二、三千人……郡の人口のほんの一部、地域一帯からすればさらに小さな集まりにすぎない。仕事中にはよくそんな思いにとらわれるのだが、調べ屋はあのどこかにいるという気がしてならなかった。

でもどこに？

どのあたり？

三十マイル離れて、やはり対象者と私のいる場所に想像を働かせているだろうか。それとも一マイル足らずの至近にいてこちらの居場所もつかみ、羊飼いを殺してライアン・ケスラーを拉致する策をめぐらしているのか。

私は電話でアフマドに到着を告げて部屋に帰った。秘密のノックというやり方も悪くはないが、われわれは使わない。アフマドに通され、室内にはいった私はキチネットでブラックコーヒーを注いだ。ルームサービスの料理の匂い――タマネギとニンニクがほとんど――が充満している。皿が二枚、きれいに片づいたものと、つつき回したものがシンクのそばのトレイに置いてあった。

「すぐに隠れ家へ出発します」

全員から期待のまなざしを向けられ、私は自分がわだかまりを残してきたのだと肌で感じた。だが知るべき人間はふやさずで、私は出かけた先について説明することなく、ここに着いてひろげた荷物をまとめるようにとだけ告げた。

マーリーとジョアンが作業にかかるあいだ、私はライアンを脇へ呼んだ。また酒を飲んだ様子だったが、私が外に出たときから酔いの度合いは変わらないように見える。「グレアムの事件で新たにわかったことがある。彼は告訴を取りさげた」

「なんだって？」ライアンは驚いていた。「意味がわからない。本当ですか？」

私は本当だと答えた。

ライアンはつづけて、「最初に事情を聞いたとき、グレアムは偽造のことで怒り狂ってました……癇癪（かんしゃく）持ちなんですよ。子どもの教育費をどう工面するのか。このままじゃ退学だ。息子にたいする夢がおじゃんになるって。犯人を捕まえろって、グレアムはそりゃものすごい剣幕だった。それなのに？」

「彼と最後に話したのはいつ？」

「たしか火曜日です」

「すると、そこから昨日までのあいだに、何か重大な出来事が持ちあがった」

「その間に告訴を取りさげた？」

「そうだ」

ライアンは言った。「私は一日会議に出てました。くだらない経理のことで」そこでしばらく考えこむと、「じゃあ、関係がある事件ってことになるのかな」

「私はそう思ってる。きみが捜査で発見した何かが、きみを狙う人間を特定する鍵になるかもしれない」

ライアンは溜息を洩らすと、言い訳がましく答えた。「ああいう連中から情報を取るのは大変なんですよ、国防総省とか。おれたち小物には話をしないし」

私がつぎに振ろうとしていたのは、ライアンとしてはおそらく気乗りのしないはずの話題だった――別の捜査で、彼が暴いていない重要な事実があった。「で、投資詐欺（ポンジ・スキーム）のほうだが」

「はい？」

「〝クラレンス・ブラウン〟は偽名だ。本名はアリ・パムーク」私はクレア・ドゥボイスが探り当てた事情を説明して、いまも容疑者の背景を調べていると付け足した。しかし、連邦政府の捜査官が自分より多く情報を得ていることに当惑があったとしても、ライアンはそれを表には出さなかった。もっぱらその事件の展開に混乱しているようだった。

「正式に改名してるんですか？」

「まだわからない。で、きみが捜査中に、他人の欲しがりそうな事実をつかんだというようなことはあるだろうか？」

ライアンは頭を下げ、私の肩越しに視線をやった。どうした？　妻、義理の妹、武装した護衛？　ワイルドターキーだかメイカーズマークの隠したボトル？　「すみません、コルティ。なにも思いつかない。気にしておきます。考えてみます」

私は時計に目を落とした。全員を隠れ家まで送り届けたい。私は部屋を出ると、もう一度自分の正体を思いかえしながらフロントへ歩いた。

そう、私はフランク・ロバーツ。勤務先は〈アルティザン〉。イカしたコンピュータソフトウェアをデザインしている。

私は笑顔でフロントの男に話しかけた。「そろそろ出発するよ。精算をおねがいしたい」

「かしこまりました、ミスター・ロバーツ」男はそわそわしていた。たまに手順どおりにいかないとき、係の人間が見せるしぐさである。「お気に召しましたか？」

　なぜ三、四時間ばかりでチェックアウトするのかという意味だった。

「ああ、相変わらず快適だね。営業会議をやる場所が必要だったんだが、早く切りあがったものだから、いまから連中を案内して街へ連れていくのさ」

「なるほど、なるほど。土曜日もお仕事とは大変ですね」

「まあ、会社が夜の分も出すっていうもんだから、これも仕方がない」

　請求書を見ると、ルームサービスの食事にワインのボトルも注文されていた。もちろんライアンだ。ほかに酒を飲んでいそうな者はいなかった。腹立たしい気分になる。毎度、酒を経費として認めさせるのにひと苦労するのだ。ライアンはバックパックに酒棚をまるごと突っ込んでこなかったのか。

　私は受付に礼を言って部屋にもどった。

　ルディ・ガルシアがあけたドアの隙間から室内を覗くと、マーリーが笑いながら姉に話しかけていた。私はその光景に眉をひそめた。女性たちがいるのは共用のリビング部分ではない。彼女たちは脇の寝室にいて、鏡越しにこちらの目にはいったのだ。

　私はガルシアに訊ねた。「ルームサービスが届いたとき、ケスラー夫妻とマーリーを寝室に入れたか？」

「それはもちろん」

「ドアは開いていたのか？　あそこの寝室の？」

ガルシアは振りかえった。「さあ、どうでしょう。見られないようにはしましたが」

私は顔をしかめていた。「映った姿も？」

捜査官は鏡に見入った。「ああ……くそっ」

「ベルボーイに不審な動きは？」

「そう言われると、緊張していた感じでした」

私はひとつ息を吐くとドアを閉じ、アフマドは裏窓、ガルシアは正面と指示した。ふたりは無言で武器を抜き、すばやく防御態勢に着いた。私は室内全体の照明を落とした。

そしてジョアンとマーリーに声をかけた。「寝室の明かりを消して。早く」

間をおいて、そちらの部屋も暗くなった。

「どうしたの？」ジョアンが心配顔で寝室から出てきた。

「ラヴィングがわれわれを見つけて、こちらに向かっていると思われる」

あるいは、すでにここにいる。

16

私の頭脳が、ある種のゲームを腕の立つ相手とプレイしているときにふと起きる働きをした。

直感で、敵の戦略が手に取るようにわかったのだ。これはふつう、チェスなど完全情報ゲームと呼ばれるもので起きる。完全情報とはプレイヤーの過去の動き――戦略――が、すべて相手に明らかにされることを意味する。双方がゲームの最初から動きを逐一見ていく（たとえば〝囚人のジレンマ〟はちがう。囚人その一は囚人その二の選択を知らないわけで、こちらは不完全情報ゲームである）。

なぜだかときおり、相手が過去に打った全手が頭のなかに融合され――それこそ絵図か映像のように――相手のつぎの一手がすっと見えてくることがある。

いま、収まるところに収まったピースは、鏡にくっきり映った対象者たちの姿、ついさっきフロントで目にした支配人の焦燥、ベルボーイの緊張。

全詳細はつかんでいなくとも、私は法執行官を騙ったラヴィングが、いい隠れ家になると目星をつけた地域のホテルやモーテルに、ファクスないしeメールを送ったのだとほぼ確信していた。そこには逃亡者とでも称して、ライアン・ケスラーの写真が載せられていたはずだ。ラヴィングは電話番号と通報の指示を記しながら、支配人たちには容疑者を発見しても勝手な行動はとらないよう警告していた。支配人は接客係に写真を見せる。われわれの部屋に料理を運ぶ際、従業員が鏡にライアンの姿と、生々しく腰に挿されたコルトを認める。

支配人の態度に落ち着きがなかったのは、私がサービスに不満で早いチェックアウトを言いだしたからではない。ふたりの女性と私が人質にされていたからなのだ――それもライアン・ケスラーと、屈強でにこりともしない、見るからに危険な男たちによって。

私にとって大きな疑問は、支配人が正確にいつラヴィングに連絡したのかということだった。十分まえならなんとかなる。一時間なら、ラヴィングはすでに近くにいる。

「異状なし」同僚たちがそれぞれ、自分のアクセントで報告してきた。

私はフレディに連絡した。むこうはすぐに出た。「コルティか」

「問題発生だ」

「さっき発生したばかりだ、フライトラップで」

「ラヴィングがこちらに向かってる。〈ヒルサイド・イン〉」私は住所を早口で伝えた。

「わかった、切るなよ。こちらの人間を急行させる——それとプリンス・ウィリアム郡もだ」

「ためしにね。でも、むこうはフェアファクスみたいに偽の通報を入れるぞ」

「ああ。そうだな」

「手勢をこちらに寄越すことだけに集中してくれ。早く」

私は私物をまとめる対象者たちが向けてくる狼狽の表情を無視した。ただしライアン・ケスラーには、拳銃をしまうように手ぶりでしめした。あれだけ酒を飲んでいたら妻や私を、あるいは自分自身を撃ってしまいかねない。さいわい、ライアンの銃はリヴォルヴァーで引き金は重い。大げさに肩をすくめるライアンを見て、私はその思いを理解した。すなわち、さっきみたいに、ラヴィングをここにおびき寄せて倒せないのかと。

餌とすり替え……

ライアンはもどかしそうに銃をホルスターに収めた。

フレディが電話口にもどってきた。「騎兵隊が向かった。到着予定は二十分から三十分後。籠城か？　とっとと逃げるか？」

「決めかねてる。そっちの表の回線を通して、この電話をここのモーテルの受付につないでくれ。擬装はするな。係には発信者が司法省かＦＢＩだとわからせたい」

「よし、そのまま切るな。もし切れたらかけなおしてくれ。こういう技術的なことは苦手でね」

　室内の人間が上着とスーツケースをまとめるあいだ、同僚たちが窓から窓へ、そしてドアへと効率よく移動しながら、脅威がないことを合図してくる。私は耳を凝らし、回線のつながる音が聞こえるのを待った。

　ようやく呼出音がした。

「〈ヒルサイド・イン〉です」応対に出たのはさっき話した男だった。あとはこちらの声を覚えられないことを祈るばかりだった。

　私は元気よく言った。「はい、私はヒュー・ジョンストン特別捜査官です。そちらのモーテルにいるという容疑者について、現在調べを進めています」

「その件で折りかえそうと思っていたところで。彼らは逃げようとしています！」

　やはり推測は当たっていた。

「人質がいらして――ミスター・ロバーツです。ひどい目に遭われた様子でした。以前からいらしてる方で、会社でこちらの部屋を利用されています。支払いに来て、自然に振る舞おうとされていましたが、様子がおかしいんです、たった四、五時間でチェックアウトするなんて」

「いま救出の手配をしているところですが」と私は言った。「どの捜査官と話をしましたか？」

「ジョナサン・コルティ特別捜査官という方です。最後にｅが付く」

　その真意はともかく、ラヴィングのひねくれたユーモアのセンスに私の胃が引きつった。ジヨナサンはラヴィング自身のミドルネームだった。

「それで」私は訊いた。「彼が連絡を入れてきた正確な時刻は？」

「いまから四十五分まえです、料理を運んだベニーが誘拐犯を見た直後でしたから。銃を持っていたので間違いないと思います。早くしないと、彼らが出発してしまいます」

「わかりました。よく聞いてください」私はしかつめらしく言った。「この男のMOは――MOはわかりますか？」

「やり口（モードゥス・オペランディ）。妻と『クリミナル・マインド』を見てますから」

「彼のMOには、人を残して追っ手を阻止するというのがあります。わかりますか？　あなたにはこれから一時間ばかり、宿泊客を部屋から出さないようにしていただきたい。罪のない人たちを銃火にさらしたくないのです」

「それは……わかりました。いいでしょう。やってみます。それにしても」

電話を切ると、私は額をさすりながらタイミングを推し測った。ラヴィングはわれわれがこの場所にいることを四十五分まえに聞いた。相棒と合流して、フライトラップ付近の土手で拾った車は乗り捨てることになる。車を換えるのには多少時間がかかる。

だが、そう長くもない。

〝石、紙、はさみ……〟

守るか、逃げるか。

私はしばし考えた。「オーケイ、出よう。さあ早く」

「変わらず異状なし」ガルシアが窓の隙間を覗いて告げた。

アフマドがおうむ返しに言った。

そこにライアンがふらふらと近づいてきた。酔眼の周囲の肌に皺が寄っていた。「コルティ、ねえ、こっちでやつを倒しましょう。おれたちならできる。四人もいるんだから。だいたい、ひとりの男から逃げるなんて」

「ふたりよ」とジョアンが口をはさんだ。「仲間がいる。それにもっといるかもしれない」

ライアンはそれに取りあわず、私に話しかけた。「いま掩護を要請したじゃないですか。ほら、完璧だ。むこうはこっちが知ってるってことを知らない。罠に踏みこんでくる。そこに集中砲火を浴びせるんだ！」

私は言った。「だめだ。私の仕事はきみを逃がすことなんだ」

「逃げるのはうんざりだ。こんな茶番はくそくらえだ、コルティ。ジョアンとマーリーをここから連れ出してください。ふたりを隠れ家へ連れてってくれ。おれは残る。彼も」ライアンは武器を二挺携えたアフマドを見やった。

「背水の陣は、われわれの柄じゃないんだ、ライアン。罪のない人たちが多すぎる」

「罪のない人間なんて、そこらじゅうにいますよ、コルティ。そんなのはやることをやらないやつの言い訳だ」

「ライアン」ジョアンがたしなめた。「おねがい！　わたし、怖いのよ」

私は穏やかに言った。「ここは銃撃戦の頃合いでも場所でもない。ぶつかるのは合理的な選択じゃない」これから向かう隠れ家のほうがましとほのめかした。

「あなた」ジョアンがせがむように言った。「おねがい」

ライアンは反感むきだしの顔で荷物をつかんだ。「くそっ」

私はアフマドの肩の先にあたるホテルの中庭を注視した。気になっていたのは、駐車場と庭をはさんで並ぶ黒い窓の列だった。スイートを出て左に曲がると、ユーコンが駐まる建物の裏へつづく小道に至るまで、その窓に姿をさらすようにして五十フィートを横切らなくてはならない。

私はこちらと向きあう部屋の窓を観察した。たとえ開かない窓でも、世の消し屋、調べ屋なら窓越しの二発撃ちテクニックを心得ている。つまり一発めの銃弾は標的を狙わず、空か地面に向けて撃って窓を割り、その直後に決定的な一発を放つのだ。

それでも、われわれはリスクを取らねばならない。ユーコンが安全なのはわかっていた。搭載されたセキュリティシステムが、誰かがバンパーに息を吹きかけただけでも、私のポケットにあるキーフォブを鳴らしてくる。私は一行をグループに分けることにした。ラヴィングおよび銃の名手だと個人的に思い知らされた相棒に、警護官たちを一度に撃たれないためだった。

「いまから、建物の裏を通ってヴァンへ向かいます。三つのグループに分かれて。ガルシア、きみはマーリーと。アフマドはジョアンと。ライアンは私といっしょに」私は宙にUの字を左倒しに描いて説明をつづけた。「ガルシア、きみが先頭だ。ドアを出たら歩道を左へ行く。駐車場につづく小道で止まって、私たちを掩護する。つぎはアフマド、きみだ。駐車場まで一気に進んで待機だ。後続を掩護しろ」

「わかりました」

「そのつぎに私たちが行き、きみたちが駐車場まで退却するのを掩護する」と私はガルシアに言った。

マーリーが顎をふるわせ、いまにも泣きそうな顔をしていた。軽薄な調子はすっかり消えている。いろいろな意味で、女性の肉体をもつ子どもなのだ。

「私がリモコンでSUVを始動させる。飛び乗ってベルトを締めること。じゃあ、行こう」

ガルシアとマーリーが歩道をゆっくり移動する間、私は戸口にしゃがんで脅威を探した。明白なものはなかった。

電話が鳴った。

「フレディか」

「やつは念を入れて同じことをやった――偽通報をな。プリンス・ウィリアム管内では十件の襲撃が進行中。ご明察だ」

私は推察したのではない。ラヴィングの戦略を学習していた。

「だが、うちの連中が向かってる。あと十五分で着く」

「こちらは出発する。やつがわれわれを見つけたのが四十五分まえ。もう近くまで来ているはずだ。いまは話せない」私は電話を切った。

ガルシアとマーリーは柱の陰に隠れ、捜査官はこちらを意地悪く見おろす黒い窓に視線を走らせている。屋上にも注意を向けていた。

つぎにアフマドが連れて出たジョアンは、険しい顔つきでバッグを胸に押しつけ、スーツケースを転がしていった。ふたりは急ぎ足でガルシアを追い越すと、駐車場への小道を左に折れた。

ガルシアから合図が来た。

「行こう」私はライアンにささやいた。

私の人生で最長ともいえる道行きがはじまった。

私がライアンに寄り添ったのは、相棒の腕がスナイパー並みとはいえ、ラヴィングが私を排除するためにライアンを殺す危険は冒さないとわかっていたからだった。ただし私たちの脚を撃ち、ガルシアやアフマドをその場に釘づけにしてライアンを連れ去るケースは考えられる。

だが何事もなくガルシアと合流して、今度は私が問題の窓を見張るなか、ガルシアとマーリーが裏の駐車場をめざした。ふたりが行き着いたところでライアンと私が動いた。片手に銃、片手にキーフォブを握った私はユーコンのスタートボタンを押した。爆発は想定していなかったが、実際起きずにほっとした。私たちは駆け足で車に乗りこむとベルトを締め、ドアをロックした。

銃撃もなく、悲鳴や衝突など——こちらの注意を逸らす陽動もなかった。

私は十秒たらずで車をスペースから出し、モーテルの右側にあたる棟の裏手を回りこもうとした。逃走の際に、尾行されないように車を乗り換えるというのは筋のいい手だった。しかし、私の策は裏目に出た。ラヴィングにも当たりがつけられる公共の施設へ寄ったからである。まっすぐ隠れ家に向かっていれば、いまごろは安泰だったのだ。

相手の動きを読むため、私がよく調べ屋になりきろうとするのと同様、ラヴィングは私のやり方に倣って、都合のいい寄り道となるホテルやモーテルの名前をまとめていたのだろうか。たぶん、私たちは同じリストを持っているのだろう。

いずれにしても、ここまでは順調だった。私たちは装甲の施されたＳＵＶに乗り、依頼人は傷つけられていない。ラヴィングは影も形もなかった。ここまで来るのに、予想以上に手間取ったと考えてよさそうだった。

ドライブウェイを進んで……

ハイウェイまで八十ヤード、そして六十、五十。

とにかく、あの道に出たかった。〈ヒルサイド・イン〉は姿を消すには持ってこいの場所で、防御にも適していた。だが建物の正面は生け垣と木立が目隠しになり、池が脱出ルートを限られたものにして、そこに曲がりくねったドライブウェイ——見た目には美しいけれども、黄昏時となるとヘッドライトなしでは先を見通せない。

要するに、待ち伏せには絶好の場所だった。

道路から四十ヤード。

減速用の段差を突っ切った。

三十ヤード。

前方に、ドライブウェイと交差するように高さ八フィートの生け垣がそびえ、敷地とハイウェイとが仕切られていた。遠い車線からモーテルの敷地に左折しようとするニッサンのヴァンが見えた。運転しているのは女性で、隣りにシートベルトをした子どもを乗せている。脅威ではない。

が、私はブレーキを踏んだ。

「なんだ？」とライアンが訊いた。

「なぜ曲がってこない？」私は誰にともなく言った。

左折で宿のドライブウェイにはいってこようとするのに、女性は対向車輛を長く待ちすぎていた。私は女性の車のフロントグラスに、対向車のウィンカーが反射しているのを認めた。宿にはいろうというそちらの車に通行の優先権があるはずだ。

だが曲がろうとしない。

そのとき、深いツゲの木立に溶けこむように気配を消す曖昧な人影が見えた。手には黒っぽいものがある。それこそラヴィングが車を停めている理由だった——モーテル裏から出ようとする私たちに気づき、相棒を車から降ろしてこちらの側面に配した。

男が狙撃してくるまでに逃げ切れるか。

私はアクセルを床まで踏みこんだ。しかし、車が前に飛び出そうとしたそこへ、ヘンリー・ラヴィングの黒いダッジ・アヴェンジャーが乗り入れて急停止し、ドライブウェイをふさいだ。

私はブレーキを踏んだ。私たちは正対した。

いつ終わるともしれない刹那(せつな)、車内の静寂、外の静寂。やがて茂みにひそんだ相棒が銃火を開くとともに、ラヴィングの車がタイヤから黒煙を上げて突っ込んできた。

17

私はギアをリバースに入れた。三点ターンは時間をとりすぎる。アクセルを思いきり踏んだ。

車体の側面から耳ざわりな衝撃音が聞こえてきた。相棒が茂みから銃を撃ちつづけていたのだ。だが引き金をひく瞬間にこちらが動いたことで、弾はタイヤではなく板金に当たって事なきを得た。いくらランフラットタイヤが丈夫とはいえ、破れないというわけではない。

また一発がボディの鋼を叩いた。けたたましい音がした。映画とちがって、現実には跳弾の唸りは聞こえないし、火花も見えない。弾はおよそ秒速三千フィートで飛ぶ鉛の塊である。車に当たればそれは大きな音をたて、まずその場に留まって周囲に跳ねかえることはない。

「掩護しろ」と私は命じた。「相棒を自由にさせるな。ただし目視できる敵か、ぼんやりとでも見える標的に限る。むやみに撃つな。ほかの全員は頭を下げて」

ライアンは三列あるシートの最後部にいて、ガルシアと女たちは私のすぐ後ろの席に座っていた。

「ガルシア、左で銃口が光った！」

「了解」ガルシアはウィンドウを数インチ下ろすと、慎重に銃を撃ちだした。規則では、明確な標的があって付近に第三者がいない場合を除いて発砲は禁止されている。ガルシアは相棒がひそむ深い木立に向けて銃を放ったが、狙うのはあくまで木や地面で、巻き添えが出ないように配慮しながら相棒をその場にとどめておくのが目的だった。

追ってくるラヴィングの車にたいし、まだバックで車を走らせていた私は隣りのアフマドに、やつを狙えと叫んだ。だが木々に沿って曲がりくねるドライブウェイのせいで、それは至難の業だった。どうしても急ハンドルを切らざるをえないので、同僚が狙いを定める機会を奪ってしまうことになる。

また一発、相棒の放った弾がユーコンの側面を穿った。目をむいたマーリーがあっと悲鳴をあげ、口もとを手で覆った。ライアンがあけようとしていたリアのウィンドウは密閉されていた。手にはリヴォルヴァーが握られていたが、少なくとも指は用心鉄の外側にあった。

四輪駆動のユーコンがバウンドして、盛大な砂埃を巻きあげた。

私はすばやく首を回し、フロントグラス越しに後方をうかがった。ラヴィングの車はアフマドの銃弾を避けつつスピードを上げて迫ってくる。私は進行方向のリアウィンドウに目をもどした。

アフマドが言った。「ラヴィングが速度を落としました」その声は落ち着いていた。

「ガルシア、撃て」

FBI捜査官は、恐怖で凍りついたままバッグを胸もとに押しつけるジョアンにのしかかって窓をあけた。「木があって」とガルシアは叫んだ。「狙えません」

「おれがやる!」ライアンがつぶやいた。「おれが野郎を倒す」

この言葉にジョアンが反応した。「だめよ、あなた、やめて! 酔っぱらってるんだから」

「なんだと、酔っぱらいでも、やつらが束になったっておれのほうが腕は上だ」ライアンはぐっと身を乗り出した。しかし、車が減速用バンプに乗りあげたおかげでライアンの体勢が脇にくずれ、対立は避けられた。銃が暴発しなかったのはなによりだった。

ガルシアが前のめりに拳銃で三発放った。

それが命中したかどうか、私にはわからなかった。いまはそれどころではなかった。四駆のユーコンは時速四十マイル、トランスミッションが絶叫するほどの速度で逆走しながらバンプを越え、植え込みを蹴散らしていた。

一発がユーコンのフェンダーかバンパーに食いこんだ。さらにフロントグラスをかすめていった。ガラスは割れていない。銃弾の被甲にもよるが、耐性はあっても防弾ではないだけに、私は直撃がないことに感謝していた。だが、ラヴィングがライアンを殺してしまうリスクをとりたがっていないと思えば、これも筋が通る。

モーテルから十ヤードのあたりに直線が見えてきた。

「いいか」私はガルシアとアフマドに叫んだ。「あと五秒で標的がクリアになる。ダッジのグリルを狙え。エンジンを壊すんだ」

「ちがう、フロントグラスだ！」とライアンが怒鳴った。

私はそれ以上口を開かず、こうした状況における合理的な行動が、車の中枢を狙うことなのだとは説明しなかった。運転手に命中させるには、よほどの幸運が必要になる――いまの狙撃シナリオではまず見込みがない。

だが、こちらの路面が安定したとたん、ラヴィングはライトを消して車を右へ運んだ。ダッジはスキッドしながらドライブウェイのカーブ脇の茂みにもぐり、芝生を越えて消えた。

「標的なし」アフマドが穏やかな声で言った。

それでも私はアクセルを緩めなかった。汗をかいた手で、手首が痛くなるほどステアリングをきつく握り、スピードを落とさず後退していった。「ガルシア、フレデリクスに連絡だ。状況を伝えろ」

「わかりました」

ガルシアはフレディに注意をうながして電話を切り、ふたたびジョアンに覆いかぶさるような防御態勢を取った。マーリーは隅で縮こまってすすり泣いていた。

「つかまれ、銃に気をつけろ」私はバックのまま、つぎの減速用バンプに時速五十マイル近い速度で突っ込んだ。宿の中庭にはいって走行をつづけながらロビーに目をくれると、うろたえた顔の受付係が電話機をつかんでいた。

「どこだ?」私は呼ばわった。「ラヴィングはどこにいる?」

「見当たりません!」とアフマドが言った。

ギアの悲鳴はいまも変わらず、床が熱く感じられた。リバースのギアはこんなスピードを出すためにつくられていない。

「ドライブウェイが終わる」と私は叫んだ。「でかいバンプだ! 引き金から指を離してつかまれ」

減速しないで一気に縁石を乗り越え、十分まえに三つのチームに分かれて歩いた隙間を抜けて裏の駐車場に出た。低木の茂みをなぎ倒し、駐車場に突き出したコンクリートのパティオに着地して、色とりどりのガーデン家具をアスファルト上に押しやっていた。テーブルから落ちたグラスがこなごなに割れた。私は車を左に滑らせてからブレーキを踏んで停め、息を喘がせた。肩が痛んだ。

駐車場のむこうには、モーテルの敷地に沿って六フィートの防犯フェンスが立っていた。左側には高さ約四フィートの煉瓦塀。右側がいま私たちが抜けてきたばかりのドライブウェイで、その奥が小さな茂みだった。

「だめよ、だめ」とマーリーが泣き声まじりに言った。「逃げ場がない。わたしたち、これからどうするの？　もういや」

「大丈夫だから」ジョアンが妹をなぐさめた。

「ほんとに怖いんだから」

「小道とドライブウェイ、それと木立を見張れ」私はアフマドに向かい、バックで走ってきた方向と小さな林を顎で指して言った。

「ガルシアは煉瓦塀だ」

「了解しました！」

「小道に影」とアフマドが言った。「誰か来ます。車に乗っている模様」

「いまだ！」とライアンがわめいた。「突っ込め！　やつはじき現われる。こっちがまだ逃げてると思ってる。アクセルを踏め！」

私は相手にしなかった。

アフマドがさらにウィンドウを下げ、小道に向けて銃を構えた。

「どうするつもり？」だしぬけに疑問を投げてきたのは、意外にもライアンではなく妻のほうだった。

私はそれにも答えなかった。

アフマドが言った。「影が接近中」

私はその方向に目をやった。車が一台、われわれがいま来た小道を低速でたどってくる。用心深く。

「やつだ」ライアンが言った。「ライトを消してる。突っ込め！　突っ込め！」

「ガルシア、煉瓦塀だ。目を離すな」

「了解」

「塀なんかどうでもいい。やつは建物のあいだを抜けてくるぞ！」とライアンが口にした。

「見えるだろう！」

「いや、ちがう」と私は言った。「ラヴィングは誰かに車を低速で走らせている。フェアファクスとまったく同じだ。やつと相棒は二手に分かれ、林と煉瓦塀からわれわれの側面を狙う気でいる。アフマド、車があの隙間を通るときにタイヤを撃て。運転手は怖気づいて停まる。そしたらドライブウェイと先の林を見張れ。ガルシアは塀だ」

ふたりは命令を受け入れた。

囮の車が小道からゆっくり姿を現わした。

アフマドはタイヤを撃ち抜くや銃身を上げ、車のむこうを見通した。「はっきり見えませんが、木立に人がいます。単独で」

「煉瓦塀」ガルシアが声をあげた。「ラヴィングの車。こちらの側面を突こうとしてます」

「掩護しろ」私は叫んだ。「両方向。一般人に注意して」

男たちが発砲すると、ラヴィングが退いた。相棒も木立の陰に隠れた。

「また来るわ」マーリーが相変わらず泣きながら言った。「ここから出られない！」

これでむこうは私たちが態勢をととのえていることを知った。私はギアを四駆のローに入れると、車をまっすぐ防犯フェンスに向けた。

「なにするの？」マーリーが息を呑んだ。「だめ！　身動きとれなくなる！」

　ユーコンのノーズをフェンスにあてて軽く押すと、一枚パネルが外れた。それを乗り越えて反対側の農場に出た。

　私は命じた。「フェンスの隙間を狙え。だが相手を確認するまでは撃つな。野次馬がいるかもしれない」私は並木を目当てにゆっくり丘を下っていった。

　驚いたことに、そこに食いついてきたのはジョアン・ケスラーだった。「脱出ルートを用意していたのね。必要なときには乗り越えられるように、フェンスのポストに切り込みを入れておいたんだわ。いつやったの？」

「二年ほどまえに」

　私は中間施設を決めるにあたり、防御面とともに脱出のことを考慮に入れていた。施設については夜遅くまで予習する。〈ヒルサイド・イン〉の人間は、私がフェンスを破損したとは知るよしもない。

「なにも見えない」とライアンが言った。「いまのところ」

　同僚たちには通り抜けたフェンスの穴を狙うよう命じながらも、私はいまこちらが横断している地表をラヴィングがひと目見て、自分のセダンでは追跡不能と判断する確信があった。むこうはたったひとつの合理的な決定をくだすはずなのだ。すなわち、一刻も早く退却する。

18

三十分後、私たちはハイウェイに復帰して隠れ家をめざしていた。

午後八時をまわったころで、私はラウドン、フェアファクスの両郡をおおよそ北の方角へ、複雑で予測不可能な経路をとりながら高速で車を走らせた。

後ろの席のライアン・ケスラーはうつむきがちで、帆布のバッグを覗いたりしている。銃弾を探しているのか？　酒か？　ジョアンは黙って窓外を眺めていた。マーリーもようやく落ち着いて、おしゃぶりがわりのコンピュータをいじっていた。ヒステリーからは脱したものの、私をツアーガイドと呼んだ軽薄さはとりもどしていない。

警護対象者はむろん恐怖に怯える。頭も混乱するし、すこしおかしくなったりもする。私はわが組織の人間には百パーセントの信を求める。では対象者には？　かりに七十五から八十パーセントでも、こちらの思惑に沿ってそれなりに迅速に、知的に動いてくれれば満足する。私の仕事では、対象者たちが犯す避けがたいあやまちを穴埋めして、破滅につながる彼らの欠点や性癖をできるだけ抑えることが大きな部分を占めてくる。

これは悪い人生哲学ではないと思っている。

事実、今回の対象者たちの行動は典型的なサンプルだった。私は経験から、感情が麻痺したジョアンのことを、大騒ぎする夫や幼稚に浮かれ騒いでヒステリーを起こす妹以上に心配していた。ジョアンのような対象者は突然、爆発するように崩れてしまう。それも間の悪いときが多い。

覗いたルームミラー越しに合わせたジョアンの目は空ろで、焦点が定まらない感じだった。私たちは同時に視線をそらした。

尾行がないことに気をよくして——よほどの偶然でもないかぎり、ラヴィングには発見されない——私は電話をかけた。

「もしもし？」太い声が応じた。

「アーロン」

ボスが答えた。「コルティ、〈ヒルサイド・イン〉のフレデリクスから聞いた。無事だったそうだな。逃走中ということを考えて連絡は控えた」

「どうも」これがひとつ、ボスの優れたところだった。本人は羊飼いという仕事に感じるものはないのかもしれないが、われわれの動きを理解して適宜対応してくれる。私は言った。「まだフレディとは話していないんだ。負傷者は？」

「いない。しかしひどいことになった。撃たれた弾を拾ったら四、五十発もあるらしい。二発は人がいた客室に当たってる。これには蓋はできない」

「どうなる？」

「マスコミに関しては、なんとラヴィングのほうでわれわれに逃げ道を用意してくれたよ。やつが送った——誘拐と組織犯罪がらみだというファクスに乗っかることにする。〝悪党エクトル〟の出番だ。選択肢はあまりないしな」

エクトル・カランソは麻薬犯罪に手を染める小物のコロンビア人で、国内やラテンアメリカ諸国で多くの重罪逮捕状が出されている。報告書によって人相もまちまちで、経歴もはっきりしないのだが、その危険な性質について警告し、全国に注意を呼びかけるという点では共通していた。神出鬼没で知られる人物である。

ところが、彼は完全なる架空の人物なのだ。たとえば今度の〈ヒルサイド・イン〉のように、真実を伏せておきたい状況で銃撃戦が起きた場合、われわれはセニョール・エクトルに罪を着せ、〝いまだ特定できていない、特異性をもった麻薬その他に関する違法行為と考えられる〟とする。ライアン・ケスラー事件で首謀者が捕まったら、アーロン・エリスが数日のうちに再登場して――おっと、こちらの誤りでした。真犯人はかくかくしかじかと公表することになる。それでも、当面は〝悪党エクトル〟のせいでマスコミを忙しくさせておける。

「現在、隠れ家へ向けて移動中」

「よろしい。着いたらひと休みだ」間があいた。つぎに来る言葉はわかっていた。「やつの確保はわれわれ全員の望みだがね、コルティ。しかし、きみには隠れ家に腰を据えてもらいたい。これ以上、ラヴィングとの戦いは無用だ」

エリスの頭にはロードアイランドのことがある。

「こちらから攻めたのはフライトラップ攻撃だけだ。〈ヒルサイド〉の件は純粋に防御だ。われわれは逃げようとしていたんだ」

「それはわかってる……しかし、なぜこの情勢で中間施設を使ったのかという問題が出てきそうだな。隠れ家へ直行すればいいものを」

つまり、私が無意識のうちに――あるいは明確に意識して――ラヴィングを引き寄せようとしたのではないかと質してきたのだ。エリスは理由を知りたがっていた。だが、たとえ相手がボスでも、私は答えるつもりはなかった。

エリスはそれを察してつづけた。「これはきみからの連絡だし、こっちは尋問してるわけじゃない。ただ、いずれ問題になるだろうと言ってるだけだ」

私は言った。「こっちが何をしようと、それはすべてクレアが首謀者を追跡する手助けになる」

「上等だ」とエリスは口のなかで言った。タフな土曜日をすごして、もはや事を穏便にはこぼうという気がなかった。「ウェスターフィールドに連絡してないな。すると言ってたが」

「これからする。忙しかったので」

それが事実なのに、苦しい言い逃れに聞こえた。

電話を切ると、私はウェスターフィールドの番号を探した。すると発信者通知の音声がフレディの名を唱えた。

私は〈受信〉ボタンをクリックして訊ねた。「〈ヒルサイド〉で何かつかんだのか？」

フレディは言った。「手がかりなし。やつは消えた――あっという間に。フーディーニばりか。子どもにやる小遣い並みか。きれいさっぱり」

「怪我人はいないとアーロンから聞いた」

「ああ。みんな、びっくりしてる。でもそれがどうした？　人生は驚くことばかりだ。たまにびっくりするのも悪くない。アーロンがマスコミの相手をするって？　報道陣の数は目につくなんてもんじゃないぞ」

「本人がなんとかするさ」

フレディは、ラヴィングが人質にした女性も無事だったと言い足した。強要された彼女の夫が目くらましの追跡を仕掛けてきたのである。「いまさらどうでもいいが、女は誘拐犯の顔を憶えてないそうだ。亭主のほうも健忘症にかかってる」

私は訊いた。「ラヴィングが逃げた方角を示すものは？」

「ない」

「連中のダッジはこっちで破壊したのか？」

「ああ。ファンとタイヤをな。西に五十ヤード行ったあたりで乗り捨ててあった。隠しといた車に乗り換えたんだ。遺棄された車はきれいだったよ。新しいほう？　われらが精鋭をもってしても、タイヤのトレッドひとつ見つからない。知ってるだろう……連中は陰毛の一本だって拾ってくるぞ」

「で、ファクスにはライアンの写真が載っているんだな？」

「ああ」

「出所(でどころ)はどこになってる？　きみのところか？」

「連邦税務調査部」

思わず頬笑みそうになった。〈アルティザン・コンピュータデザイン〉に負けず劣らずの偽組織。ラヴィングのことながら褒めたくなる。

私は言った。「典型的な――本人を見つけても、捕まえようとしないで通報せよってやつだな。無料通話の番号か？」

「プリペイド式の携帯だ」

「すでに使用不能になってる？」

フレディはわざわざ返事をしてこなかった。

「送り主のファクス番号は？」

「スウェーデンのプロキシを通したコンピュータから送信されてる」

当然だ。

フレディが疑問を口にした。「やつが〈ヒルサイド〉に決め打ちして警告して、ファクスを送ったのはなぜなんだ？　誰かが洩らしたのか？」

「餌をまいたんだろう。可能性がありそうな中間施設につぎつぎファクスを送ったんだ。この一帯の宿のフロントには、どこでも貼り出されてるんじゃないか」

「まったく(ヒーザス)」フレディは〝ジーザス〟の名を吐息まじりに発音した。たぶん冒瀆になると畏れたのだろう。私はフレディが最低週に一度は教会に通っているのを知っていた。「こいつは金を稼ごうとしてる。いったいケスラーが、何をそんな大事な話を知ってるっていうんだ？」

それこそクレア・ドゥボイスと私で、この先数時間以内に探り出そうとしていることだった。

するとフレディが気になる問いを投げてきた。「サンディ・アルバーツって男を知ってるか？」

「電話してきたのか？」

「オフィスに来た。インディアナだかオハイオ選出の上院議員、スティーヴンソンのとこで働いてる」

「彼なら知ってる。オハイオだ。アルバーツの用件は?」

「いくつか質問を受けた。通信傍受のこととか、愛国者法のこととか。言っておくが、コルティ、あんたの名前が出た。明るく楽しくいいことばかりだ。でもな、とにかくあんたの名前が出たんだ。興味が湧くね」

興味が湧く。私は気が重くなっていた。「それで?」

「〝それで〟はなかった。忙しいと言ってやった。あきらめたよ」

「ありがとう」と私はつぶやいた。

「何が?」

「わからない」

電話を切ると、私はアルバーツがフレディを訪ねたことについて考えた。

そして、これ以上は先延ばしはできないと判断して、ウェスターフィールドの番号を出し、〈送信〉ボタンを押した。

相手は二度めのベルで応答した。私の心は沈んだ。留守番電話に切り換わることを期待していたのだ。「コルティか」と切り出し、フランス語は出なかった。「いいか、きみと話し合いを持ちたい。でも、いまはAGと同席している」土曜の晩に、ウェスターフィールドは司法長官(AG)と会っている……そんなときに私の電話に出たのか?

「終わったら折りかえす。この番号か?」

「ええ」

「きみの代役はいるか？」

「いいえ」

カチッ。

私は脇道に曲がって車を停めた。マーリーがはっと息を呑み、不安そうに顔を上げた。彼女の心の振り子はまだヒステリー側に振れたままだった。混乱から脱したジョアンが声をかけた。

「大丈夫。大丈夫だから」

「どうして停まるの？」妹はピリピリした声で訊いた。

私は言った。「車をチェックするだけです。何発か当たったのでね」

ライアンが獲物を探す狙撃手さながら、暗い道路脇に目を走らせている。

アフマドが後ろから降りてきて、私たちはユーコンを念入りに調べていった。銃撃戦や荒っぽい逃亡劇によるダメージはそれほどでもなかった。SUVは私の腰よりも頑張っている。

タイヤを見ながらふと目を上げると、ジョアンが後部座席に座ったまま、時計を見ながら電話をかけていた。相手はアマンダだった。開いたドアから洩れてくる会話から察して、順調にいっているらしい。私とまた目を合わせたジョアンは、顔を伏せて電話をつづけた。田舎ですごした一日の報告をまくしたてているらしい義理の娘にたいして、彼女は努めて明るく振る舞おうとしていた。

電話を替わったライアンは目尻を下げ、やはり娘と話しこんでいる。

親と子どもたち。

つかの間、古い記憶が浮かんできた。よぎる子どもたちの顔、望まない思い出。私はそれらを押しやった。この作業はわりとうまくいく。今夜は、消えるのがいつにもまして遅かった。

車内にもどってドアをしめると、ライアンがぎょっとして振り向き、銃を握った。私も一瞬緊張したが、ライアンはわれに返って力を抜いた。

ひょっとして、彼は誰かれかまわず撃ちたいのだろうか。

車を動かそうとしているところに電話が鳴り、発信者通知の声が司法省のものとわかる番号を告げた。〈受信〉ボタンの上で指がためらった。

押さなかった。呼出しは留守電につながり、私はユーコンをふたたび本線に入れた。

19

暗く、曲がりくねった道がさらにつづいた。

尾けてくる者はいない。新しい暗視装置の力を借りて無灯火で走れば話はちがってくるが、速度の上げ下げをくりかえし、ときに急制動をかけて急旋回したりしながら、こちらが知りつくし、ラヴィングのほうは不案内と思われる道中で、私は尾行がいないという確信を得ていた。

四十分後には七号線に出て、すぐにジョージタウン・パイクに乗ってリヴァーベンド・ロードを行った。そこからグレートフォールズの中心部を迂回し、ＧＰＳは役には立っても信頼まではおけないという入り組んだ道を通った。

やがて家が三軒――それも非常に大きな三軒のみが建つ深い森を抜け、私たちは高さ七フィートの柵と、その先が六フィートの金網フェンスで道と仕切られた隠れ家の施設に到着した。

施設にはベッドルームが七室の母屋、離れが二棟――うち一棟は緊急用設備で――大型のガレージが二棟、それと正真正銘、干し草置場になっている納屋がある。十エーカー近い起伏のある地所はポトマック川に接していた。ちょうど川幅が狭くなり、不規則に滝と急流がつづくあたりなのだが、いずれにしても〝瀑布(グレートフォールズ)〟とは大げさな表現だ。〝地味でも絵になる〟ぐらいがしっくりくる。

物件としては格安だった。近ごろでは、損益を気にしないでいると政府の職員は務まらない。一九九〇年代、ここは都会の大使館住まいに疲れた中国人外交官たちの静養先になっていた。また、FBIの調べによると、中国の秘密警察が出入り業者や下級公務員から情報を集めたり、NSAやCIAなど、ラングレー、タイソンズ、センターヴィルに存在するアメリカの秘密施設の写真を撮影した連絡員、工作員らと定期的に顔を合わせる場でもあった。結局、彼らがやっていたのは防衛機密よりもむしろ商業財産の窃盗が主だったが、それが違法であることは言うにおよばず、政治的にも見さげた行為である。

中国人が逮捕されると慎重な交渉が進められ、外交官と偽ビジネスマンらは訴追されずに国外退去、その見返りに政府が家を没収したうえ……いくつか秘密の恩恵にも浴することで同意に至った。地所は多くの部局で隠れ家として利用され、およそ八年まえにエイブがわれわれのものにした。

茶色に塗られた十九世紀の屋敷は改装され、われわれにできる範囲で現代のセキュリティ設備を組みこんであった。それは人が想像するほどハイテクでもセクシーでもない。フェンスにはセンサーが取り付けられているが、フェンスにセンサーがあることを知らない人間にしか有効ではない。敷地はどこもかしこもモニターされているわけではなく、主な進入路（明らかなものとは限らない）には、地中に重量センサーを埋めこんである。もちろん全体には充分な数のビデオカメラが目立つ場所、目立たない場所に配されていた。私はこの朝から、われわれが観察人（スペクテイター）またはスペックと呼ぶ人員一名に敷地の監視をさせていた。わが観察人たちはウェストヴァージニアの薄暗い一室で、日がな一日テレビの画面に見入りながら——これは本人たちが認めはしないが——騒がしい音楽を聴いて頭を振りたくっていたりする。そんなことができるのは、カメラにマイクが付属していないからだ。それをするとなると帯域幅が厖大なものになってしまう。いずれ映像、音声の両方が拾えるようになれば、観察人たちのサウンドトラックはお役御免になるだろう。だが、いまのところは敷地のサイレント映画に、スピーカーからデフ・レパードが流れるといった具合なのだ。

われわれを受け持つ観察人に連絡すると、むこうはすぐに応答した。

「着いた」と私は言ったが、すでに五分もこちらを観察している相手は当然それを知っている。

観察人は、異状なしと伝えてきた。怪しいものはまったく見ていないという。

「シカはどこだ？」

「いるはずの場所にいます」

私はこの仕事や人生のいくつかの局面で、野生動物について多くのことを学んだ。例を挙げれば、シカやその他の動物が何を、なぜ怖がるのかといったことである。観察人——そして子飼いの部下には、動物の行動パターンにくれぐれも注意を払うようにと話している。それが侵入に関する手がかりになるかもしれないのだ。一年まえには、不穏な動きをするアナグマのおかげで消し屋の存在が知れ、警護対象者の命が救われたという経験もしている。現に私は専門家が集まる会議の席上で、これをテーマに講演をおこなった。

「付近の往来でも、おかしな動きはありません」と観察人は鼻にかかった声でコメントした。顔を合わせたこともない男だが、ある程度の印象はもっている。ウェストヴァージニアの山中に住み、この訛り、ヘビーメタル好きとくればイメージも固まってくる。

観察人に礼を言ってコードを打ちこむと、正面ゲートが開いた。地面にはほとんど目につかないが、丈夫なゴムシートが埋められている。私たちは防犯フェンスを抜け、曲がりながら百フィートもつづくそのドライブウェイを進んだ。ガルシアとアフマドは周囲に気をくばり、マーリーとライアン・ケスラーも警戒を解かずにいたが、どうやらライアンはこっそり一、二杯を引っかけたらしい。ジョアンは病院の待合室でひと月遅れの雑誌を眺めるような顔で外を見ていた。

私は車を駐め、全員を降ろした。木製に見せながら実は補強鋼という玄関扉脇のパネルを開き、小型液晶ディスプレイの下にあるキーパッドを押した。すると動作、音および熱を感知するセンサーによって、プログラムが邸内は無人であることを確認した（これは人間の心拍も識別できる代物だが、さすがにニオイネズミが餌を探す音、温水器が作動する音には反応しない）。私は扉を開錠して邸内にはいると、一時的にアラームを解除した。われわれが内側から施錠すれば再設定される仕組みで、火事や侵入が起きた場合には扉をあけられるように非常ボタンを備えている。窓も大半が同じシステムになっており、それ以外は六インチ幅にしか開かない。

私は照明をつけると、すこし冷えこんできたのでヒーターのスイッチを入れ、ウェストヴァージニアと同一の画像を映すセキュリティ用モニターを起動させた。つぎに安全なコンピュータサーバーを動かし、シールドされた固定回線の動作をチェックした。それから発電機が装甲されていることを確かめた。発電機は侵入者に本線を切断されると自動的に始動する。

私は対象者たちを連れ、黴臭い一階をざっと見せてまわった。

「あら、すてき！」マーリーが壁に並ぶセピア色の写真に歩み寄った。本や雑誌、それにもちろんボードゲーム——私が寄付したものではない——が並ぶ棚には目もくれない。私はマーリーの浮ついた表情を見ながら、一時間まえの銃撃戦のことを忘れてしまう対象者などいただろうかと記憶をたどってみた。ひとりもいない。

私は食事、飲み物、テレビについてベルボーイさながらに説明した。ケスラー夫妻を同じ階の奥の部屋に、マーリーをその隣室に案内した。妹は感心した様子だった。「名誉挽回ね、ツアーガイドさん」と言った。差し出してきた一ドルのチップはどうやらジョークのつもりらしい。応対に困った私は、その奇矯な行動を無視することにした。するとマーリーはまたまた口を尖らせた。口を尖らせるのが得意な女なのだ。

アフマド、ガルシアと私は交代で眠り、つねにふたりが起きて警護にあたることにした。羊飼いの寝室は一階の狭い一室で、玄関と対象者の部屋の中間に位置する。

私は施設と隠れ家のレイアウトを熟知しており、ここが初めてのアフマドには予習させていた。こちらで何度か——最近では一カ月まえに——試験を課し、アフマドがレイアウトに通じていることはわかっていた。そこで彼からガルシアにブリーフィングさせ、私のほうでは通信システムと武器ロッカーについて説明をおこない、ダイアル錠の番号を教えた。ロッカー内の在庫はそう多くない——ヘッケラー＆コッホ、フルオート仕様のＭ４ブッシュマスターが数挺に携帯武器、それとフライトラップでラヴィングに使った閃光手榴弾である。

対象者たちが各自の要塞に無事引きこもってから、私はオフィス代わりにしていた書斎へ行き、古いオークの机に着いてラップトップを起動すると、電話とあわせて壁のソケットに挿した。個人セキュリティをあつかう仕事には大事なルールが数多くあるが、エイブがリストの上位に挙げていたのが〝バッテリーの充電とバスルーム使用の機会は逃すな〟だった。

前者をすませ、後者にかかろうと、私は表側の寝室へ行った。耐えられる程度の熱湯で手と顔を洗い、フライトラップでラヴィングを追跡した際に負った傷と痣を確かめた。ユーコンで慌ただしく〈ヒルサイド・イン〉を脱出して以来、痛みのひどい腰はべつにして、深刻なものはなかった。

私は邸内のセンサーをチェックし、全ソフトウェアと通信システムが作動していることを確認してまわった。エンジニアになった気分だった。

個人セキュリティは最新鋭の職業である。悪党たちが玩具のことを知りつくし……それらを贖う予算が青天井となれば、必然的にそうなる。コンピュータゲームよりボードゲームを嗜好する人間だけに、私は本来ハイテクではないけれども、最新技術の導入も心がけていた。たとえば、サイズと形状がコンピュータマウスとよく似た爆発物探知機、非金属の火器を見つける高密度カーボンファイバー探知機、オートマティックの遊底がスライドして薬室に弾が送りこまれたり、リヴォルヴァーの撃鉄が起こされる音を警告するオーディオセンサー。あるいは壁の反対側の会話を振動から再構築するマイクロフォン、通信妨害装置、尾行車に道を誤らせるGPSシグナル再配向機。

私はいつも胸か尻のポケットに、ペンに似せたビデオカメラを挿していた。そこからリンクするソフトウェアのアルゴリズムは、接近する人間の身体言語(ボディランゲージ)が差し迫った攻撃を示唆していると判断すれば警告を送ってくる。また対象者を移送するときには、私はこれを公けの場で多数の人々を記録するために利用する。ある場所ですれちがった相手の顔が、別の場に現われたかどうかを確かめることができる。

二本めの〝ペン〟は、盗聴装置の排除が目的の無線信号検知器である。

さらにわれわれが〝郵便箱〟と呼ぶ約一フィート四方の装置は、IED(簡易爆発物)が炸裂する音に反応して爆発的に開き、騎士の鎖帷子(くさりかたびら)を思わせるケヴラー繊維と金属のメッシュを打ちあげ、飛来する金属片や爆風を遮断する。

こうした装置は役立つこともあれば、役立たないこともある。しかし、敵に〝楔〟を打ちこむにはどんな手でも使うというのがエイブ・ファロウの口癖だった。その楔が微小な場合もあるが、多くはこれで事足りる。

私はコンピュータの前にもどり、ドゥボイスが送ってきた数通のeメールを受信した。返信しようとしている最中に気配を感じ、顔を上げるとケスラー夫妻がキッチンにいた。キャビネットと冷蔵庫の扉が開く音がした。この施設には食堂とキッチンのあいだにバーがあるのだが、そこにはソーダのストックしかない。キッチンには、施設管理の者が通常ワインとビールを用意している。勤務中の私たちは当然飲めないが、対象者にはなるべく快適にすごしてもらいたいとの思いがあるし――それより何より、彼らに不満を抱かせないことが重要なのだ。

ぎこちない足取りでバーへ行ったライアンが、すでに琥珀の液体がたっぷり半分まで注がれていたグラスにコークを足した。ジョアンは炭酸飲料のシエラ・ミストを手にした。「何か足すか？」と訊ねるライアンの声が聞こえた。

ジョアンは首を振った。

夫が肩をすくめたのは、勝手にしろの意味だった。

書斎を覗きこんできたライアンと目が合った。ライアンは回れ右して寝室に帰っていった。

私はコンピュータに注意をもどし、ドゥボイスの暗号化されたeメールに目を通した。ドゥボイスの返事はこの日、私から出した数々の要求のうち何点かにたいするもので、ライアンが関係するふたつの事件については詳細な部分が得られているとの感触があった。あとはもうすこし、こちらで調べを進める必要がある。私は普段から使用する安全なサーチエンジンにログインして、アジアのプロキシ経由で要求を送った。

すぐに情報が返ってきた。私の目的は機密事項ではなく、単に一般メディアを追うことである。三十分で目を通した数百ページは新しい記事や論説がほとんどだった。そしてようやく、私の調査対象となる記述に行き当たった。

ライオネル・スティーヴンソンは、オハイオ州選出で二期を務める共和党の上院議員。それ以前は下院議員、選挙に出るまえはクリーヴランドの検事だった。穏健派として議会の両勢力のみならず、ホワイトハウスからも一目置かれている。司法委員会に四年いて、現在は情報委員会所属。上院の最高裁判事指名で票の取りまとめに奔走した。このスティーヴンソンの努力については、「誰もが他人を憎むという昨今のワシントンの風潮を思うと、支持をまとめるのは大変な苦労だった」というある政治家の評が引用されていた。

〝議会で大騒ぎする輩が多すぎるんだよ。どこでもかしこでも大騒ぎするのが……〟

地元オハイオ、またDC周辺の退役軍人病院や学校を足繁く訪問。ワシントン社交界の一員として若い女性同伴の姿を目撃されたりしているが、一部の同僚議員とちがって問題にならないのは本人が独身だから。支援しているのは複数の政治活動委員会、ロビイストおよび法律に一切抵触しない選挙資金調達団体。ニューリパブリカンと呼ばれる潮流のなかでスティーヴンソンが偶像視されているのは、その穏健な政治姿勢で民主党員や無党派の人間を転向させ、きたる州および連邦選挙で安定多数を獲得したと目されているからである。

私が見つけたなかでも最重要と思われるのは、数カ月まえ、北ヴァージニアのコミュニティカレッジにおける本人の発言だった。多くの意味で法と秩序の熱心な擁護者であるはずのスティーヴンソンが、こう語っていた。「政府は法を超越しない。人を超越しない。政府は法に縛られて人に奉仕するものです。ワシントンには――どこの州にもですが――治安の名において、よりよい成果を得られるならば、規則は曲げたり破ったりしてもかまわないと考える者がいる。しかし、法の原則に優るものなど存在しないのです。建国の父たちの意思をないがしろにする政治家、検事、警察はそこらの銀行強盗や殺人犯と変わらない」

ひとりの記者が、この発言でスティーヴンソンは、講堂を満員にした未来の投票者から拍手喝采を浴びたと書いていた。ほかの記事には、この哲学を披露したことによってスティーヴンソンは地元の共和党票を失い、共和党の議員仲間の反感も買ったとあった。これはつまり、政府の監視に関して公聴会を開こうとしているスティーヴンソンの動機が、票の獲得ではなくイデオロギーに根ざしているということなのだ。

私はつづけて大量の文字をスクロールしていきながら、ひとつふたつメモをとった。これをやりながら途方に暮れる思いで、私はあらためてクレア・ドゥボイスのリサーチ能力に嫉妬をおぼえた。しかし、この作業を彼女に押しつけるつもりはない。

目を上げると、ジョアンがキッチンとリビングを隔てるドアをはいってきて、抱きの部分にもたれかかった。凛(りん)として美しい顔立ちには多少の生気がもどっている。私は開いたページを暗号化されたファイルにセーブしてコマンドを入力し、パスワードで保護されたスクリーンセイバーを呼び出した。

私はチェスの駒が映ったり消えたりするモニターを見つめながら、スティーヴンソンにまつわる新事実をしばし脳内で反芻した。それから席を立ち、戸口のところまで行ってジョアンにうなずきかけた。

隠れ家の内部は驚くほど居心地がいい。虜(とりこ)になったという女性の対象者も多い。男性にも多少はいる。調べ屋や消し屋に追われると、営巣本能がそれこそ〈ホールマーク〉のヘリウム風船のごとく、あっという間に膨らんでいく。以前、私が階段を降りていくと、対象者の手で家具の配置変えがおこなわれていたことがあった。また別の機会には、カップルが部屋のカーテンを入れ換えていて、その間、窓が素通しだったのかと思ってぞっとしたものだ。

私の好きなこの隠れ家の根本にあるのはくつろぎである――が、それは私個人が安らぐためではなく、職業上の理由から来ている。対象者の動揺がおさまれば、そのぶん私の人生も安らかになる。

リモコンを手にしたジョアンが訊いてきた。「いい？」

「もちろん」

ジョアンがテレビをつけたのは、おそらく私たちがニュースになっているかを見るためだった。名前こそ出なかったものの、たしかに取りあげられていた。「ギャングが関係していると思われます」とアナウンサーが〈ヒルサイド・イン〉の銃撃について報じた。その後につづいたのがプレイオフに進出したオリオールズの勝算、エルサレムで起きた自爆テロ、最高裁判事指名に関し、賛成・反対両派による議会前のデモで唾を吐いたり、壜を投げたりの小競り合いが起きたことを受けて、指名候補自身が声明を発表し、双方に自制をうながしたというニュース。私はフライトラップへの移動を隠蔽してくれた判事候補に無言の感謝を捧げた。

ジョアンはソーダを握りしめるようにして画面に見入っていた。ぺったりしたダークブロンドの髪をかきあげる指が開いている。肩にはバッグを掛けたまま。

見馴れたくつろぎの様子……

するとなんの前ぶれもなく、ジョアンがいきなり私を見て、いままでずっと会話をつづけてきたかのように口を開いた。「苛立ってるの。ライアンが。ものすごく。私たちをこんな目に遭わせたことで自分を責めてる。自分を責めだすと、どうしていいかわからなくなるわけ。怒ってるわ。だから真(ま)に受けないで」

ジョアンは、銃の腕なら私やほかの護衛たちより自分が上だと、夫が嚙みついたことを言っていたのかもしれない。

あるいは私たちのことを、ラヴィングに恐れをなした臆病者とほのめかした件だろうか。

「わかってますよ」と私は言った。

「彼、デリであった強盗との銃撃戦から回復していないの。傷のこと、脚のことじゃなくて――そっちはもう、だいたい平気だから。私が言ってるのは心のこと。その影響が尾を引いてる。それで内勤をやらざるをえなくなって。通りに出るのが好きだったのに。彼のお父さんがボルティモアで同じようにされていて。ライアンが金融犯罪に移ってからは、お父さん、彼に失望したみたい」

私はライアンの両親が他界しているのを思いだし、父と息子の関係は結局どうなったのかが気になった。私自身の父は若くして死に、父の最後となった誕生パーティに多忙で駆けつけられなかったことがいまも悔いとなって残っている。

死んだ父に、息子の一歳のパーティに出てもらえなかったことも。

ジョアンがつづけた。「仕事に身がはいらないの。それで、上から管理の仕事を押しつけられて」ひと呼吸あって、「お酒のことを知られてるわ。本人は隠せてると思ってるけど。そんなのはむりだから」

わが身を顧みても、いまの仕事を手放し、ヘンリー・ラヴィングのような相手とゲームができなくなり、対象者と行動できなくなるという状況は考えづらい。

だがもちろん、ジョアンにそんなことは言わなかった。私が絶えず警戒するのは、自分の保護下にある人々と何かを分かちあうことだ。これはプロ意識にもとる。警護対象者が調べ屋に拉致されたり、マスコミと話した際に洩らしてしまう可能性も生じる。理由はもうひとつある。対象者と羊飼いはいずれ別々の道を行く。これは動かぬ事実である。余計な関係をきずくのは望ましくない。感情面で傷を負うリスクは最小限に。エイブ・ファロウがわれわれに、ただ〝私の対象者〟と呼べと指導した訳はそこにあった。

「彼らは名無しでいいんだ、コルティ。これは二次元のビジネスだ。おまえはボール紙から切り取られた駒になれ。そういう目で彼らを見なくてはいけない。彼らを生かしておくのに必要なことだけを知れ。彼らの名前は使うな、子どもの写真は見るな、むこうの機嫌をうかがうな、例外は銃弾をかいくぐって医者を呼ぶときだけだ」

とはいえ、皮肉なことに対象者はわれわれ羊飼いと話したがる。そう、分かちあおうとする。死という存在が彼らを饒舌にさせる部分はある。懺悔になることも多い。彼らは人生で犯したあやまち——それは誰にでもある——を語り、罪の意識をやわらげようとする。でも肝心なのは、私が脅威にはならないという点だった。私は二十四時間ないし四十八時間、長くてせいぜい数週間だけ、彼らの生活のなかにいる。その時間が過ぎたら私は去り、彼らの友人なり愛する人なりに秘密を告げる場には二度とはいってこない。

そんなわけで、私はとくに口をはさむでもなく、話に相づちを打ちながら、いかなる判断もくださなかった。むろん、これには計算ずくのところもあった。むこうが信じて頼ってくれればくれるほど、こちらの指示に従順に従うようになるからだ。

ジョアンは、私が画面を見えないようにしていたコンピュータに目を向けた。「ライアンのどっちの事件だと思う？」

「いま同僚がその両方を調べてます」

「土曜の夜の十時に？」

私はうなずいた。

「ライアンはあまり仕事のことは話してくれないから。きっと、だいたいの見当はついてるんでしょうね、その、何て言ったかしら、首謀者の？」

「そう。つまりヘンリー・ラヴィングのような男を雇うからには、むこうにもそれ相応の覚悟があるだろうと？」

「ええ」

「たしかに。でもわかりませんよ。これまで数々おこなってきた任務のなかで、首謀者の正体に驚かされたこともある」

そこにマーリーが現われ、グラスにワインを注ぐと私たちのほうにやってきた。

私は訊ねた。「部屋は問題なく？」

「思いっきりマーサ・スチュワート風ね、ツアーガイドさん。古い馬の絵。馬だらけ。みんな脚が細いのね。肥った馬でも脚が細い。昔の馬って、あんなだったのかしら。すぐ転んじゃいそうだけど」

この発言にジョアンが微笑した――クレア・ドゥボイスばりの観察。

するとマーリーが言った。「どうしたらオンラインにできる？　eメールをチェックしないと」

「それはむりだ」

「えっ、またスパイ物？　おねがい。いいでしょう？」マーリーはティーンエイジャーを思わせる内気な目つきで訴えかけてきた。唇はというと、当然のように尖らせている。

「残念ながら」

「どうして？」

「われわれは、ラヴィングがあなたのアカウントを見つけるだろうと考えます。あなたがメッセージを読んだり送ったりしようものなら、むこうはこのあたりのルーターやサーバーのトラフィックタイムの相関を見抜いてしまう」

「コルティ、あなたって道を渡るとき四方を見まわすの？」

「マーリー」ジョアンがたしなめた。「もう」

「だから、おねがいよ」

「念のためです」私は真剣な面持ちで顎をしゃくるマーリーを凝視した。「何か？」

「ここにマッサージ師を呼べないんだったら、誰かマッサージしてちょうだい……ねえ、ツアーガイドさん、あなたの職歴にマッサージ師はないの？」私は唖然とした顔を向けていたにちがいない。マーリーは言った。「冗談が通じないのね」

「マーリー」姉が言い放った。「やめなさい」

「真面目に」妹は私に向かって言った。「eメールを二、三通だけ。ギャラリーに画像を送って見せないと」

「本当に大事なものなら、こちらで暗号化したうえで中央通信本部へ送信して、それをアジアとヨーロッパのプロキシを通じて送ることはできる」

「それってジョーク？」

「いいえ」

「じゃあ、他人が目を通すの？」

「ええ、三、四人。それに私が」

「てことは、わたしは究極の選択を迫られるってわけ……寝るわ」マーリーはぷいと背を向け、薄暗い廊下に消えていった。

ジョアンは妹の後ろ姿を見送った。マーリーのしっかりとした、あたかも誘うような歩みに合わせ、薄いスカートの下で華奢(きゃしゃ)なヒップが揺れた。

「妹さん、何を服んでます？」と私は訊いた。

ジョアンはためらった。「抗鬱剤のウェルバトリンを」

「ほかには？」

「たぶんアチバンも一錠。二錠か三錠かも」

「あとは？」

「処方箋が必要なものはなにも。あの子は保険にはいってないから、医療費は私が面倒をみているの。わたしが払って……どうしてそれを？」

「言葉と、態度のはしばしから。彼女の入院歴もわかってます。二度ありましたね？」

ジョアンは控えめな笑い声をたてた。「それも知ってるの？」

「私の同僚が、関係ありそうなことはすべて調べているので。自殺未遂？　報告書からの推察ですが」

ジョアンはうなずいた。「医者の話だと、未遂というより狂言に近いみたい。ボーイフレンドに棄てられて。というか、ボーイフレンドともいえない相手にね。半年ほど付きあっただけで、同居して子どもをつくる気になって。その先は想像がつくと思うけど」

声がとぎれたと思うと、ジョアンは私にはわからないだろうとでも言いたげに、こちらをしげしげと見つめていた。たぶんライアンから、私が子どものいない独り者だと聞かされていたのだろう。

ジョアンはつづけた。「メモを残して、薬を多めに服んで。二度めも同じ。まえよりちょっとひどかった。ちがう男。恋人に入れこむぐらい、セラピーにも熱心に通ってくれるといいんだけど」

私は廊下に目をやると、声を落として訊いた。「彼女を傷つけたのはアンドルー？」私は自分の腕を叩いてみせた。

ジョアンのまぶたがふるえた。「優秀ね……」彼女は首を振った。「正直、わからない。まえに怪我をさせられたことがあるの。彼が病院に連れていったわ。あの子は事故だと言い張った。虐待の被害者って、いつでもそうだし。でなければ、自分のせいだって言うから。今度はあの子、どこかの男にやられたってはっきり口にはしてるけど。わたしにはわからない」

「では、転送されてきた郵便は？　アンドルーと破局した妹さんは、あなたを頼ってきた？」

ジョアンはくすんだ古い鏡に映る自分の姿に目を留め、顔をそむけた。「そのとおりよ。アンドルーは前途洋々だから。才能があってハンサムで、妹にも才能があると思ってる。少なくとも、妹にはそう話してる。でも嫉妬深くて支配的よ。妹にアルバイトを辞めさせて同棲をはじめたわ。それでつづいたのが二カ月。いつも怒ってばかりで、妹が家を出るとますます腹を立ててね。わたしたちが近くに住んでてほんとによかった。別れて行く場所があったから」

ドゥボイスの調べによると、マリーとして生まれ、正式には一度も名前を変えていないマリーは、十代のころには地元警察の家出人名簿に載り、麻薬や万引きで何度か検挙されたが起訴は取りさげられている。仲間の少年たちに強要されたということらしい。彼らの代わりとなって逮捕されたのだ。

これは仕事にも、いまの会話にも関係がなかったので、私は口に出さなかった。

「つまり、あなたたちは予習をするのね？」

ややあって、私以上にジョークと無縁に思えたジョアンがふと笑顔を向けてきた。「わたしの仕事のことで？　ええ」

「仕事のことで何か見つかった？」

私は答えに窮した。ジョアンに関するドゥボイスの調査では、平凡を絵に描いたような人生しか出てこなかった。優等生、大学院生、統計家、そして主婦。アマンダの学校ではPTA活動。ありふれた四十年の上または下にはみ出す出来事といえば、それ自体珍しくもない、大学院進学をまえにした海外バックパック旅行――青春時代のクライマックスなのだろう――と、治療に何カ月も要した過去の大きな交通事故ぐらいのものだった。

「あなたは私が心配する必要のない人物だった」

笑顔が消え去り、ジョアンは私の目を見据えた。「あなたはいい政治家になるわ、コルティ。おやすみなさい」

20

午後十一時、邸内を巡回したあと、私は外に出て落ち葉に足を踏み入れ、〈ゼノニクス〉のスーパービジョン100暗視単眼鏡で敷地の監視をはじめた。これは非常に高価だが、市場に出まわる最高の製品である。部内で所持するわずか三台のうち、私は最後の一台をその日の早くに借り出していた。

この仕事は通常身代わりが担うものだが、私はわれわれ羊飼いも汚れ仕事を決まってやるべきと考えていた。むろんエイブの哲学であり——彼を殺すことになった信念だともいえる。

私は異状を見出すことに集中していた。気がつくと肩に力がはいっていた。息遣いも激しい。私は口のなかで唱えはじめた。石、紙、はさみ……石、紙、はさみ……

ゆっくり流れる雲とともに移りゆく月影のおかげで、気分がやわらいでいった。四十分たつと指がかじかみ、腕の筋肉がふるえてきたので家にはいることにした。

羊飼いの寝室で、私は〈ロイヤルガード〉ホルスターをはずし、ジムバッグから〈ドローEZ〉の瓶を取り出した。そのジェルを、自然の色合いがいまや使いこんだ野球のグラブさながらに鞣されたホルスターに塗りこんだ。革の滑らかな部分が肌に密着し、粗い部分が外側を向く。本当はいま手入れをする必要はなかった。銃を抜く速度を計ってみたところ許容範囲にあったのだが、これをやるとリラックスできた。

その作業を終えるとバスルームで寝支度をすませ、ごつごつした古いベッドにもぐりこんだ。ブラインドは当然引いてあったが、殺し屋がナラの古大木が並ぶほうから現われ、部屋に銃弾を撃ちこんでくる確率はかなり低い。

だが窓には隙間があり、かすかな風の声とともに半マイル先の滝を落ちる水音まで聞こえてくる。

さいわい、私はほぼどこででも、だいたい思うように眠れる。これは仕事柄、すぐれて稀な資質であるということに気づかされた。対象者たちは不眠に悩まされるのだ。じき寝入ってしまうと思いながらも、私は靴だけ脱いだ恰好でベッドにくつろぎ、天井を眺めて、この家にはそもそも誰が住んでいたのかと考えた。

建てられたのは一八五〇年前後。おそらくは農家で、土地はオーツ麦、トウモロコシ、大麦――今日見るようなブランド農産物ではない、いわば必需品をもっぱら作っていた。私はルッコラとホウレンソウのサラダからはじまる、十九世紀労働者階級の家族の愉しげな夕食風景を想像した。

いまや敷地には一万本からの木々が植わっているが、当時の風景はマシュー・ブレイディなどの写真で見て知っていた。現在、ヴァージニア北部の森となっている大部分は、南北戦争の時代には開拓された農地だった。

グレートフォールズは早くから北軍に占領されていた。この一帯は激戦地の舞台ではないけれども、一八六一年十二月に、四万近い軍勢がいまの七号線とジョージタウン・パイク付近で一時的に衝突し、死者五十名と負傷者二百名を出した。結果は北軍の勝利とされてはいるものの、これは南軍が兵站(へいたん)のさほど充実していない地域を占領することに戦略的意義を見出せず、すんなり撤退したからである。

ヴァージニア州の他地域にくらべて、グレートフォールズは支持の入り混じる土地だった。北軍びいきと南軍びいきが隣人どうしということも多かった。この地では〝骨肉の争い〟という表現は単なる常套句(じょうとうく)とはちがっていた。

こうした事実を私は歴史書を読んで知り、歴史の学位も取得したが、国際情勢や紛争についてはボードゲームをプレイして学んだことも多い。私は有名な戦いを再現するゲームを愛好しているが、そうしたものはまずアメリカで企画されたものだ。ヨーロッパでは経済や社会生産性をテーマにしたゲームが、アジアでは抽象的なものが好まれる。だがアメリカ人は戦闘物を愛している。私は〈バルジの戦い〉、〈ゲティスバーグ〉、〈Dデイ〉、〈バトル・オブ・ブリテン〉、〈スターリングラード攻防戦〉、〈ローマ〉を持っている。

ゲームのコミュニティを通じて出会った人のなかには、それが冒瀆にあたるからと遠ざけるむきもある。しかし私は逆も真だと思っている。私たちは国に殉じた人々を、自分なりの方法で思いだして讃えているのだ。

それに、過去を書き換えることには大きな魅力があると、誰もが思うのではないか。まえに真珠湾をベースにしたゲームで、私は日本軍を徹底的に打ち負かしたことがある。私の世界では、太平洋戦線は開かれなかった。

思いは新築されたこの家に暮らしていた家族のことにもどった。おそらく大家族だっただろう。当時は子だくさんが普通だった。この寝室の数なら子や孫と一世代、二世代上までいても楽に足りる。

私は多世代同居にあこがれていた。

過去から呼び起こされた姿——ペギーと彼女の父母。

いまになって私は、マーリーの容姿と気まぐれなところがペギーを連想させるのだと気がついた。むろんマーリーの暗い部分というか、癇の強い不安定な性質は似ていない。

〝ツアーガイドさん……〟

ペギーに一度、悪人呼ばわりされたことがある。ただそれは〈マクドナルド〉でフレンチフライのレギュラーを注文したらラージサイズが出てきたので、「黙って逃げよう」と持ちかけたときのことだ。

思いだしたくない記憶がつぎつぎに。

身体を伸ばすと、フライトラップでヘンリー・ラヴィングを追ったせいでふくらはぎと関節が、ホテルから避難した際の騒ぎで腰が痛んだ。私は望まない思いを振りはらうのにときどきやるように、強いて頭のなかで見えない相手と中国のゲーム〈ウェイチー〉を何手か指してみた。

やがて眠ることにして寝返りを打った。二分で意識が飛んだ。

日曜日

プレイヤーには、毎回軍勢を動かす順番がまわってくるとはかぎりません。つぎがどのプレイヤーの番か、どの部隊を動かして攻撃できるかはバトルカードによって決まります。いちばん上にあるバトルカードが開かれるまで、誰の番が来るかはわかりません。このように、プレイの順番は明かされないままなのです。

——ボードゲーム〈バトルマスター〉の解説書より

21

なにもしない。

これはわれわれ羊飼いにとって、さしたる問題ではない。馴れている。航空機のパイロットと同じで、九十九パーセントの時間は退屈な作業のくりかえしである。われわれはそのことを念頭に置き——災いを回避するという、めったに訪れない場面のために訓練を受けてはいるが——仕事の日常は大方待ちの状態で過ぎていくものと理解している。少なくとも、それを理想とする。

だが警護対象者にしてみれば、隠れ家で時をすごすのが悪夢となる場合も多い。活動的な生活から引き離され、たとえここのように居心地のいい場所にいてさえ、働くことも、家周りの仕事を片づけることも、友人に会うこともできず、ひたすら時間をつぶすはめになる。電話はだめ、eメールも禁止……テレビだってつまらない。いまいる監獄の外にある世界を思いださせる番組、二度と見ることもなさそうな古臭い再放送、くだらないショー、ドラマもコメディも、自分たちが現実に乗り切ろうとしている悲劇を茶化してくる。

なにもしない……

その結果、眠りという忘却の世界を選びがちになる。対象者を早起きさせる理由はない。

日曜日の朝、午前九時半、私は五時から着いていた書斎の机で、ドアが開き、床が軋む音を耳にした。ライル・アフマドに朝のあいさつをして、ひとしきりしゃべるライアンとジョアンの声が聞こえた。アフマドはコーヒーと朝食の説明をしていた。

私はeメールを何通か送ると、立って伸びをした。

夜は何事もなく明けて、ウェストヴァージニアの新しい観察人から、同僚そっくりの鼻声ながらより低音で、敷地内に不審な動きはなかったとの監視報告があった。零時ごろに車が一台通ったが、地元の住人がタイソンズ・コーナーかDCで夕食をすれば、帰り道として当然のルートということになる。いずれにせよ、GPSで速度を計測したところ、通過時に時速で一マイルも減速しておらず、われらがアルゴリズムによって脅威リストから除外されていた。

私はキッチンでケスラー夫妻と合流し、会釈を交わした。

「眠れました?」と私は訊いた。

「ええ、まあまあ」ライアンの目は充血していた。動作が鈍いのは脚のせいと、たぶん宿酔もあるのだろう。ジーンズに〈アイゾッド〉の紫のシャツという服装で、ベルトのバックルから腹がはみだしている。武器は変わらず携帯していた。ジョアンもジーンズ姿で、花柄のブラウスの下に黒のTシャツがのぞく。円いコンパクトの鏡で口紅——それが唯一のメイクアップだった——を確かめてから、コンパクトをバッグにもどした。

ライアンはアマンダと長く話して、娘はカーターの別荘でうまくやっているらしいと言った。

きのうは釣りをたのしみ、夜は隣人たちとバーベキューを囲んだという。

　私もこの朝、ビル・カーターに電話を入れていた。ケスラー夫妻にそのことを伝えたうえで補足した。「不審なことはなかったそうです。ただ、お嬢さんはやはり明日の学校のことや、ゲームやボランティアのことを気にしてるらしい」

「スチューデント・カウンセリング・ホットラインです」とライアンが説明した。「実質、あの子が運営してるようなものだから」

　少女の置かれた境遇はこちらのせいだけに、驚きはなかった。

「あの子が休まずにすむように祈りましょう」とジョアンが言った。

　まだ日曜日の早い時刻だ。ラヴィングと首謀者が早めに確保できれば、ケスラー親子の日常は表向き、夕食時までには元にもどる。

「きょうは何をするんです？」とライアンが外を見て言った。ガレージにゴルフクラブがあったことを思うと、ライアンは暖かな秋のゴルフ日和に未練があるのかもしれない。

「まずはくつろいで」と私は言いながら、とある対象者を迎えにフロリダへ飛ぶ機中で、クレア・ドゥボイスが口にした言葉を思い起こさずにはいられなかった。「パイロットはかならず言いますよね、『座席でごゆっくり空の旅をおたのしみください』って。ほかにやることありますか？　通路で逆立ちするとか？　窓をあけて鳥に餌をやる？」

　ケスラー夫妻にも選択の余地はない。私も、夫妻はこれ以上、家から出ないようにとしつこく指図はされたくないだろうと思っていた。

「家のなかで」ライアンはつぶやくとカーテンの隙間から、色づきはじめた木の葉に当たる陽光を見やった。それから溜息を洩らし、イングリッシュマフィンにバターを塗った。

なにもしない……

私は鳴りだした電話の発信者通知に目を落とした。「失礼」

書斎にもどりながら〈応答〉ボタンを押した。「クレアか」

「情報をつかみました」

「どうぞ」

ドゥボイスの若々しい声がまくしたてた。「電子追跡装置って面白いですね。〈マンスフィールド・インダストリーズ〉の製品です。小型のもので有効距離が六百ヤード。大型で千ヤード。優れものって感じですが、古いモデルです。新しい装置だと、わたしたちが使っているのと同じくGPSで衛星を利用するもので、オフィスにいながら追跡ができます。そちらの車に仕込まれたのは安物ですね。警察が使用しているタイプです」

たしかに面白い話だった。「で、品番は――」

「――首都警察が使っているのといっしょです」つまりライアン・ケスラーの雇い主だ。

「製造番号は?」と私は訊いた。

ところがドゥボイスの答えは、「製造番号はありません。ですから、出所は特定できません」

「指紋などの手がかりは?」

「ありません」

私はこの情報を吟味した。警護対象者が刑事で、ハードウェアは当の対象者が勤務する警察のものであるという可能性が出てきた。

パズルの新たなピース。

私は訊いた。「グレアムは?」小切手帳を盗まれた国防総省の関係者。唐突に訴えを引っこめた男。

ドゥボイスの声が快活さを失った。「ああ。その件ですが」

かんばしくなさそうだった。「どうした?」

「すこし助けが必要になりそうです」

「つづけて」

「ちょびっと問題が……」

私には理解しきれない表現。

ドゥボイスは言葉を継いだ。「こちらでリサーチして、前進はしているんですが。例の刑事部長に――」

「ルイスか」

「ええ。ルイス部長に〝さる大物〟から連絡が来たらしくて。聞いたとおりにお伝えするんですが、わたしには意味がまったくわかりません。なんていうか、脚本家が悪役を、それも極悪人を描くときに使いそうな言いまわしなので。とにかく、この大物がルイスに事件を追わないようにさせたそうです」

「ペンタゴンの人間なのか?」

「わかりません。あと数字をいくつかつかみました。グレアムの年俸は九万二千。妻は五万三千。夫妻には六十万の住宅ローンがあって、大学生の娘がふたり、それに息子のステュアート。

娘たちはウィリアム・アンド・メアリー大学、ヴァッサー大学に通っています。授業料は合わせて年間約六万。生活費は悪くなさそうです。ウィリアムズバーグとポキプシーのわりには、という意味ですが。どちらかに行かれたことはありますか？」

「いや」私は思案した。「すると四万ドルは彼にとって、われわれが思う以上に痛手だったということか」

「直撃ですね。自分がデュークに通ったころのことを思いだしました。家族はわたしの授業料を貯めるのに、倹約また倹約でしたから。中退なんかになったら悲惨な話で、いまごろわたし、本日のおすすめ料理を憶える仕事についてますよ」

「問題があると言ったな」

〝ちょびっと……〟

「じつは……」

「クレア？」

ドゥボイスは、その飛躍する心と不思議な観察力のせいで変わり者に見られがちだが、本人は本人で私に劣らず負けず嫌いで、敗北を簡単には認めたがらない。自分がミスを犯したとなるとなおさらで、どうやらそういうことらしかった。

「こんなことを思いついたんです。許可を得るために、グレアムは嘘発見器のテストを受けたはずだと」

安全保障にかかわる政府の職員となるには、定期的にこの検査を通らなくてはならない。一部には専門のポリグラフ技師をかかえる組織もある。国防総省ではたいていＦＢＩに委託する。

「そこで確認のため、局の友人に電話をしてみました。グレアムは先週検査を受ける予定になっていたんですが、本人から支局宛に、家を出られないと連絡がありました。風邪をこじらせたそうです。被験者が投薬中の場合は検査が受けられません。来月に延期されました」

「で、きみはペンタゴンのログイン記録をチェックした」

「そうです。グレアムはそう言いながら自宅にはいませんでした。そして誰も彼が具合が悪いとは感じなかった。テストを避けるために、彼は嘘をついたんです」

「いい見立てだ。つづけて」

「どうやら記録部の人間が、こちらが覗いたことを本人に知らせたようです。グレアムはわたしの名前をつかんで電話をかけてきました。不機嫌でした」

　最高の結果ではない、と私も思った。どうせならグレアムには、われわれの捜査については完全に伏せておきたかった。しかし、ドゥボイスがそこまで動揺する理由にも得心がいかない。すると彼女が語りだした。「どうせこれで首が飛ぶなら、むこうの話を聞いて、告訴を取りさげたあたりの事情を確かめようと思いました。彼はそう、協力的ではありませんでした。それどころか、かなり失礼で。わたしのことを〝お嬢さん〟なんて言うんです。そう呼ばれるのはわたし、好きじゃなくて」

　たしかにそうだった。

「あんたが令状を出そうという先はR指定だ、みたいなことを言われて」

「令状？　どうして令状が出てくるんだ？」

「そこが問題というか。むこうを従わせようと、こちらから脅しをかけました」

「なんのために？」私には令状が意味をもつシナリオが見出せなかった。

「こちらのでっちあげです。とにかく、むこうの話し方に腹が立って。わたしの質問に答えないなら、判事から書類を出してもらってでも話をさせると言いました」

私はしばらく押し黙った。教訓を授ける時間だった。「クレア、ブラフと脅しはちがうぞ。脅すのはそれなりの裏づけがあるとき。ブラフはないとき。われわれは脅しをやる。ブラフはやらない」

「わたしのはブラフということになりますね」

「よろしい。彼はいまどこに？」

「発信者番号からすると自宅です。フェアファクスの。すみません。むこうは守りを固めているでしょう」

〝お嬢さん……〟

「ではこうしよう。タイソンズの〈ハイアット〉で落ち合う。三十分後だ」

「わかりました」

電話を切ると、私は書類に目を通しながら、リビングのテーブルに座るライアン・ケスラーのところへ行った。そしてラヴィングの相棒が車のタイヤハウスに仕込んだ追跡装置について話した。

「署のものだって？」ライアンは驚きの声をあげた。

「そうと決まったわけじゃないが。品番は首都警察が購入したものと同じだ」

「じつは、おれたちはそいつを使ったことがないんです。理屈の上では上等でも、まず尾行ではうまくいかない。受信状態は最低だし、信号は妨害されるし。大金がらみで金をなくしたくないってときに、現金袋に付けるのが普通ですね。しかし、あんなのは警備用品を売ってる会社ならどこだって手にはいる」

「署の内部に、グレアムまたはクラレンス・ブラウンの事件を監視しそうな人間はいるだろうか？　あるいはもっと小さな事件でも」

「署内の誰かがラヴィングとつるんでる？　ありえないな。おれたちはそんなことはやらないし、警官が警官にそんな真似はしない」

私は黙ったまま考えていた——人は人にどんなことでもする——正しく〝楔〟を打てば。

私は自分の要求をライアンに聞かせたくなかったので、コンピュータまでもどるとドゥボイス宛にeメールを打ち、ふくれあがる彼女の課題リストにまたひとつアイテムを追加した。ドゥボイスから了解の返事が来た。

ガルシアとアフマドは巡回をつづけていた。私は首謀者を特定する捜査を継続するため、しばらく外出すると彼らに告げた。外に出ると別棟のガレージの扉を開いた。そこにあったのはホンダ・アコード、ヴァージニア州アーリントンに住む架空の人物の名前で登録されている。ビルの手がはいってランフラットタイヤを履き、馬力を上げ、若干の装甲まで施されていたが、市販のものとそう変わらない。私は車を始動させて敷地を出ると、太陽に燦(きら)めく枝葉のトンネルをくぐった。

隠れ家を出て十分が過ぎたころ、電話が鳴った。ウェスターフィールドの番号だった。検事に現況を伝えるというアーロンとの約束を忘れていた。

私は電話に出た。

出るべきではなかった。

22

「コルティ、こちらはスピーカーで、私とクリス・ティーズリーで聞いている」

「ええ」

「私から司法長官に話をして、ケスラー夫妻を特別区の塀のなかに入れる了承を得た。ハンセン拘置所だ」

私が折り返しの連絡を入れなかったせいなのか。少々強引にすぎる気がする。「そうですか。理由は？」

クリス・ティーズリーが電話に出た。「あの、コルティ捜査官（エージェント）」

「コルティ係官（オフィサー）」と私は訂正した。わが組織はいわゆる局とは異なる一個の部門である。議会で予算が付き、エイブが設立した。

「コルティ係官」ティーズリーがつづけた。「こちらであなたの経歴を調べました」堅苦しい声だった。私は彼女の倍ほどの年齢だ。

私は運転と尾行の確認に集中していた。これは羊飼いの習性で、食料品を買いにいくときも無意識のうちにそうする。だが、いまは尾けられているはずもなく、なにも見えない。「どうぞ」

「こうした事件では決められた手続きなので」とティーズリーは早口に言った。つまり、私は訴追されるわけではないらしい。「ひとつあって。ロードアイランド州ニューポートで、あなたが指揮した作戦です。二年まえの」

ああ、そういうことか。

「こちらの手もとに捜査の全体報告書があります」

ティーズリーは、私に認否の機会をあたえるとばかりに間をとった。私は黙っていた。

「あなたとあなたの組織の同僚二名が参加した任務は、今回の件にもかかわる人物、ヘンリー・ラヴィングから証人数名を護衛することでした」

ティーズリーはまたも間を空けた。もしかしてウェスターフィールドは、私がドゥボイス、アフマドらの部下たちを試すように、彼女のことを試しているのだろうか。リサーチをするのは簡単だ。難しいのはそれを他人に向け、引き金をひくことである。

どうやらティーズリーは早撃ちとはいかないらしい。ボスのウェスターフィールドが引き取った。「コルティ、報告書を読みあげるぞ。〈調査によれば、コルティ捜査官は――〉」司法省内務監査部も肩書を間違っていた。わが組織のことはあまり知られていない。

「〈――コワルスキー警護の任務を遂行するにあたって利害の対立を生じ、その保護下にある証人二名を危険にさらした。政府の三機関に属する個人保護の専門家六名が、二名の証人をロードアイランド州プロヴィデンスの連邦刑務所に保護拘置して匿うのが標準の手続きとしたにもかかわらず、コルティ捜査官はそれを選択せず、証人たちを最初モーテルに入れ、そこからロードアイランド州ニューポート郊外の隠れ家へと移送した〉」

「その報告書のことは承知しています」と私は答えながら、暢気(のんき)なシカを見て急ブレーキをかけた。

それでもウェスターフィールドは読みつづけた。「〈その結果、証人を拉致して情報を得るために雇われたヘンリー・ジョナサン・ラヴィングが、地元の警察官一名および部外者一名を負傷させた。そして少なくとも証人一名の拉致に成功しかけた。

当該事項の取り扱いに関する調査において、ラヴィングが、コルティ捜査官の上司だったエイブラハム・ファロウを殺害した当人である事実が判明した。ファロウは……〉」この部分は削除されていた。「〈……の長で、しかもコルティ捜査官の個人的な友人だった。調査委員会は、個人的な復讐心に駆られたコルティ捜査官が当該証人を連邦拘置施設に入れず、ラヴィングが拉致に動くという明らかな予断をもちながら、二名を公けの場に置きつづけることを選んだと結論づけた。

事実上、証人を囮に使い、ラヴィングの逮捕ないし殺害を目論んだのである。このことは証人たちが既決重罪犯であった事実から裏づけられる。すなわちコルティ捜査官には、証人を危険な目に遭わせてもかまわないという感情があったと思われる〉」

ウェスターフィールドは結びに至った。「〈証人が失われず、公判が予定に沿って進行したのは、ひとえに幸運のなせるわざであった〉」

「幸運」と私は静かにくりかえした。私がぜったいに信じないもの。

「さて？」

プロヴィデンスの刑務所は街の最悪の一帯より危ない場所で、相当ひどい状況にあるのは明らかだった。当時の私の部下が、塀のなかには最低二名、ヘンリー・ラヴィングと取り引きする人間がいることをつかんでいた。警護対象者はたしかに重罪犯だった。しかし、羊飼いは護る相手をけっして道徳的には判断しない。対象者の資質で問題になるのは心臓が動いていること。私たちの仕事とは、その鼓動を止めないようにすることにある。

とはいえ、自分のボスにすらしていない弁解を、ましてウェスターフィールドとその若いアシスタントに向けてする気にはならなかった。

「今度も同じことだろう、コルティ。プロヴィデンスのモーテルに〈ヒルサイド・イン〉。むこうの隠れ家にこっちの隠れ家。こちらで〈ヒルサイド〉の一件を再現してみた範囲では、ラヴィングが現われて追跡されてから、きみはそのまま逃げられるところをモーテルの裏で時間をつぶした。ケスラー夫妻を車に乗せたままむこうと一戦交えた」

〝説明する人間は弱虫なんだ、コルティ。羊飼いは弱虫であってはならない。間違いはあっても弱虫はだめだ……〟

むろんエイブの信念だ。

私はウェスターフィールドの動揺を覚った。ここまでの会話で一度もフランス語が出てきていない。

私は低速で走るプリウスを追い抜いた。

「要するに、ロードアイランドのトラップは結局うまくいかず、きみが追う狐はきのう、元気な姿を見せた。で、きみはケスラー夫妻を使った捕り物を一からやりだした。そこに今度は、アーロンの話によればテロリストの要素がからんでくる」

「えっ……？」

「アリ・パムーク、別名クラレンス・ブラウン」

「テロリストとの関係は出てきていません。父親がトルコ人で、本人はヴァージニアのモスクに献金をしている。身分を騙ってもいる。現時点でわかっているのはそこまでです。目下、捜査中なので」

「だが、テロリストの集団がケスラーを誘拐し、彼の捜査にほかに誰がかかわっているかを知ろうとしたという線はある」

「お話ししたように、ジェイソン、まだわかりません」

「だから、コルティ、私はきみがケスラー夫妻を二度の窮地から救ったことに感謝している。きみには才能があるし……運にも恵まれている。われわれとしては、三度めはラヴィングの運が上だったなんてことにはできない」

〝運……〟

「ケスラーは、深刻なテロの脅威につながる唯一の鍵かもしれない。その彼を、きみがやってきたような危機にさらすわけにはいかないのでね。長官には了承を取ってある。ケスラー夫妻と妹をいまから収容する。さっき話したハンセン拘置所だ。むこうにはこちらから連絡した」

いいか、こうやるんだぞとばかりにティーズリーを見つめるウェスターフィールドの得意顔が目に浮かぶ。

「ボスと相談したいのですが」

「これは長官からのお達しだ」

つまり全員のボス。

いつのまにか制限速度を十マイルも上回っていた。私はアクセルをゆるめた。

ウェスターフィールドは理性的に話をつづけた。「これがつまらない横領だの、組織犯罪だというなら、私もあれこれ言わない。だが、テロがからんできては指をくわえてもいられない。脅威の正体を突きとめるために手を尽くすんだ。みすみす報復(ブローバック)を受けることもない」生き馬の目を抜くベルトウェイの内側で長くすごしてきたわりに、私はいまだ〝ブローバック〟といった言い回しに疎(うと)い。

「彼らを至急ハンセンに入れたい。きみがラヴィングを追いたいなら好きにしたまえ。首謀者を追いつめるのもいい。とにかく、私の証人を鼠捕りのチーズにはしないように」

私の証人……名だたるヒーロー警官。

ウェスターフィールドはつづけた。「こちらで装甲ヴァンを用意させている」

「だめです」

「だったらアーロンに電話をして、彼らの居場所を聞き出すまでだ」

「彼は知りません」

「なんだって?」

「教えていないので」

〝知るべき人間……〟

「それはその……」ウェスターフィールドは理解に苦しんでいたが、その理由はよくわからない。彼の組織内では、あらゆることを共有するというのだろうか。

「こんなことで喧嘩にはしたくないんだ、コルティ。しかし（モンデュー）……それはうまくないな」

おっと、フランス語が。ついに。

私はおもむろに言った。「こうしましょうか。私からアーロンに連絡します。一家をぶちこめと長官から命令があったことを彼が認めたら――」私は相手を焦らした。「――われわれのほうで装甲車輌を用意して、彼らをハンセンの施設へ移動させます。それにしても……DCの警官を？　拘置所に？　とてもライアンがよろこぶとは思えない。一家を移したあと、彼がどこまで協力してくれるかわかりませんよ」

「そのあたりはこちらに任せてくれ、コルティ。とにかく実行に移さないとな。きみを信頼していいのか？」

これは十分後にアーロン・エリスに連絡を入れ、私が有言実行するか確かめるという意味だった。

「ええ」

「ありがたい。これがベストなんだ――われわれにとっても、彼らにとっても、国にとっても」

その言葉がこちらに向けられたものか、ティーズリーや見えない聴衆に向けたものなのかがはっきりしない。

電話を切ったあと、しばらく考えると、私はアーロン・エリスに確認するまでもなくビリーの番号をダイアルし、装甲ヴァンについて訊ねることにした。

23

私たちの職業では、ホテルは都合のいい会合場所だ。人が近寄ってくることはないし、たとえチェックインしなくても、ビジネススーツ姿で待ち合わせを決めこみ、ロビーでおとなしくコンピュータを覗きこむふりをしていれば人の目にもつかない。

私はまさにそれをやっていた。

午前十一時十分、クレア・ドゥボイスがタイソンズの〈ハイアット〉に到着した。黒のパンツスーツという身なりだが、きのう着ていた黒とは別物だった。模様がある。内にはバーガンディの薄手のセーター。腰をおろすとジャスミンの香りがした。目が赤い。あまり寝ていないのだろう。顔もやつれていて、一瞬、セキュリティの問題を抱えているのはわれわれのほうなのかという気になった。だがドゥボイスはさりげなく、嗄(か)れた声でささやきかけてきた。「ビリーが、DCの刑務所まで行く安全な車輛を借り出したそうです。本人はそれを隠しています。わたしがそう感じたという意味ですが。謎めいていますね。はっきりした意図はわかりませんが、なんとなく腑に落ちるというか。わたしが近づいていくと、彼には避けられてしまって」

これぞ単純素朴な疑問を長々と呈する、ドゥボイス流のやり方だった。

「まずは」私はロビーの先を示すとラップトップを手にし、ドゥボイスと連れ立って〈スターバックス〉のスタンドまで歩いた。好きな店ではないのだが、いまはカフェインが必要だった。私はカップ二杯分を求め、クレア・ドゥボイスは食べ物を買った。ベジタブル・ラップ。座っていた場所にもどると、私はウェスターフィールドの電話に関して、ロードアイランドの部分や調査の話を伏せて説明した。あるいはドゥボイスもそこまで承知していたかもしれない。公開されている件だけに、クリス・ティーズリーのように多少の悪知恵を働かせて掘りかえせばわかることだが、自分からむやみに部下や同僚の前に持ち出す話題ではない。

私が連邦検事に、ケスラー夫妻とマーリーの刑務所送りを要求されたと話すと、ドゥボイスはワシントンDCが分離独立すると聞かされたかのように目を白黒させた。「でも、それは不可能ですね。対象者はあなたの管理下にあるんですから」

「しかし、むこうは国家の尊厳を管理している。それと自分自身のキャリアをね」私はあえて〝独善〟という言葉は入れなかった。また現段階では移送先のことも語らないようにした。「いずれにしても、これは当座の優先事項じゃない。大事なのはラヴィングの雇い主を見つけることだ。これまでつかんだ事実を話してくれ」

「いまはいただいたeメールについてチェックしていて、追跡装置をめぐって警察を洗っている最中です」

その任務を振ったのがわずか三十分まえのことなので、結果が出ていなくても驚きや戸惑いはなかった。

「依頼された通話探知の結果がこれです」ドゥボイスがフォルダーを差し出した。私はすばやく、だが抜かりなく目を通した。答えはほぼ予期したものだった。

つづけてドゥボイスがふたつめのファイルを出してきた——投資詐欺に関するものである。こちらには大部の文書類がはさまれていた。私が目を上げると、ドゥボイスが内容を要約してみせた。「クラレンス・ブラウン、別名アリ・パムーク」彼女は書類を繰っていった。「ケスラー刑事は事件に深入りしていません」

「本人もそう言ってる。忙しかったからと」

「それに、司法省もSEC（証券取引委員会）も、誰ひとり関心を払っていません」

「可哀そうだな、マイノリティの被害者たちが」

「多額のお金が動いたわけではないし。彼らの擁護に声をあげようという、たとえばアル・シャープ牧師みたいな人物も出てきていません。パムークは南東地区にオフィスを構えていますが、短期のリースです。家具はすべてレンタル。秘書が一名にアシスタント二名。いずれも大学卒ではなくて。匂いますよね。もし投資顧問だったら、もっとましなことをすると思うんですが。わたし、映画を観たんです。《大統領の陰謀》を」

「原作本もある」

「ほんとに？　で、そのなかで——」

「ストーリーは知ってる」

「事情を突きとめるのに、記者たちがお金の流れを追うんです。そうかと思って、わたしも同じことをやってみました」

「なるほど」

「財務省と国務省に知人がいるんです。それと国際銀行協定にかかわった弁護士も」どうやらドゥボイスは、コロンビア特別区内の三十歳未満人口の半数と知り合いらしい。「何年かまえにUBSの事件があって、スイスの銀行がふるえあがってからは、情報を取るのはそんなに難しいことでもありません。それでも追跡は複雑な経路をたどりました」ドゥボイスはファイルから一枚の紙片を抜き出し、美しい手描きによる精巧な図表を私に示した。「ヨーロッパのインターポールと英国のMI6の人間がつかまって。早朝勤務か深夜勤務か、二十四時間営業なのかわかりませんが。まとめると、投資者のお金の流れはDCからジョージタウンへ——なんか、そう言うと可笑しいですよね。でもこれはワシントンじゃなく、ケイマン諸島のジョージタウンです。わたしが〈ディーン&デルーカ〉に通うジョージタウンじゃなくて。そこからお金はロンドン、マルセイユ、ジュネーブ、アテネに移動して、どこへ行ったと思います？」

パムークの父親がトルコ人ということで、私はイスタンブールかアンカラに賭けた。

だが真の答えははるかに興味深かった。「リヤド」

サウジアラビア、9・11の主だったハイジャック犯の出身地だ。私が推測の域を出ないと考えていた、ウェスターフィールドのテロリスト・コネクション説がますます現実味を帯びてきた。

「英国の幽霊会社です。そしてそこから、中東じゅうの何社にも流れたんですが——なぜか中東の会社ではありません。登記先はアメリカ、フランス、オーストリア、スイス、イングランド、中国、日本、それにシンガポール。すべて幽霊会社です。ひとつ残らず。お金は集まった先から消えました」

私は苦いコーヒーを啜ると話を要約した。「つまり投資家が金を引き出すことはなく、ヒズボラ、タリバン、ハマス、アルカイダのテロ活動の資金にあてられたと」

「わたしはそう考えています」

投資詐欺を利用して、テロリストの財源を生み出すというのは賢いアイディアだった。そしてそれが真実なら、効果は倍増する。パムークが集めた金は活動資金となるばかりか、貯えをパムークに投資した西側の市民の人生を破滅に追いやるという、二次的な結果をもたらすことにもなるのだ。

「どこまで行った？」

「サウジは協力的ではありません。当然ですが。国務省とインターポール、それに地元のＦＢＩが、具体的に金を手にした人物を探り当てようとしています」

パムークは表看板にすぎないと私は踏んだ。近隣と関係をもち、原理主義を信奉していることから選ばれたのだろう。果たしてヘンリー・ラヴィングを雇ったのはパムークか、それとも中東にいる別の人物か。

「調べがつくのはいつごろになる？」と私は訊いた。

「できたら、あしたまでにと」

〝できたら……〟

「で、グレアムのことだが」

ドゥボイスは顔をしかめた。「すみません」

〝われわれは脅しをやる。ブラフはやらない……〟

私は肩をすくめた。ドゥボイスは教訓を学んだ。問題はいまの状況をどうするかだった。

私はコーヒーを飲み干した。そして師の声で言った。「この仕事ではな」

「はい」

「ときには己れを試さなくてはならないこともある。限界まで追い込んで」

ドゥボイスは黙りこんでいた。彼女にしては珍しい。しかし、私の目をまっすぐ見てかすかにうなずいた。

「いまから、われわれはそれをやる……が、すでに業務の範囲は超えている。こちらからやれとは命令できない」

ドゥボイスがジャケットを留めるひとつボタンにふれたのは、無意識のしぐさだったのだと思う。腰のベルトに、私のと同じ小型のグロックを挿している。私は彼女のスコアには目を通していた。腕は立ち、射撃場で見る姿では黄色いレンズのゴーグルを通してのぞく研ぎ澄まされた眼と、イアプロテクターのあたりで滑稽にふくらんだ黒髪が印象に残っている。五十ヤードの標的には、つねに当たりをそろえていた。

おそらく頭にはテロ組織、ニュージャージーの犯罪組織、国防総省のなんらかの陰謀という可能性まであっただろう。銃撃戦になるのだろうかと。

ドゥボイスは咳払いをした。「あなたに従います、コルティ」

私は彼女を値踏みした。落ち着いた青い瞳、引き緊めた唇、安定した呼吸。この先の覚悟はできていると私は判断した。

「行こう」

24

「ミスター・グレアム？」

私が提示したＩＤを、男はまる一日覚悟していたかのように一瞥した。実際、そんなところだったのだろう。

さっぱりした髪形のエリック・グレアムは五十がらみで、体格はがっしりしているが肥りすぎてはいない。ジーンズにセーターという服装で、仕事に出る金曜の起き抜けからひげを剃っていなかった。

私のことは興味なさそうに見、ドゥボイスのことは名前を聞いたとたん、押し隠した軽蔑をこめて見つめた。

「コルティ捜査官、お話しすることはなにもない。偽造の件は取りさげたんだ。それを連邦政府がいったい何をどうしようというのか」

「私がうかがったのはその件ではありません……すこしお時間をいただけませんか？　重要なことです」

「どうして――」

「長くはかかりません」私は険しい表情を浮かべた。

グレアムは肩をすぼめると、私たちを家に招き入れた。直接案内された書斎は、壁一面が写真、卒業証書に免状、それに三十年もまえの学業や運動にまつわる記念品で埋めつくされていた。

「彼女に説明したとおり」とグレアムは冷たく言い放った。「私はいまたいへん微妙な仕事に就いている。金を盗まれたのは残念だ。しかし大局的に、国家の安全保障の観点から、私は刑事訴訟を起こさないことにしたんだ」彼は偽りの硬い微笑を見せた。「だいたい、DC警察がかかずらうことか？　連中には、小切手帳を置きっ放しにした不注意なコンピュータ商売の男を相手にするより、もっと大事なことがあるはずだ」

私たちが囲んだ円いコーヒーテーブルは、天板がガラスで中央に凹(くぼ)みがあった。そのガラスの下に、グレアムのスポーツの栄光を物語るカレッジフットボールとテニスの写真が敷かれている。壁にも休暇や学校行事で撮った家族写真が貼ってある。その何枚かに写っている息子が、将来の教育に暗雲立ちこめた当人だろう。やはり大学在学中の双子の娘たちのスナップもあった。多くは仕事仲間や政治家一、二名と並んで写るグレアムのものだった。

家族の姿も気配もなかったが、ダイニングのテーブルには、読み終えた〈ワシントンポスト〉日曜版をはさんで、ほぼ空のコーヒーカップが二個置かれていたし、ステレオからはNPR局のトーク番組が低く絞った音量で流れていた。上階で軋むような音がした。ドアがしまった。掠奪者の襲来にそなえ、グレアムは女子(おんなこ)どもを丘の上に逃がしたのだ。

「ケラー刑事は災難だな」

「ケスラーです」

「こんな厄介なことになって。彼には事情を聞かれたが、好人物だったよ。きっと――」そこでふたたびドゥボイスに、睨んでいないふりをした睨みをきかせると、「――どこかの殺し屋だか誰だかが、何かのせいで興味をそそられたんだな」

面白い表現だった。

「気の毒に。しかし、いまの私はそれにかかわる立場にない。きみたちは私の小切手帳を盗んだ人間が、彼の命を狙っていると考えているのか？　それは理屈に合わない」

私は両手を掲げた。「申しあげたように、われわれはその件でうかがったのではありません。うかがったのは……」口をつぐんだ私はクレア・ドゥボイスに目を流した。

ドゥボイスは深く息を吸った。それから目を伏せた。「謝罪をするためです、ミスター・グレアム」

「それは……なぜだ？」

「上司が」ドゥボイスは私を見つめながら切り出した。「あなたとの会話のなかで、わたしが発した言葉や態度のことを知り――」

「会話ね」グレアムは嘲るように言った。

「職業倫理にもとる行為だと意見されました」

「上品に言えばな」

私はただ見守っていた。黙って顔をめぐらし、室内を眺めた。

こちらの様子をうかがってきたグレアムは、私が部下を守ろうとしないことに気をよくしたようだった。彼が目を向けると、ドゥボイスが説明をはじめた。「わたしがコンピュータで事情を探った段階で、われわれのリストの最上位にあったのは、ケスラー刑事はあなたの小切手詐欺事件について知っていたため狙われたというシナリオでした。手もとにある材料から判断して、ある人物が、それも保安上の脅威となりうる人物があなたの小切手帳を盗み、あなたの立場を危うくしようと資金に手をつけたと。そしてあなたに秘密を渡せとか、あるいは国防総省でかかわっている計画を妨害しろなどと脅迫したと。信憑性のあるシナリオでした」

グレアムは吐き棄てた。「ただし間違ってる」

ドゥボイスはうなずいて言った。「わたしはこの地位に就いてそう間がありません。あなたが連邦政府以外の職場にいらっしゃったかどうかは知りませんが」

「しばらく民間にいた」

「わたしもです。大手のソフトウェア開発会社で、保安システムのコンサルタントをしていました。どこかは言えませんが、著作権侵害の大きな問題をかかえていたんです。数千万、数億ドルの額の。コンピュータ業界にいらっしゃるなら、ソースコードはご存じですね」

「もちろん」グレアムはその陰険な目をむいた。

ドゥボイスは言った。「ある社員が、ソースコードの重要な部分をライバル企業に渡せと脅迫されたことがありました。わたしが犯人を突きとめたんです。その状況とあなたの件によく似たところがあって。そこに飛びついてしまったというか」

「私は問題ないと言ったんだ。それをそっちがねじこんできた」

「ええ、わかっています。ちょっと強引でした」

「あるいは、我を忘れたというか」

「我を忘れました」とドゥボイスは認めた。

「つまり、きみは別の会社で味を占めて、夢よもう一度となったわけだ」

「そう……おっしゃるとおりです」

「なかなかの野心家というわけだな、きみは？」

　ドゥボイスは答えなかった。

「野心があるのはけっこうだが。素質が必要だ、成功するにはね」

「はい。わたしには素質がありません」

「素質がなければ成功はできない」

「そうですね」

「成功はむりだ」グレアムは憐れみたっぷりの笑みをドゥボイスに向けた。「私から助言をふたつ差しあげよう。ひとつは業界の人間の言葉でね――コンピュータにできるのはほどほどの仕事だ。コンピュータはある方向までは示してくれる。そこからどっちへ行くかは、きみの小さなおつむを使わなくちゃならない。わかるかな？」

「ええ……」ドゥボイスは黒髪をピアスの穴があいた耳に掛けた。

「人生経験からね。世の中でいちばん大事なことだ。物は瓶に詰めなきゃ買えない」

「わかりました。ふたつめの助言というのは？」

「それなりの人間には敬意を払うこと。きみは若くて美人だ。しかし、世間にここと居場所を決めたら、あとは一目散というタイプだろう」

「そのとおりです。自分の居場所を忘れがちです」

私はグレアムを見やった。「ほかに、私たちにできることはありますか?」

「きみのところのお嬢さんとは話がついた。これ以上、事を荒立てることもないだろう」

「感謝します」

「その態度を心がけるんだな」と彼は私の部下に言った。

つかの間の静寂のなかで、ドゥボイスがゆっくりうなずいた。肌が紅潮していた。「七年生のときの教師に同じことを言われました。それは当然——」

「お時間を割いてくださってありがとう、ミスター・グレアム」私は急いでさえぎった。「どうもご親切に。そろそろ失礼します」

私たちは玄関を出てホンダに乗りこんだ。車を出しながら、うぬぼれたエリック・グレアムがドアをしめるのを見て、私はドゥボイスに話しかけた。「助かった」

私なりの最高の賛辞だった。が、すぐには通じなかったらしい。

ドゥボイスは浮かない顔でうなずいた。

「辛かったのはわかる」

「ええ」

その短い返事で、ドゥボイスの激しい動揺が伝わってきた。彼女を責めることはできない。いましがた耐え忍んだ屈辱より、武装した敵を四人で戦術的に攻めていくほうが好みに合うのだろう。

それでも、私はあえて命じたのだ。グレアムが訴えを取りさげたことには筋が見えず、〝さる大物〟が首都警察に手を回して捜査を打ち切らせたという事実は、これこそライアン・ケスラーが狙われる動機になりうると示唆していた。グレアムの事情を探るには、たとえ部下が厭な思いをしようともあらゆる手段を講じなくてはならなかった。

〝小さなおつむ……〟

クレア・ドゥボイスにとってグレアムのような傲岸な差別主義者にひれ伏すのは、彼女の輝きが一千倍もまさっているだけに、辛さは並大抵ではなかったろう。だが私の頭にはエイブ・ファロウの言葉が焼きついている。

〝人の安全を守るというのは、他と変わりのないビジネスだ。私の目標は何か、そしてその目標を達成するためにいちばん効果的な方法は何か、と自分の胸に問いかけろ。それが頭を下げることなら頭を下げろ。屈服することなら屈服しろ。顔を殴ることならブラスナックルを出せ。必要とあらば泣け。羊飼いは、己れの任務という原理の外には存在しない〟

だから私はドゥボイスに芝居を——許しを乞うことを——させながら、自分は姿を消し、ドゥボイスが再度脅迫説を持ち出した際のグレアムの反応を観察した。彼の癖、目つき、話し方、ボディランゲージを心に留めた。また書斎まわりに役立ちそうなものがないかと目をくばった。何かが見つかると信じていた。

私は胸ポケットからビデオカメラ・ペンを抜いてドゥボイスに渡した。「書斎で十枚ほど写真を撮った。壁に貼ってあったスナップだ。うちのサーバーに上げてくれ。全員を人相認識にかけてほしい。手に入れたデータ全部を、事件の事実とあわせてORC（オーク）に」

これはグレアムへの謝罪パフォーマンスで、ドゥボイスがほのめかしていたコンピュータのことである。われらが技術系の魔術師、アーミズの巨大サーバー内に常駐するこの優れたプログラムは、正式名称を〈曖昧な関係パターンおよび関連性決定装置〉という。私たちがそれを〈曖昧関係コネクター〉と縮め、さらにトールキンのファンタジー小説に登場する邪悪な生き物と結びつけたのは、非常に出来のいい〈指輪物語〉のボードゲームを延々プレイした私だった。

ORCの心臓部のアルゴリズムは洗練されていた——その仕組みには、私のなかの数学者が感心しきりで、集めた手がかりに何かしら関連があれば見つけだしてくる。「それから彼の顔とキネシクスのプロファイルを——嘘発見器で解析だ」

ドゥボイスは手に取ったペンをUSBケーブルにつなぎ、成層圏に向けてビデオを発信した。ドゥボイスは窓の外を眺めた。彼女のことはどのくらい放っていただろうか。

私たちの関係は、これで永遠に変わってしまったのか。

無言のまま、ドゥボイスの車を取りに〈ハイアット〉までもどる途中で、私の電話が鳴った。電話はまだドゥボイスの掌中にあった。ドゥボイスがその手を出しながら、「メールが来ています」

「読んでくれ」

「輸送課から。ウェスターフィールドへのメッセージのコピーです」

「つづけて」

ドゥボイスは息をついた。「あなたが要請した装甲ヴァンが、十五分まえに隠れ家を出ました。刑務所へ向かっています」

25

ますます雲が垂れこめて鈍色とセピアが混ざりあう空の下を、私はグレートフォールズにある隠れ家の敷地に車を乗り入れた。

突風に枯葉が飛ばされていくなか、車を降りて伸びをした。

木立に藪、雑草が伸びる傾斜した野原と、田舎のたたずまいには心からほっとする。成人してすぐのころは教室や講堂に根を下ろしていたし、最近は仕事やプライベートでオフィスと隠れ家にこもりがちの生活だが、外に出る機会を見つけてはときに何時間、何日間とすごすこともあった。

ポトマックやその奥の深い森へとつづく小径に羨望のまなざしを向けてから、DCの刑務所まで移動する装甲ヴァンの状況を知らせるビリーの新たなメッセージを見た。ジェイソン・ウェスターフィールドとその同僚は、現地でヴァンを出迎えるのか。やがて私は結論を出した。そうするに決まっている。

階段を昇りながらコードを押した。隠れ家のドアが開いた。

私はぐらつくカードテーブルをはさみ、お茶とクッキーを手に向かいあうマーリーとジョアンにうなずいてみせた。

たしかに、装甲ヴァンは走行中だった——それも長く複雑なルートをたどって——しかし中身は空なのだ。

〝謎めいて……〟

ケスラー夫妻を、特別区にある警備レベルが中程度の刑務所になど送れるはずはなかった。彼らの投獄を私が拒否したときから変化はなく、たとえウェスターフィールドが、私が警護対象者を囮に使っていると確信しようと、それはむこうの問題でこちらには関係がない。

騒ぎがそれなりに大きくなれば、アーロン・エリスが私を馘にする可能性も出てくることはわかっていた。だが、この仕事の片がつくまでは、エリスは私を切ることはない。それはひとつには、彼が私の所在を知らないからで、突きとめるにはかなりの労力が要る。しかも、ケスラー夫妻の居場所を外の人間に知られる危険をともなう。エリスがそこまでするわけがない。

私は姉妹が、リビングの棚から引っぱりだしたボードゲームに興じる姿を見てうれしくなった。バックギャモン。ダイスを振り、動かした自分のマーカーを盤上から先になくすことを競う、起源を五千年近くさかのぼるゲームである。メソポタミアでは同種の遊びがおこなわれていたし、古代ローマの〝十二本の線のゲーム〟は、現代人がプレイするバックギャモンとほぼ同じものだった。

私は競技中の姉妹をそのままにして、裏の戸口で警戒をつづけるアフマドに声をかけた。万事異状なしとのことだった。ウェストヴァージニアの観察人に連絡を入れると、外から監視されている形跡はないとの報告が返ってきた。

シカ、アナグマその他の動物の異常行動もなかった。

肩を一方に、腰をその反対にかたむけたアフマドの立ち姿は、私にすれば身構えているとしか表現のしようがない。窓に目を走らせているのは本人の役目だが、私の視線を避けるためでもあった。彼は言った。「ハンセン拘置所への輸送車を手配したと聞きました」

「そのとおりだ」

アフマドはうなずいたが、当然ながら困惑していた。ヴァンに乗っているはずの人間が、現実にはほんの三十フィート先にいる。

私は訊ねた。「その件で連絡があったのか？」

「無線で聞きました」

私は策略について話をした。「きみには面倒は降りかからない。知らなかったと主張すればいい」

若い係官は気を惹かれたようにうなずいたが、私はそれ以上語らなかった。エイブ・ファロウに倣(なら)って、私もわれわれのビジネスについては、できるかぎり部下に伝授する責任を意識している――学ぶべき知識はいくらでもある。だが、いまの状況は詳しく伝えないことにした。アフマドには、すでに渦中にいると悟られないようにしておきたかった。

当人が口にしたのは、「名案ですね。この状況で刑務所は間違ってる」とそれだけだった。

「ライアンは？」

「部屋で仕事中です。例の会計プロジェクトでしょう」

私は一階に新たな匂いが漂っているのに気づいた。シャンプーか香水にふくまれる香料だった。

家庭的なものに胸を締めつけられるのは、警護対象者を押しこめた隠れ家では始終体験することなのだが、なにしろ家庭のありふれた日常と、彼らがこの場にいる理由とがあまりにかけ離れているところがやるせない。

ふと心温まるイメージが浮かんで、感傷的な気分にとらわれることもある。またもひとつの記憶が頭をもたげてきたが、今度は急いで追いはらうことはしなかった。金曜の晩、通りの先のゲームクラブへ出かけようとしてタウンハウスでひとり、夕食のサンドウィッチを食べていたときのこと。私はペギーと何年もまえに開いたパーティのリストを見つけた。それを眺めるうちに食欲が失せていった。あの場所の、壁にずらりと並んだ箱入りゲームのボール紙、紙、インクの強い匂いがよみがえってきた。タウンハウスが耐えがたいほど不毛な感じがした。香でも焚くか、人が家を売りに出すときにやるように、シナモンを茹でようかと思った。それともクッキーを焼くか。家庭的なことを。

ありもしないのに。

姉妹のゲームが終わって、ジョアンが部屋に帰っていった。マーリーが私に笑顔を向けてコンピュータを起動させた。

私は訊いた。「勝者は？」

「ジョアン。あの人には勝てない。何をやっても。むりよ」

ジョアンは統計学者だけに数学の才があり、したがってゲームでも――その種類によっては――才能に恵まれていることになる。私の場合も数字に通じて、分析的にものを考える習慣がプレイする際に役立っていた。

バックギャモンは私も得意なほうだが、その一般的な戦略は〝ランニングゲーム〟、すなわち盤上のマーカーをいちはやく動かすこと。それができなければ、プレイヤーはホールディングゲームに持ちこみ、敵陣にアンカーをつくらなくてはならない。チェスほど複雑ではないけれども、洗練されたゲームである。ジョアンのプレイぶりを見てみたかった。とはいえ、それは純粋に理論的な興味からくるものだった。羊飼いになってからというもの、私はたとえそんな機会が訪れようと、対象者を相手にゲームをやったことはない。

マーリーがコンピュータを指さした。「どう思う？」

「何が？」と私は訊いた。

「来てよ、ツアーガイドさん。見て」

マーリーは私を手招きすると、コンピュータにコマンドを打ちこんだ。すると〈ＧＳＩ　グローバル・ソフトウェア・イノベーションズ〉のロゴが現われた。その名前に聞き憶えはあるのだが、どこで聞いたのか思いだせない。プログラムが読みこまれた。画像の編集／保存プログラムらしい。マーリーが撮った写真のフォルダーが出た。

マーリーの指がキーの上方で泳いだ。最初はソフトウェアに不馴れなのかと思ったが、ためらいには別の理由があることがわかった。マーリーが物問いたげな目で言った。「アマンダのプログラムなの。いっしょに楽しみながらインストールして……可哀そうに。こんなことになって怯えてるわ」

私はロゴをぼんやり見つめる女の目を覗いた。「彼女はそこらの大人の対象者よりも強い。大丈夫でしょう」これは気休めではなく真実だった。

マーリーは静かに息を吐いた。「ジョアンは、わたしよりあの子のほうが強いと思ってる」そこで私を見あげて、「姉の意見にはめったに賛成しないんだけど、これはほんとだわ」

やがてマーリーは真剣に考えること――私はそれを一日じゅうやっている――を放棄して、写真ソフトに集中した。

彼女がすばやくタイプすると、画面に二枚の写真が横並びで映し出された。「この二枚のどっちがいいか、判断がつかなくて」そう言って笑うと顔を上げ、かたわらの椅子をたたいてみせた。「いいのよ、座って。咬みついたりしないから」

私は迷ったすえに腰かけた。心地よい香料のもとは、やはりジョアンではなく妹のほうだった。そしてきのう気づいたことだが、マーリーは念入りにメイクしていた。着ているのはアイロンをかけた新しい服――薄手のスカートにシルクの栗色のブラウス。これが気になった。ふつう命の危機にある対象者はここまでファッションにかまうことはないし、しかもマーリーが見た目どおりの怖がりで、本人が言うとおりのアーティストなら、細かな身だしなみにまで関心はいかないはずなのだ。むしろ、ジーンズにスウェットが性に合う女だろう。

マーリーが身を寄せてきた。腕と腕がふれあって、私は甘い芳香につつまれた。そこでわずかに身を引いたと思うのは、マーリーがまた笑ったからである。

私は苛立ちをおぼえた。が、彼女に言われるままコンピュータの画面を見た。「ギャラリーに出すって話はしたかしら？　このどっちかを出展するの。火曜の締切りに間に合うように送らなきゃいけない。どう思う？」

「その……質問の意味は？　どっちがいいかってことですか？」

「わたしにしたら、ほとんど同じなんだけど、一枚のほうがトリミングがはっきりしてる。写ってるのはビジネスマンか政治家か、陰気な顔をしたスーツ姿のふたりの男が、ＤＣのダウンタウンにある政府のビルの暗がりで熱心に議論してるところ」

「誰なんです？」

「知らない。それはどうでもいいのよ。先週、財務省のビルのそばを歩いてて、そこにいたふたりを見たわけ。お金も力もありそう。でも、なんとなく少年っぽく見えない？　校庭みたいじゃない？　四十歳若かったら、その場で突き飛ばし合いをはじめそうな雰囲気だった」

初めはわからなかったが、そう言われて見ると、たしかにマーリーの指摘は正しかった。

「テーマは対立」と彼女は説明した。

「違いがよくわからない」

「左のやつ？　こっちのほうがはっきりしてる。男たちが引き立ってる。でも、アングルがだめだし、構図のセンスもない。右のほうが様式としては優れてる。財務省ビルがよく見えてるし。太陽光が帯になって、ふたりの近くの階段に射しかけてるでしょう？　美的には上ね……で？」

「どっちがいいか？」

「質問はそれ、ツアーガイドさん」

なんだか勉強していない科目の試験を受けているような、ばつの悪い思いに駆られた。どちらがいいのか、本当にわからなかった。普段見ているのは、監視用と犯罪現場の写真ばかりなのだ。審美眼は重要ではない。

やがて、私は左の写真を指した。「こっち」

「どうして?」

まさか自分の研究成果を発表させられるとは思っていなかった。「さあ。なんとなく」

「だめ、もっと」

「よくわからなくて。どちらも素敵だ」私は廊下に目をやった。「お兄さんと話さないと」

「ねえ、コルティ。わたしの機嫌をとってよ。週末を引っかきまわされたんだから。マッサージ師にもなってくれないし。あなたには貸しがある」

私は我慢をかさねて写真を見つめた。そこで不意に思いついた。「自分の目標は何かと、自問しないではいられないところがいい。あなたは対立を見せるんだと言った。それは左のほうによく出てる。より焦点がはっきりして」

「芸術的じゃないけど」

「芸術的の意味はよくわからないが、そうだ」

マーリーはハイタッチしようと手を上げた。そして私がしぶしぶ掲げた手を叩いた。「わたしが考えてたのはそれ」

マーリーはパッドをさわり、GSIのソフトウェアがサムネイルに変換した写真をフォルダーにもどした。それからスライドショーを動かすと、スクリーン全体を占める画像がしばらく留まっては暗転し、新しい写真が表示されていった。

私はおよそ芸術の才能とは無縁だが、技術的に機能するものの良さはわかる。マーリーの写真は焦点が合い、構図もよさそうに思えた。しかし、私に訴えかけてくるのはその被写体だった。もし静物や抽象だったら興味の湧かないところだが、マーリーはポートレイト専門で、高級デジタルカメラを使っているだけに、たとえ決定的瞬間を撮るまでのアウトテイクは百をかぞえるにしても、対象の心はしっかり捉えている気がした。スライドショーがつづくなかで、私は気になった何枚かを静止させた。マーリーが身を寄せてきた。

労働者、母と子、ビジネスマン、親、警官、運動選手……テーマはなかったが、マーリーはそんな彼らの感情がほとばしる瞬間を写していた。怒りがあれば愛もあり、失意や誇りもある。

「すばらしい。あなたには才能がある」

「それなりに場数を踏んだら、何回かはすっと切りこめたりするの。ねえ、あなたが護ってる人たちを見たくない？」

私は訝しんだ。

マーリーはキーを打ち、別のフォルダーを呼び出した。ようやく彼女の言う意味が——自分が見ているものの正体がわかった。マーリー、ジョアン、それに両親や親戚と思われる人々の家族アルバムだった。マーリーは名前と情報を口にしていった。

エイブの声が聞こえた。

〝彼らを生かしておくのに必要なことだけを知れ。彼らの名前は使うな、子どもの写真は見るな、むこうの機嫌をうかがうな、例外は銃弾をかいくぐって医者を呼ぶときだけだ……〟

私は言った。「ほんとに、ライアンと話をしないと」

「たかが家族の写真ぐらいで怖がらないで、コルティ。あなたの家族じゃあるまいし。怖いのはこっちなんだから」

髪をきっちりクルーカットにして、カーキのスラックスに半袖シャツを着た男の写真が現われた。マーリーは〈一時停止〉をクリックした。「大佐。わたしたちの父親……そうよ、彼は〝大佐(カーネル)〟って呼ばれてたわ。Cは大文字。ほんとは中佐、鷲じゃなくて小鳥」

とはいっても、堂々とした男にはちがいない。

マーリーは声を低くした。「フロイトには言わないでほしいんだけど、ジョアンは父と結婚したかったの。ライアンは代わり。パパは職業軍人で、強くて静かで、他人行儀で笑わなかった……そう、あなたみたいに、コルティ……ねえ、わたし、あなたのことからかってるのよ」

私は彼女の言葉を無視して写真を見つづけた。そのほとんどはマーリーがひとり、ジョアンは父親と写っていた。

「お気に入りなの、ジョアンは。学校では完璧な運動選手で、完璧な生徒だった。面白くないわ、正直言って……パパはあの人をサッカーの試合やトラック競技に連れていくし。わたしも誘われなかったわけじゃないけど。スポーツとかクラブ活動とかは苦手だったの……パパはそう、露骨に贔屓(ひいき)はしなかったけど。『おい、おまえの姉さんは完璧だぞ』みたいなことは言わない。でも、そんな匂いがするわけ。だからわたしは別のほうに行ったわ。跳ね返りだったの。無責任もいいとこ。学校はドロップアウト。酔っぱらい運転で、たしか十七歳か十八歳のときに二度捕まって。ドラッグに、つまらない万引き」

ボーイフレンドたちのせいで、と私は思った。だが口にはしなかった。

「そんなこと、どうでもいいのよ。コミュニティカレッジをどうにか出て……ジョアンは学校を次席か三席で卒業したわ。政治学専攻で、パパを真似て陸軍にはいりそうになったんだけど、パパがそれを思いとどまらせたの。行けば活躍したんじゃないかな。教練教官とか。きょうだいはいる、コルティ？」

「いいえ」

「子どももいないし。ラッキーな男ね」

ジョアンの写真のなかに、げっそり瘦せてやつれた姿があった。「このころは病気だった？」

「交通事故」

ドゥボイスが集めた経歴にあったことを思いだした。

マーリーはあたりを見まわした。「かなりひどかったわ。凍った道でコントロールを失って。大変な手術だった。あの人、それで子どもができないんだけど、その話はしないことになってるの」

子どもに関する疑問はこれで解けた。ヒーロー警官の新たな魅力も判明した――彼はジョアンの命を救っただけではない。出来合いの家族に彼女を引き入れた。

さらに移っていく写真を私は眺めた。なかには百年まえのセピア色のものがあり、六〇年代、七〇年代のモノクロ、着色過多のプリントもあった。多くは最近のダイレクト・デジタルの写真だった。

さすがにもう充分という気がした。

「そろそろ仕事をしたほうがよさそうだ」と私は言った。

「そうね」

「いい写真だ」

「ありがとう」とマーリーが堅苦しく答えたのは、私の真似をしたつもりなのだろう。〝ツアーガイドさん……〟

廊下を行ってライアンを見つけ、彼の担当事件でドゥボイスが発見した事実を伝えていると、電話が鳴ってメールが届いた。私はウェスターフィールドかエリスだろうと察しをつけた——臆病者の声が留守電に録音されないようにと考えたのだ。が、見ると発信者はドゥボイスだった。もしや私がグレアムの家でおこなった諜報活動の裏づけがとれたのか。それとも、ドゥボイスがいつものおしゃべり好きにもどり、あの場で耐えがたい試練をあたえた私は許されたのか。

ところがメッセージは簡潔で、しかも別件だった。

問題発生……アーミズのウェブサイト等をローミングするボットがヒットしました。掲示されたのは十五分まえ。URLはこちら。

私は書斎へ急ぐとコンピュータのロックを解除し、ドゥボイスの送ってきたアドレスを打ちこんだ。

サイトは〈サッシーキャット222〉というスクリーンネームで書かれたブログだった。私としてはクラレンス・ブラウン——というかアリ・パムーク——やエリック・グレアム、あるいはライアン・ケスラー本人について、ラヴィングが利用しかねない情報を期待していた。すばやく目を通すと、投稿はブログにありがちな内容で、誰もが読みたくなるような情報ばかりではなかった。ショッピングモールでのデートにしくじって暇をもてあました土曜の夜のことや、最低のロックコンサートに関する音楽評といったユーモラスな話題。真面目な記事では、生徒が多すぎる教室の実態報告やＡＩＤＳ啓発キャンペーンへの呼びかけ、さらにはブロガー自身が学校の自傷行為防止プログラムにボランティア参加して知った、あるティーンエイジャーの自殺をめぐる連載の第一回。

この最後のエントリーを見て、私の身はすくんだ。心も重く電話をつかむとダイアルした。

「ドゥボイスです」

私は訊いた。「サッシーキャット……これはアマンダ・ケスラーだな？　たしか、彼女は学校でカウンセリング・プログラムのボランティアをやっていた」

「そうです。彼女です」

少女はスクリーンネームで、友人のコンピュータから載せれば安全と思ったのだろう。

「アーミズの話では、約一時間まえに裸のＩＰアドレスで投稿されています。アーミズは二分でラウドン郡の個人宅と突きとめました。ホワイツ・フェリーのそばです」

「ビル・カーターの家か？」

「隣家でした」

われわれにボットがあるなら、ラヴィングにもある。その一帯の全不動産記録をたどれば、カーターの名前が浮かんでくる。カーターの本宅が、ケスラーのフェアファクスの家から五分の距離にあるとわかる。ラヴィングは、われわれが少女を匿っている場所を知ることになる。

発信者通知が着信を知らせてきた。ウェスターフィールドの番号だった。装甲ヴァンが空だと気づいたのだろう。またも着信がはいった――この電話は四本の通話を受けられるようになっている。ボスの番号。

私は両方を無視してドゥボイスに告げた。「私が直接カーターのところへ行く。ここからだと三十分はかからない。フレディに連絡して、戦術部隊を派遣するように言ってくれ。場所はわかるな？」

「ええ」

私はすべての通話を切って電話をしまった。アフマドにブリーフィングをして、ラップトップと弾薬の予備をショルダーバッグに入れ、側面にあるドアを出ながら短縮ダイアルでビル・カーターに電話をかけた。ホンダに乗りこんでドライブウェイを走るあいだに、呼出音が三度鳴って留守番電話になった。

26

出ろ……出てくれ。

すでにカーターは死んで、少女はラヴィングの手中にあるのか。

つぎに起きるとすれば、ラヴィングからコールドフォンでＦＢＩに、ライアン・ケスラーにつないで娘を人質にしたと伝えろという連絡が行く。情報を引き出すために雇われた調べ屋が要求をよこす。

連絡が届いた段階で、私の責任においてラヴィングをケスラーと接触させ、少女を解放する交渉をすすめるか。

あるいは、すすめないのか。そしてアマンダの死刑執行令状に署名する。

私は〈リダイアル〉を押した。

カチッ。電話の電子的な声が、「メッセージをどうぞ」とうながしてきた。

だめか……

私は電話を切るとエンジンの回転数を突きあげ、ほぼ限度の時速七十マイルで、七号線およびポトマック川にざっと平行する田舎道を走った。うららかな日曜日の午後三時には、ブランチを食べに出た人々やゴルファー、観光客などで速度を落とさざるをえなくなる。私はあらかじめラウドンとフェアファクスの郡警察に連絡を入れ、通行許可を得ていた。それをするとシステムのチェック、あるいはハッキングを目論む者にホンダの正体が知れてしまうので、できれば避けたかったのだが、いまは車を停められている余裕などない。

もう一度電話をかけてみた。

呼出音が一回、二回……

そこで——

「どうも」ビル・カーターが応えた。

私はほっと息を吐いた。「コルティです。ラヴィングがそちらへ向かっている」

「了解」すぐさま声が警戒の色を帯びた。「どうすればいい？」

「まず、武器を身につけてますか？」

「古い相棒のスミッティの三八をね。ああ。あと炉棚に十二番径がある」

「ではそれを。二連、ポンプ式、オートマティック？」

「上下二連だ」

それでいくしかない。「弾薬を装填して。予備はポケットに」

「手を空けないと。ちょっと待っててくれ」空ろな金属音がひびいた。「オーケイ」と声が聞こえた。

「アマンダは？」

「道具を用意してる。三十分したら釣りに出かけることになってたんだ」

「家を出てもらいたい」

「きっと怒るぞ」とカーターが言った。

「じゃあ怒ってもらおう」

「何があったんだ？」

「友人のコンピュータから投稿したんですよ」

「なんと。ブランチをしに寄ったんだ。女の子どうしでしばらくいなくなったからな。まさかそんなこととは」

足音が聞こえて、問題が起きたから、すぐにここを出るぞと告げる声がした。すると、「その銃、なんで持ってるの、ビルおじさん？……」と話すアマンダの声がとぎれた。やさしく励ますようなカーターの口調に反発は出なかった。よろしい。いまはそんな暇はない。

「オーケイ、コルティ。つぎは？」

私はコンピュータの画面にやった目を道路にもどして言った。「こちらの手もとに、〈アースウォッチ〉から撮ったお宅の衛星写真があります。鮮明ではないが、ドライブウェイからつづく道路が見える。一本道ですね？」

「湖から近づく方法はある」

「道に車を見かけましたか？」

「アマンダ、大丈夫だ。なにも心配いらない……で、車か？　ちょうどアライグマにゴミを荒らされないように作業してるとき、一台通りかかったのを見たが」

「それは珍しい？」

「このへんは人気のない場所だが、たまに車は通る。そいつはスピードを落とさなかったし、別段怪しいとも思わなかった」

「車種は？」

「じつは、見たというより音を聞いたんでね。どこへ行けばいい？」

「車は乗らずに。近づかないこと。敷地内の、人が来るのが見える場所に隠れてください」私は衛星画像に目を走らせた。「小さな空き地があるでしょう……敷地の北東側の、道路に近いほうに」

「ああ、ちょっとした草むらだ。反対側には木立がある。そこなら行ける。高台だ」

「よかった。カムフラージュは？」

「フィッシングジャケットがある。深緑の」

「それでいい。電話はマナーモードにして」

金属がふれあい、ジッパーを締める音がした。「これでいい、ビルおじさん？」

「いいぞ」

少女はパニックを起こしてはいない様子だった。私は安心してつづけた。「ラヴィングは武装していて、やはり武装した仲間をひとり連れてます。髪は砂色で、おそらく緑のジャケットを着用している。痩せ形。射撃の腕は立つ。でも、誰も信じてはいけない。さあ、移動して。そちらには十五分で着きます。ＦＢＩも向かっています」

「近所はどうする？」

「ラヴィングはあなたの住まいを把握している。近隣に害をおよぼすことはないでしょう。草むらへ移動して。電話を切りますよ。集中してもらいたいので」

こちらも同じく、運転に注意を向ける必要があった。もしラヴィングがアマンダのブログに通じていれば、いまごろ彼女の居場所を知ってほくそ笑んでいるはずだった。こと〝楔〟となると、警護対象者の子どもを拉致するにしくはない。

27

隠れ家を出て三十分後、私は湖畔にあるカーター家の向かいの茂みに乗り入れ、ホンダを降りた。そしてサイレントアラームを作動させた。

バッグからフォレストグリーンのジャンプスーツを出して着た――これは二着あるうちの一着で、もう一着のほうは色が黒だった。バッグを肩に掛けると、道に沿って早足で歩きながら足もとに目をくばった。最近、車がこのあたりでいったん停まり、また動きだしたような形跡がある。ぬかるんだ地面に残る靴跡が、家があるとおぼしき約三百ヤード先の木立のなかへと向かっていた。

ラヴィングがいると見なさざるをえない。

地面を調べて、私はラヴィングがいかにも通りそうなルートを判断した。いちじるしく低能か臆病な動物しか阻めそうにない低い石壁を跳び越えると、ラヴィングの道をすばやく移動した。それは多くの人には見えなくとも、私の目には明らかだった――なにしろ長年追究してきた興味の対象なのだ。

二十代のころ、私はまた別の学位を取ろうとテキサス州オースティンにいた。元来ハイキングが好きだったし、座ってばかりの学究生活にもうんざりして、大学のオリエンテーリングクラブに入部した。このスウェーデン発祥のスポーツは、特別な地図とコンパスを用いて未知の自然を行き、チェックポイント通過時にコントロールカードにパンチを押したり、電子パンチで記録しながら速さを競うという競技である。最初に〝二重丸〟――オリエンテーリング地図上の終点――に達した競技者が優勝となる。

私はこのスポーツに惚れこみ、いまなお競技に参加して、それが教室やコンピュータの前で沈滞した時間をすごしたり、意味不明瞭な文章を精読しなければならない身には絶好の息抜きになると知った。

オースティンのある大会で知り合った競技者仲間に、DEA(麻薬取締局)の捜査官がいた。彼はサインカッター――発見した物理的痕跡をもとに人を追跡する専門家で、おもに不法移民や麻薬の密輸業者の行方を追っていたのだが、私は彼の影響でその世界に惹きこまれた。オリエンテーリングとちがって、サインカッティングには競技がない。しかし、国境警備隊やDEAでは定期的な講習がおこなわれていて、この友人のはからいで私もそこに参加する機会に恵まれた。

私にとってサインカッティングとは、自身が駒となって屋外でプレイする巨大なボードゲームのようなものだった。たちまちその虜になり、私はオリエンテーリングの大会がないときにも表に出て、動物や、まさか自分が追跡されているとは思いもしないハイカーの後を追ったりした。週末に開かれるDEAの講習会では、サインカッティング担当の捜査官から逃げる麻薬の運び屋の役を演じて、小遣い稼ぎをしたこともある。テクニックを学び、痕跡の発見ばかりか隠蔽の方法にも通じていただけに、逃亡するのもなかなかの手際だった。

この技が羊飼いとして数々の場面で活きた。

いま私はそうしたテクニックで地面や木の枝をていねいに調べ、ラヴィングが通ったことをしめす手がかりを探っていた。印(サイン)とは、たとえば陽にさらされた枝が逆さになっている、小石やシカの糞が場違いに落ちている、あるはずのないところに落ち葉が敷かれているなど、じつに微妙なものだ。

サインカッティングで教えられたのは、獲物が採るルートは九割の確率で地勢に従うということだった。つまり障害のもっとも少ない道をたどれば、普通ならほぼ確実に標的を追跡できる。ヘンリー・ラヴィングの場合はちがった。ラヴィングは一見、理にそぐわない方角へ、直線的ではない困難な道を採っていた。

しかし、その戦略が理屈をふまえているとわかるのは、ラヴィングがおそらく追跡者を探して何度も立ちどまり、左右を向いていたからである。

合理的な不合理……

険しい道を進んでは立ちどまるという相手の戦略をつかんだ私は、交戦を覚悟して移動の足を速めた。ラヴィングは、深い落ち葉を突っ切る的確なルートを追ってくる者がいるとは思っていないはずなのだ。むこうの道はところどころレンギョウが伸び、クズやツタの蔓、キイチゴが目のつんだ毛布をつくり、私には馴染みのない樹木が茂るなかを縫うようにつづいていた。

私も足を止めて耳をすました。犬は追跡するのにまず嗅覚をたよりにして、つぎに耳と目を使う。人間は犬とは異なるが、音が二番めに来る点は変わらない。つねに聴覚を研ぎ澄ませること。獲物は逃走するとき、相手を殺そうと近寄ってくるときに音をたてる（人間は他の動物とは反対で、そうした決定的瞬間に騒がしくする傾向がある）。枝が折れたり葉が擦れたりする音は、どこからでも聞こえてくるような気がするかもしれない。が、反響音のずれを補正して距離を測る方法をおぼえ、音源の位置をかなり正確に把握できるようになるまでそう時間はかからない。

まもなく、前方にかすかな音を聞きつけた。風が出てきたせいで枝がふれあったか、シカか、十六歳の少女を拉致しようとたくらむ男の足音か。

やがて百ヤード離れた水域のあたりに、私はカーターの別荘の外観を認めた。慎重に目を走らせたが、吹きつける風に葉がそよぐほかは動きがなかった。

さらに近づいた。

足を止め、ふたたび周囲を見まわす。

家から二百フィートほどの場所で、私はラヴィングを発見した。

そう、間違いなくあの調べ屋だった。私はその顔をうかがった。きのうフライトラップで顔を合わせたときと同じか、似たような服を着ていた。武器は持っていない。茂みや張り出した枝を避け、なるべく音をさせないで動くのに両手を使っていたのだ。

私はこの路上でラヴィングを押さえたいと思った。危険を予期している別荘内にくらべ、おそらくいまは敵の警戒がゆるんでいる。すでに予習をすませ、ビル・カーターが引退した警官であり、確実に武装していることを学んでいるはずだった。

するとラヴィングが銃を抜き、遊底を引いて弾を薬室に送りこんだ。

私も同じく銃を手にして、やつの後を追った。

ウェスターフィールドでも誰でも、この場を目撃した人間が何を言うかと考えずにはいられない。三百ヤード先に隠れている警護対象者を、真っ先に安全な場所へ連れていくのが私の仕事ではないのか。

ならば、なぜ私は調べ屋を追っているのか。

〝野原で羊を追う牧羊犬がいれば、群れを守り、捕食者の大きさや数にかまわず立ち向かっていく牧羊犬もいる……〟すまないエイブ、私は二番めのタイプなのだ。どうしようもない。

私は距離を詰めながら、つぎの一手を熟考した。車中でフレディに連絡して、捜査官ら三名がこちらへ急行していることは承知している。地元の警官は道路封鎖の準備にかかっているだろう。フレディの到着予定はおよそ二十分後。

ここは一対一の戦術攻撃を仕掛けるには条件の悪い場で、相手の正体が明らかとはいえ、標的は明瞭ではない。ラヴィングは闇に見え隠れしていた。銃撃をしくじったときの危険があまりに大きすぎるし、そこまでのリスクを冒す価値はない。

それに相棒は？

私は動きつづけた。やつがいったん家に侵入すれば十分で全室を調べあげ、〝楔〟にするはずの相手が目立つ場所に隠れていないと気づく。

私は身をひそめたまま、ほとんど物音をたてずに接近していった。

ラヴィングがガレージを覗いた。カーターのＳＵＶが駐まっているのを目にしたのだろう。家とのあいだを隔てる茂みにはいりこんだ。身をかがめ、二棟の建物をつなぐ灰色の低いフェンス沿いに歩いていく。そのあたりの枝葉は高く生い茂っていた。ラヴィングの姿は確認しづらいものの、なんとか見分けることはできる。私は足を止めた。腹が引きつる感じがした。ラヴィングがそのままあと十五フィートも進めば空き地に出る。そうすると、背後から申し分のない照明を浴びた標的と化す。

私は銃を掲げ、ラヴィングが現われそうなあたりに狙いをつけた。距離は約八十フィート。この四〇口径の強力な拳銃なら、とりたてて長距離というわけではない。短銃身であっても、一発で倒しておかしくない。私は訓練を思いだした。高めに三発、低めに三発。銃火で位置の見当をつけられないように脇へ寄り、再度の射撃にそなえる。撃った弾数をかぞえる。ラヴィングは動いていた。草木のないところまで十フィート。

そして八、そして六……

急に動悸がして、汗をかいた手のひらが冷たく感じられた。

ヘンリー・ラヴィングが目の前に、こちらの照準にはいってくる……

頭にふたつの思いが交錯した。私たちには固有の交戦規定があり、われわれもしくは第三者が差し迫った危険にないかぎりは投降を要求しなくてはならない。この規定は敵が武装していようが、十六歳の少女に悲鳴をあげさせ、すすり泣く父親に口を割らせる気でいようが、すべて等しく適用される。

エイブ・ファロウのような善人を責めさいなんだうえに殺した相手であっても。

しかし、私のふたつめの思いとは——高めに三発、低めに三発、脇へ寄って再度の射撃にそなえろ。

私は右手の下に左手を添え、狙いを定めると呼吸を鎮めた。

ヘンリー・ラヴィングが茂みを抜け、私の完全な標的となる暗がりに出るまで四フィート。

やつは空き地に近づいていたが、相変わらず立たずに腰を落としているので、群生する低木に姿がはっきりしない。

立て、と私は念じた。立ってみろ！　私は柄にもなく憤りを感じながら、茂みのむこう側のおぼろな影に目を凝らした。

さあ、やるんだ、と私は自分に言い聞かせていた。弾倉を空にして再装塡……息はゆっくり。

いまだ！　私は射撃姿勢をとって前傾すると、力をこめていった。

弾を意志の力で命中させるという気持ちで。

引き金をひく五回半のうち、一回につき四ポンドもの力が必要になったはずだが、結局私は音もなく溜息をついて銃を下ろした。

いま頭をよぎったばかりの思いをかみしめた。〝弾を意志の力で〟

射撃とは物理と化学であり、視覚としっかりした筋肉であり、発砲位置にふさわしい戦術を選び、標的をはっきり捉えることである。そこに意志はふくまれない。運はふくまれない。

私は羊飼いだった。感情的になっている余裕はない。

かりに私が発砲しても負傷させただけか、はずした場合には私の位置がむこうに知れる。おそらく相棒が五十ヤード後ろで、私が姿を現わすのを待っている。あるいは銃声を聞いたビル・カーターとアマンダが、何が起きたのかと隠れた場所から出てきてしまうかもしれない。

感情に走りそうになった自分にぞっとしながら、私は静かに移動できることを足もとで確認して前に出た。

ラヴィングは変わらず草木に姿を隠したまま、たどり着いた門が軋まないかそっと動かしていた。ポケットから何かを取り出すのが見えたが、蝶番に油を差したらしい。そうして、やはり見え隠れしながら門を抜け、うまく身を護りながら家に向かった。

熟慮のすえに、私は戦略を決めた。

踵（きびす）をめぐらし、ビル・カーターとアマンダの待つ空き地へ向かった。

きわめて困難な決断だった。

だが目的は明確なのだ。私単独で別荘内のラヴィングを取り押さえるというのは効率が悪い。戦術的には最低三名、理想としては四名が必要になる。こちらの最良の一手は、対象者たちを見つけて連れ出すこと。ラヴィングが家にいるあいだ、十分は稼げる。捕り物はフレディとその要員に託すことにする。

私は自分の位置を確かめて来た道を引きかえすと、左に折れて少女とカーターが隠れる場所をめざした。敷地を横切るかたちで三百ヤード見当の距離がある。だが森の感覚はつかめていたし、先にあるのはほとんどが針葉樹だった。大量の松葉が地面を湿らせ、樹脂をふくむ枝は踏んでも折れない。ここなら迅速に、ほぼ音もなく移動ができる。

それこそ一歩を踏み出した私が、ラヴィングの相棒に背後を襲われた理由だった。近づいてくる物音は、まるで耳にはいってこなかった。

低いささやき声がした。「武器を捨てろ。両手を脇にやれ」私は背中に銃口のキスを感じた。

28

相棒から銃をきつく背骨に押しつけられながら、私は考えていた。エイブ・ファロウはこれを聞いてまもなく、ラヴィングの手に掛かったのか。

〝両手を脇に……〟

私も死ぬ。

だが、すぐにではない。

なぜなら師と同じく、私には価値があるからだ。ラヴィングは自身のフライトラップをこしらえたのだろうか。娘を拉致したとライアンに知らせるのは現実に難しいと考え、少女を父親にたいする〝楔〟としてではなく、嗅ぎまわる私を止めるために使ったのだ。

われわれのフライトラップでは、私が餌だった。ここでの餌はアマンダ。

「言ったぞ。銃だ。捨てろ」

私は従った。銃弾より速く身をひるがえすことはできない。

どこまで持ちこたえられるか。

するとも背後で、「待てよ」と抑えた声がした。

〝紙やすりとアルコール……〟

ペギーと男の子たち、ジェレミーとサムのことが頭に浮かんできた。

すると背後で、「待てよ」と抑えた声がした。

妙だった。男が独り言をつぶやいているように聞こえた。

やがて明るい口調で、「おっと、あんたか、コルティ?」

手をふるわせながらゆっくり振り向くと、そこに十二番径の上下二連式ショットガンで私の胸を狙うビル・カーターがいた。指は用心鉄の外にはなかった。カーターの後ろに隠れたアマンダが目を瞠っている。

息遣いが激しくなっていた。胸が痛むほど激しく。

カーターは散弾銃を下ろした。

「空き地に行かなかったのか」と私はささやいた。

「ああ。ちょっと遠い気がしてね。それに、あんたの口ぶりでは、大慌てで来るって感じでもなかった」

たしかに、と私は思った。だが黙っていた。

「そうだ」とカーターはささやきかえしてきた。「遠すぎる」

アマンダは警戒しながらも、私のことをじっと見つめていた。父親にそっくりの目だった。やはりプラッシュ製の熊のバッグを肩に掛けている。

私は周囲を確認した。低い位置で防御には向かない。私としては車にもどり、一刻も早くここを出たかった。

私たちはしゃがんだ。「やつは家にいます。あなたたちがいないことはじきに知れる」

私は道路の右手を差ししめした。「私の車は石塀を過ぎた正面にある。約二百ヤード。行きましょう。さあ、アマンダ。大丈夫だから」

少女を見ると、元気づける必要もなさそうだった。ラヴィングのことをみずから追跡したがっているような感じがした。

〝度胸……〟

私は先頭に立って窪地の斜面を登り、道路をめざした。左右と後ろを頻繁に振り向きながら、ゆっくり移動していくうちに目が回ってきた。敵の形状や質感をまとった影や緑がやたらに立ち現われてくる。

それでも背景から飛び出し、武装した人間に変じるものはなかった。

二十ヤード、三十、五十。

アマンダがはっと息を呑んだ。カーターと私は銃を構えて膝をつき、アマンダをしゃがませると、彼女が見ていたほうを注視した。

茂みから一頭のシカが姿を現わし、空ろと警戒とが入り混じる表情をこちらに向けていた。そこに二頭がくわわった。カーターがシカを脅かすのに、拾った石を投げようとした。聞こえた音はこの動物たちのしわざと、ラヴィングに思いこませるつもりだったのだろう。だが私は首を振り、音をさせないほうを選んだ。

ときに人は策に溺れることがある。

下を見て、こちらで選んだ道を相棒が通っていないことを確認すると、私たちは静かに進んだ。シカは茂みを荒らす食事にもどった。

近くでまた音がした。

動物か？　それともラヴィング？　相棒？

先に五十フィートほど、草木のない道がつづいていた。身を隠すには遠回りすることになり、それでは時間がかかりすぎてしまう。私はその空き地のほうにふたりを導いた。

反対側にたどり着いたところで後ろを振りかえった。フットボールのフィールドぐらいの距離をおいて、私は家を目にした。

そのとき、ヘンリー・ラヴィングが前庭に出てきた。ラヴィングはわれわれのいるほうを見て身を硬くした。

そしてポケットに無線かラジオをまさぐった。

「見つかった。急いで！」

私はアスファルトに手を振り、三人で駆けだした。

「ビル、後ろに気をつけろ。やつが見えたら、狙いは低く。身をかがめているはずだ」

頭上にはずすぐらいなら、足や足首に軽傷を負わせるほうがましだと、よくエイブ・ファロウが口にしていた。

「了解」

私はささやいた。「頑張れ、アマンダ。大丈夫だ」

身を低く、息を乱しながら、私たちは音をたてるのもかまわず、まばらな下生えを突っ切っていった。いつ付近で弾が跳ねても、背後で銃声が轟いてもおかしくない。が、ラヴィングも相棒も撃ってはこなかった。むこうにとって、アマンダが死んだら元も子もない。〝楔〟はできるだけ健全に保っておかなければならないのだ。

私たちは息も絶えだえに道路まで近づいた。車は石塀の反対側、五十ヤード行ったあたりに駐めてある。三人で低い茂みを駆け抜けた。

ビル・カーターが背後に目をやった。「やつが見えた気がする。早く、車まで行くんだ。おれが掩護する」

「いや」もうすこし足を延ばしたところで、私はふたりを倒れた古木の陰にしゃがませた。南北戦争最大の激戦となったアンティータムの戦いののち、若かったこの木が南へ向かう北軍、南軍の兵士たちの身を同じように護り、安らぎをあたえていたのかもしれない。

私も背後にラヴィングの姿を認めていた。そう遠くはない六、七十ヤードの距離だった。むこうも塀に近接する木の陰にひそんでいた。

　私はカーターに言った。「車に向かって移動する。私が殿（しんがり）につく。車はリモコンで作動させる。エンジンが回ったら、道路の向かいの木立に二発撃て。今度は狙いを高く。装填したらまた二発。すぐに。それから、ふたりで塀を乗り越えろ。アマンダはバックシートに乗って伏せる。ビル、二十フィートぐらい前進させたら車を停めて、拳銃を使って向かいの森を押さえてくれ。すぐに合流する」

「あそこに相棒がいるのか？」

「そうだ」

　カーターはその根拠を訊ねてこなかったし、私もそれが理にかなっていると説明する気はなかった。

　ふたりの汗ばんだ顔には、落ち葉のかすが貼りついていた。

　うなずいた。

　私がキーフォブのイグニションボタンを押すと、エンジンが息を吹きかえした。われわれの車輌には排気音を消す特殊なマフラーが装着されているが、スターターに関してはいかんともしがたい。

　カーターに躊躇はなかった。車が始動するや、塀越しに仁王立ちして耳をつんざくばかりの二発を放った。再装填して二発、さらに再装填している間に、私はラヴィングの隠れるあたりに六発を連射した。カーターがアマンダの手をつかむと、車に向かって走った。

　車が急発進する音とともに、私は石塀を越え、草の伸びた路肩にうつぶせる恰好でラヴィングを狙った。

私は背筋に冷たいものを感じた。たとえラヴィングのほうは、私が車に乗ったと思ったにしても、相棒がこの策を見抜いて、浅い草むらにいる私を撃ってくるかもしれない。

さあ……来い……

そこにラヴィングが現われた。

彼は塀を飛び越えて車に狙いをつけた。

すでに私は茂みを撃って弾の数を減らし、視界も一部塀でさえぎられていたが、まだなんとかなる。ところが銃撃を開始しようとしたとたん、カーターが急ブレーキをかけた。それは私から指示したことだったが、ラヴィングはこちらの戦略を悟った。私を目視したわけではないが、状況を察したのである。ラヴィングは塀を飛び越えてもどろうとした。私はそこに向けて弾倉を空にした。塀から石が、地面からは土が飛散した。ラヴィングは石塀のむこうに消えた。弾が命中したかどうかはわからない。

私は弾込めしながら、落ち葉を踏んで道を渡っていく人影を見ていた。おそらく相棒だろう。

私は車へと走った。カーターが助手席に身体を押しこむのと前後して運転席に飛び込んだ。

私はアクセルを踏みつけ、一気に車を加速させた。

カーターは背後に目を凝らしていた。「ああ、森から出てきたのは相棒だ。そこにラヴィングが来て、ふたりで路上に立ってる。ラヴィングは怪我をしたらしい。重傷ではなさそうだ」

数分後、タイヤを鳴らしてカーブを曲がると、私は速度を八十五マイルに落とした。

カーターが笑いながら指を差した。「あんたの仲間のおでましだ」

ヘリが急降下しながら、カーターの家をめざしていった。それから程なく、対向車線に黒いＳＵＶの車列が出現して道を封鎖した。銃を手にして、用心深く近寄ってくる相手に、私は窓からＩＤを提示した。

二名を掩護にした若い捜査官が車内を覗くと、同僚の捜査官を乗せた車輛に合図して、そのまま家に向かわせた。

「大丈夫ですか？　全員無事で？」捜査官は私たちのことを眺めまわした。

「無事だ。フレデリクス捜査官はこっちか？」

「われわれから約五分遅れてます」

「わかった、捜査官たちに相手は二名と伝えてくれ。ラヴィングと相棒、どちらも武装している。ラヴィングは負傷しているかもしれない。むこうの車の置き場所は不明だ」

「こちらで確認します」

「事前に地図で調べたところ、湖の対岸には十軒あまり家があって、インターステイトに出やすくなってる。船を漕いで渡り、車を盗む可能性が考えられる」

「では、一部チームを対岸へ派遣します」

「ヘリのパイロットにつないでもらえないか？　敷地の様子について申し送りをしたいんだ」

「ヘリですか？」

「きみのところの戦術航空班だ」私は空に手をやった。

捜査官は怪訝(けげん)な顔をした。「しかし、この作戦にヘリコプターは参加していません」

29

　黙って座るビル・カーターの横でルームミラーに視線をやると、後ろのアマンダは窓からどんよりとした秋の午後を眺めていた。カーターの湖畔の家からは、すでに十マイル離れていた。私はカーターの家での出来事を思いかえしていたわけではなく、過去の煩(わずら)わしい記憶と格闘していた。ペギーと男の子たちを連れて田舎をドライブしていた私は、前方でひどい事故が起きていることに気づいた。私は毅然としてはいても、まだまだひよっこといった感じが拭えない郡警の警官たちに手を貸そうかと車を停めた。事故や血や外傷を目撃して平気でいられるのは、父親より母親だという説がある。ペギーはちがった。後部座席に移って子どもたちをわが身に引き寄せた。表面的には転倒した車と、まだシートで覆われていないずたずたの死体を見せないためだったけれども、実際は子どもたちばかりか自分の顔も隠していた（思えば能天気と神経質を行き来するという、そんなところもマーリーと妻は似ている）。

　その当時、サミーとジェレミーは抱きすくめる母親の陰から事故現場を覗き見した。年上のジェレミーは、目にしたものに怯えてわっと泣きだした。ところがサミーは、「パパ、あそこに寝てる男の人、手がないよ。あの人、どうやってアイスクリームを食べるの？」と言った。サミーにとっては、悲劇というより謎だったのである。

外傷にたいする若年者の反応のしかたはよくわからない。

私はアマンダの顔に物怖じせず、好奇心を抑えきれないサミーの面影を見ていた。

「大丈夫かい？」と私は訊きながら、妙に親しみをこめている自分に驚いた。

アマンダは私のほうを見てうなずくと、折られたまま座席の脇に置かれたカーターのベレッタ・ショットガンをじっと観察した。

私は短縮ダイアルボタンを押して、フレディを呼び出した。

「よお」

「着いたか？」

「いい場所だ。ここで隠居してもいいな」

私はまだカーターの別荘の居心地を体験していなかった。

「続報は？」

「連中は逃げた」

「ヘリか？」

「だろうな」

「いや」私は言った。「連中がヘリに引き揚げられたことはわかってる。だから、その詳細については把握してるのか？」

「してない。いまのところは。聞き込みの最中だ。ヘリコプターが低く飛んでくる音を聞いた人間は何人かいる。落ちてきたと思ったんだな、つまり墜落だ。通報も二件あった。しかし――」

「目撃者はいない？」

「面白い質問だ。探しても騒音だけが聞こえて、見えたのは巻きあがる葉っぱと砂だけだ。着陸地点は三十フィート離れた木立のあいだ。なかなかの腕前だ」

「それに装備も大したものだ。金がかかるし……車は？」

「何カ月かまえに盗まれたやつだ。プレートは他人のもの。相棒の指紋が出ないかと期待してるんだが、渦の一個も見つかってない」

「近所の住人は？」

「無事だ」

私はカーターとアマンダに友人たちの安全を知らせると、フレディとの会話に注意をもどした。「クレアにヘリを追跡させることにする」依頼人の輸送に関して、わが組織は国内ではつねに空路を用い、またときには国際間の移動もあることから、ＦＡＡ（連邦航空局）や民間のチャーター会社とは良好な関係をきずいていた。航空機が小型という事実は短距離用を示唆しており、したがって本拠は近辺のいずこかにあるはずなのだ。ドゥボイスには、これが借り主を見つける手がかりとなる。

フレディがつづけた。「怪我したやつがいる。血を発見した」

「どこで？」

「道路脇だ。塀と茂み。小径にも」

「ラヴィングだ。私が撃った。その後も立ちあがっていた。血の量は？」

「多くない。やつと相棒の足跡を見つけた」

「治療のことはクレアに調べさせる」

「誰なんだ、その娘は、コルティ？　透視(クレアヴォヤン)でもやるのか？」

　またしてもジョーク。

「いいか、コルティ……」

「ウェスターフィールド」と私は言った。

「おれの声がそう聞こえたか？」とフレディが訊いた。

「どうしてる？」

「そりゃ電話をかけまくってるさ。おれにもかけてくる。誰彼かまわずな。どうする気だ？」

「彼は対象者を刑務所に入れたがってる。それが間違っていても、こっちでは説得できない。だから基本的には……」私は適当な婉曲語法を思いつこうとしていた。

「自分の首を懸けて、合衆国司法長官をペテンにかけるか。それから連邦政府の半分を怒らせる」

「ラヴィングはＤＣとの接点が多すぎる。そんな危険は冒せない」

「知るか。勝手にしろ、コルティ。おれには関わりのないこった」

「法医学のほうで何かわかったら連絡をくれ。ラヴィングはカーターの家を家捜ししてる」

「わかった」

　私たちは電話を切った。切ったとたん、発信者通知にボスの番号が出た。つづいてウェスターフィールドの番号。私はその両方を拒否してドゥボイスの番号をダイアルした。彼女に状況を説明して、ヘリコプターの件を伝えた。「どんな方法でもいいから見つけてくれ」

「了解」ドゥボイスは詳細を書き留めた。

そこで私は言った。「あと、ラヴィングは負傷した」

若い女は取り澄まして答えた。「ひと泡吹かせましたね。すばらしい」

「やつが治療を受けそうな場所を探してほしい」

医療従事者は、銃弾による負傷を法執行機関に届け出る法的義務がある。ギャングや犯罪組織は、911に通報せずに治療を受けられる医師、看護師、もしくは獣医師を用意している。私たちはそうした医者たちを一部つかんでいて、定期的に監視していた(彼らを逮捕しないのは、怪我をした調べ屋、消し屋を発見する情報源として測り知れない価値があるからだった)。

しかし当然ながら、ラヴィングはそういう場所を避けるはずである。私はこのあたりを踏まえたうえでドゥボイスに言った。「むこうはたぶん、われわれの知らない個人医師を見つけようとする。やつに関するファイルを引っくりかえして、目撃された住所から電話番号からすべて洗いだしてくれ。公文書もだ」

ドゥボイスはORC以外のデータマイニング・プログラムも使う。

「やってみます」と彼女は言った。「それと、コルティ?」

また名前で呼ばれた。「なんだ?」

「グレアム邸であなたが撮った例の画像ですが。ただいま分析中です」

「よろしい」

ドゥボイスはためらったすえに切り出した。「考えたんですが、彼から情報を取るにはほかに方法がなかったんじゃないかと。言われたようにやるしか。あのときもいまも、厭なことに変わりはないんですが。でも、わりとうまくいきました。心しておきます」

「ほかに方法はなかった」と私はくりかえした。

電話を切ってから、車内は三十分ほど静寂がつづいた。ラジオをつけてくれとカーターに頼まれて、私は言った。「申しわけないが、消したままにしておきたい。集中するために」

「そうか、わかった」

アマンダがミラー越しに私を見ていた。

「全部、わたしのせい？　あそこでブログをやったから？」

「ああ。交流サイトできみのスクリーンネームと本名を結びつけてね。投稿をたどってビルの隣人のところへ行き、そこでビルの家を突きとめた」

アマンダは目を閉じた。「ごめんなさい。わたし……自分のコンピュータが使えないってことなんだと思ってた。まさか追跡されるなんて思わなかった。ニックネームを使ったし」

それでも彼女は賢い少女だった。危険は薄々感じながらも、無意識のうちに思春期の情熱に衝き動かされ、深く考えなかったか、気にしなかったのか。おそらく、その両方がすこしずつといったところだろう。

するとアマンダが言葉を足した。「スーザンのことがあんまり気の毒だったから――学校の二年生の」

「自殺した子だね？」と私は訊いた。

「そうなの。自動車事故だったけど、彼女、死んでもいいやって感じで、ばかみたいにスピードを出してた。それって一種の自殺だって、カウンセラーがみんなに言うの。わたし、そのことをブログに書いて、自棄を起こすのは薬を服んだり、首を吊るのと同じなんだってみんなに知らせたかった」

私は妙な思いにとらわれた。他人に必死で思いを寄せる少女がここにいる。少女は少女なりに羊飼いなのだ。もし私に娘がいたら、アマンダのようになっていただろうか。だとしたら、誇らしく感じるにちがいない。

しかし、そんな感慨もこの日、胸に去来した多くの思いと同じくゴミ箱行きになった。

アマンダが訊ねてきた。「彼はわたしを殺そうとしたの?」自分が死ぬとは信じていない人間の平板な口ぶりだった。

カーターが身をよじり、少女を励まそうとした。が、いまの私には、アマンダに慰めは要らないとわかっていた。「ちがう。彼はきみを誘拐して、お父さんから話を引き出そうとしたんだ」

「何の話を?」

「わからない」

アマンダは黙りこんで外を眺めた。

調べ屋には規範をもつ者たちがいる。女性や子どもは傷つけないという者。もっぱら精神や職業に圧力をかけたり、困難や財政的損失のリスクを負わせようとする者。端から引き受けないという場合もあれば、情報を強要するやり方に制限をつけることもある。彼らは対象者を見きわめ、雇い主が求める情報を引き出すために最小限の〝楔〟を利用する。その対極に位置するのが、ヘンリー・ラヴィングのような連中である。彼らは、それが妥当と判断すればどんな手段をも辞さない。

なぜか私はそんな消し屋、調べ屋のほうに敬意をいだく。彼らは私同様、みずからの規範に誠実だ。目標を決めたら、もっとも効果的な方法でそれをやり遂げる。その分、彼らの行動は予測しやすくなる。

「そうでもない」

アマンダが口にした。「ジョアンは本気で怯えてるでしょ？」

「ほんとに？」その問いには皮肉がこもっていた。

「たしかに、怯えてはいる。でも安全だし、きみのお父さんと叔母さんもいっしょだ」

「よかった……ねえ、ほんとにごめんなさい、ビルおじさん。わたしがめちゃくちゃにしたみたい」

起きてしまった現実にたいする責任を、アマンダは気後れすることなく認めた。

「万事うまくいくさ」

私は速度を落とし、ウィンカーを出して曲がった。アマンダは車が近づいていく石造りの低い建物を見ながら眉を寄せた。そして早口に、「わたし……あんなことしたからここに連れてこられたの？　だって……」

私は思わず頬をゆるめた。「いやいや、ここはきみとビルが一泊するのに安全な場所というだけなんだ」

私は北ヴァージニア重警備連邦拘置所の門に車を寄せた。

（下巻に続く）

本書は二〇一五年三月に文藝春秋から刊行された単行本を
文庫化にあたり二分冊としたものです。

文春文庫

限界点（げんかいてん） 上

定価はカバーに表示してあります

2018年2月10日　第1刷

著　者　ジェフリー・ディーヴァー
訳　者　土屋晃（つちやあきら）
発行者　飯窪成幸
発行所　株式会社 文藝春秋

東京都千代田区紀尾井町 3-23　〒102-8008
TEL 03・3265・1211㈹
文藝春秋ホームページ　http://www.bunshun.co.jp

落丁、乱丁本は、お手数ですが小社製作部宛お送り下さい。送料小社負担でお取替致します。

印刷製本・凸版印刷

Printed in Japan
ISBN978-4-16-791024-2

文春文庫　ジェフリー・ディーヴァーの本

（　）内は解説者。品切の節はご容赦下さい。

ボーン・コレクター（上下）
ジェフリー・ディーヴァー（池田真紀子　訳）
首から下が麻痺した元NY市警科学捜査部長リンカーン・ライム。彼の目、鼻、耳、手足となる女性警察官サックス。二人が追うのは稀代の連続殺人鬼ボーン・コレクター。シリーズ第一弾。
テ-11-3

コフィン・ダンサー（上下）
ジェフリー・ディーヴァー（池田真紀子　訳）
武器密売裁判の重要証人が航空機事故で死亡、NY市警は殺し屋〝ダンサー〟の仕業と断定。追跡に協力を依頼されたライムは、かつて部下を殺された怨みを胸に、智力を振り絞って対決する。
テ-11-5

エンプティー・チェア（上下）
ジェフリー・ディーヴァー（池田真紀子　訳）
連続女性誘拐犯は精神を病んだ〝昆虫少年〟なのか。自ら逮捕した少年の無実を証明するため少年と逃走するサックスをライムが追跡する。師弟の頭脳対決に息をのむ、シリーズ第三弾。
テ-11-9

石の猿（上下）
ジェフリー・ディーヴァー（池田真紀子　訳）
沈没した密航船からNYに逃げ込んだ十人の難民。彼らを狙う殺人者を追え！　正体も所在もまったく不明の殺人者を捕らえるべくライムが動き出す。好評シリーズ第四弾。（香山二三郎）
テ-11-11

魔術師（イリュージョニスト）（上下）
ジェフリー・ディーヴァー（池田真紀子　訳）
封鎖された殺人事件の現場から、犯人が消えた!?　ライムとサックスは、イリュージョニスト見習いの女性に協力を依頼する。シリーズ最高のどんでん返し度を誇る傑作。（法月綸太郎）
テ-11-13

12番目のカード（上下）
ジェフリー・ディーヴァー（池田真紀子　訳）
単純な強姦未遂事件は、米国憲法成立の根底を揺るがす百四十年前の陰謀に結びついていた——現場に残された一枚のタロットカードの意味とは？　好評シリーズ第六弾。（村上貴史）
テ-11-15

ウォッチメイカー（上下）
ジェフリー・ディーヴァー（池田真紀子　訳）
残忍な殺人現場に残されたアンティーク時計。被害者候補はあと八人…尋問の天才ダンスとともに、ライムは犯人阻止に奔走する。二〇〇七年のミステリ各賞に輝いた傑作！（児玉　清）
テ-11-17

（　）内は解説者。品切の節はご容赦下さい。

百番目の男
ジャック・カーリイ（三角和代　訳）
連続斬首殺人鬼は、なぜ死体に謎の文章を書きつけるのか？　若き刑事カーソンは重い過去の秘密を抱えつつ、犯人を追う。スピーディな物語の末の驚愕の真相とは。映画化決定の話題作。
カ-10-1

デス・コレクターズ
ジャック・カーリイ（三角和代　訳）
三十年前に連続殺人鬼が遺した絵画が連続殺人を引き起こす！　異常犯罪専従の捜査員カーソンが複雑怪奇な事件を追う。驚愕の動機と意外な犯人。衝撃のシリーズ第二弾。（福井健太）
カ-10-2

ブラッド・ブラザー
ジャック・カーリイ（三角和代　訳）
刑事カーソンの兄は知的で魅力的な殺人鬼。彼が脱走、次々に殺人が。兄の目的は何か。衝撃の真相と緻密な伏線。ディーヴァーに比肩するスリルと驚愕の好評シリーズ第四作！（川出正樹）
カ-10-4

イン・ザ・ブラッド
ジャック・カーリイ（三角和代　訳）
変死した牧師、嬰児誘拐を目論む人種差別グループ。続発する怪事件をつなぐ糸は？　二重底三重底の真相に驚愕必至、ディーヴァーを継ぐ名手が新境地を開いた第五作。（酒井貞道）
カ-10-5

髑髏の檻
ジャック・カーリイ（三角和代　訳）
宝探しサイトで死体遺棄現場を知らせる連続殺人。天才殺人鬼を兄に持つ若き刑事カーソンが暴いた犯罪の全貌とは？　驚愕の展開を誇る鬼才の人気シリーズ最新作。（千街晶之）
カ-10-6

「禍いの荷を負う男」亭の殺人
マーサ・グライムズ（山本俊子　訳）
平穏な田舎町で発生した殺人。ロンドン警察のジュリー警部や元貴族のメルローズ、ミステリ好きのアガサ叔母さんらが謎に挑む。クリスティー・ファン必読の名作。（杉江松恋）
ク-1-15

緋色の記憶
トマス・H・クック（鴻巣友季子　訳）
ニューイングランドの静かな田舎の学校に、ある日美しき女教師が赴任してきた。そしてそこからあの悲劇は始まってしまった。アメリカにおけるミステリーの最高峰、エドガー賞受賞作。
ク-6-7

厭な物語
アガサ・クリスティー　他（中村妙子　他訳）
アガサ・クリスティーやパトリシア・ハイスミスの衝撃作からロシア現代文学の鬼才による狂気の短編まで、後味の悪さにこだわって選び抜いた〝厭な小説〟名作短編集。（千街晶之）
ク-17-1

夜の真義を（上下）
マイケル・コックス（越前敏弥　訳）
十九世紀ロンドンの闇に潜む殺人者。彼が抱くのは壮大な復讐の計画だった——イギリス出版史上最高額で競り落とされた、華麗なるヴィクトリアン・ノワール！（瀧井朝世）
コ-20-1

悪魔の涙
ジェフリー・ディーヴァー（土屋　晃　訳）
世紀末の大晦日、ワシントンの地下鉄駅で無差別の乱射事件が発生。手掛かりは市長宛に出された二千万ドルの脅迫状だけ。捜査本部は筆跡鑑定の第一人者キンケイドの出動を要請する。
テ-11-1

青い虚空
ジェフリー・ディーヴァー（土屋　晃　訳）
護身術のホームページで有名な女性が惨殺された。やがて捜査線上に〝フェイト〟というハッカーの名が浮上。電脳犯罪担当刑事と元ハッカーのコンビがサイバースペースに容疑者を追う。
テ-11-2

無罪 INNOCENT（上下）
スコット・トゥロー（二宮　磬　訳）
判事サビッチが妻を殺した容疑で逮捕された。法廷闘争の果てに明かされる痛ましく悲しい真相。名作『推定無罪』の20年後の悲劇を描く大作。翻訳ミステリー大賞受賞！（北上次郎）
ト-1-13

これ誘拐だよね？
カール・ハイアセン（田村義進　訳）
薬物依存で悪名高いアイドル歌手の影武者を務めてきた女性が誘拐された。芸能界の怪しい面々と悪党たちの暗闘がはじまる！　米国ユーモア・ミステリの巨匠の快作。（杉江松恋）
ハ-24-4

マラヴィータ
トニーノ・ブナキスタ（松永りえ　訳）
フランスの田舎に潜伏する元マフィア一家。だがひょんなことから素性がバレ、アメリカから殺し屋たちが乗り込んできた。一家の逆襲なるか？　ロバート・デ・ニーロ主演映画原作。
フ-28-2

ティム・オブライエン
村上春樹 訳
ニュークリア・エイジ
ヴェトナム戦争、テロル、反戦運動……我々は何を失い、何を得たのか？　六〇年代の夢と挫折を背負いつつ、核の時代の生を問う、いま最も注目される作家のパワフルな傑作長篇小説。

む-5-30

ティム・オブライエン
村上春樹 訳
本当の戦争の話をしよう
人を殺すということ、失った戦友、帰還の後の日々――ヴェトナム戦争で若者が見たものとは？　胸の内に「戦争」を抱えたすべての人に贈る真実の物語。鮮烈な短篇作品二十二篇収録。

む-5-31

ティム・オブライエン
村上春樹 訳
世界のすべての七月
村上春樹が訳す「我らの時代」。三十年ぶりの同窓会に集う'69年卒業の男女。ラブ&ピースは遠い日のこと、挫折と幻滅を経、なおハッピーエンドを求め苦闘する同時代人を描く傑作長篇。

む-5-36

マイケル・ギルモア
村上春樹 訳
心臓を貫かれて（上下）
みずから望んで銃殺刑に処せられた殺人犯の実弟が、兄と父、母の血ぬられた歴史、残酷な秘密を探り、哀しくも濃密な血の絆を語り尽くす。衝撃と鮮烈な感動を呼ぶノンフィクション。

む-5-32

グレイス・ペイリー
村上春樹 訳
最後の瞬間のすごく大きな変化
村上春樹訳で贈る、アメリカ文学の「伝説」、NY・ブロンクス生れ、白髪豊かなグレイスおばあちゃんの傑作短篇集。タフでシャープで温かい、「びりびりと病みつきになる」十七篇。

む-5-34

グレイス・ペイリー
村上春樹 訳
人生のちょっとした煩（わずら）い
アメリカ文学のカリスマにして、伝説の女性作家と村上春樹のコラボレーション第二弾。タフでシャープで、しかも温かく、滋味豊かな十篇。巻末にエッセイと、村上による詳細な解題付き。

む-5-35

トルーマン・カポーティ
村上春樹 訳
誕生日の子どもたち
悪意の存在を知らず、傷つけ傷つくことから遠く隔たっていた世界。イノセント・ストーリーズ――カポーティの零した宝石のような逸品六篇を村上春樹が選り、心をこめて訳出しました。

む-5-37